KB042154

홀로 그리고 함께

홀로 그리고 함께

1판 1쇄 펴낸날 2021년 1월 29일
지은이 김조년
펴낸이 이재무
책임편집 박은정
편집디자인 민성돈, 장덕진
펴낸곳 (주)천년의시작
등록번호 제301-2012-033호
등록일자 2006년 1월 10일
주소 (03132) 서울시 종로구 삼일대로32길 36 운현신화타워 502호
전화 02-723-8668
팩스 02-723-8630
홈페이지 www.poempoem.com
이메일 poemsijak@hanmail.net

김조년©, 2021, printed in Seoul, Korea

ISBN 978-89-6021-538-2 03810

값 13,000원

*이 책 내용의 전부 또는 일부를 재사용하려면 반드시 저작권자와 (주)천년의시작 양측의 동의를 받아야 합니다.
*잘못된 책은 바꾸어 드립니다.
*지은이와 협의에 의해 인지는 생략합니다.

홀로 그리고 함께

김조년

천년의 시작

머리말

이 글 속에서 나는 내 혁명론을 펼치고 싶었다. 나와 사회와 역사가 혁명을 경험하기를 바랐다. 무력 사용도 체제 전복도 어떤 희생과 영예로운 권위를 얻는 것도 없는, 있는 듯 없고, 없는 듯 있는 혁명을 꿈꿨다. 그러나 이 글 속에는 굉장한 혁명 이론도, 그 전략도, 그 성공 사례도 심지어는 혁명이란 말도 거의 없다. 그런 글 속에서 나는 혁명을 기대했다.

처마 밑으로 떨어지는 물방울이 댓돌에 구멍을 내듯이, 바닷가에서 주워 올린 작은 조약돌이 깎이고 쓸리어 매끄러운 그 모습이 된 것같이 아닌 듯 긴 혁명을 기다린다. 그래서 나는 아닌 듯 긴, 긴 듯 아닌 밍밍한 혁명의 길을 닦고 싶었다. 맑고 낮은 목소리로 물결 하나 일렁이게 하고 싶었다.

작은 신문의 칼럼으로 썼던 것 중에서 일부를 골라서 책으로 낸다. 여러 해 동안 그런 놀이 마당을 제공해 준《금강일보》, 이 글들을 읽고 글이 되게 고치고, 갈래를 타 골라준 엄경희 님과 김혜경 님, 그리고 천년의시작 대표 이재무 님과 편집 책임자 박은정 님에게 특별히 감사한다.

차례

머리말

세상에서 가장 악독한 일이 무엇일까?

맑고 낮은 목소리

세상에서 가장 악독한 일이 무엇일까?

세상에서 가장 악독한 일이 무엇일까?

MBC방송국의 기자와 PD와 아나운서들이 파업을 하고, 그를 응원하기 위하여 동시에 KBS와 YTN에 종사하는 방송인들과 관련인들이 동맹파업에 들어갔다는 소식을 들은 지 오래되었다. 많은 이들이 해고 처분되었고, 상당히 많은 프로그램들이 제대로 제작이 되지 않고, 방영도 되지 않는다고 한다. 그 대신 오락 프로그램이나 교양 프로그램은 어느 정도 방영이 되지만, 그것들도 새로운 임시 인력을 동원하고 만들어 내보내는 것이 많다고 한다. 충실한 방송이 될 수 없는 것은 당연하다. 이것은 시청자들을 무시하는 아주 교만하고 그릇된 자세다.

왜 이 세 방송사의 언론인들이 공동으로 동맹파업을 하게 되는 것일까? 그들이 주장하는 것을 보면 공정한 언론의 역할을 하지 못하게 하는 요소들에 대한 저항이라는 것을 금방 알 수가 있다. 모든 매체에 그런 현상이 다 있다는 것을 의미한다. 현장을 누비고 뛰면서 찾아온 것들이 편집과 제작 과정에서, 마지막 결정 과정에서 삭제되거나 거부되어 버리는 경우가 너무 많다는 것이다. 물론 취재된 모든 것들이 다 방영되어야 하는 것은 아닐 것이다. 그러나 어느 한쪽으로 기울어진 상태로 빼고 자르고 변질시키는 일은 있을 수 없다. 한두 번이 아니라, 관행으로 일상화된다면 그것은 이미 언론의 본분을 저버린 패악한 행태다. 언론인으로서 그것을 그냥 눈감고 넘어간다면 그것은 이미 언론인이기를 포기하거나 죽은 것과 같다. 그런 의미에서 그 많은 방송사의 언론인들이 동맹으로 파업하는 것은 정당한 주장이면서 살아있는 행동이라고 본다.

대개 이러한 문제들이 불거지는 시작점은 묘하게도 최고 관리자일 경우가 많다. 이른바 사장이라는 자리에 앉은 사람의 생각, 관점, 흐름, 노선, 줄 따위와 연결되어 뉴스 전달의 방향이 달라지고 흐름이 새로 생긴다. 왜 그렇게 되는 것일까? 굉장히 복잡한 연결 고리가 있겠지만, 크게는 두서너 가지로 요약될 것이다. 권력과 돈줄과 관련하여 자신이 앞으로 어떤 출세의 길을 더 걸어갈 수 있을지를 저울질하다가 그것이 그의 체질이 되어서 그런 것인지도 모른다. 그것은 망상이면서 슬픔이며 지극히 어리석은 일이다. 패악한 일이다.

장기간에 걸친 방송 3사의 동맹파업을 보면서 세상에서 아주 악독한 일들이 무엇일까를 곰곰이 생각하여 보았다. 사람을 죽이고 남의 재산을 훔치거나 빼앗고, 때리고, 거짓말하고, 괴롭히고, 따돌리고, 상처를 주는 모든 것들이 다 악한 짓에 속할 것이다. 그런 것들보다도 더 크게 악독한 것이 있을까? 마음을 단단히 먹고 남의 귀와 입과 눈을 막아서 그 기능을 제대로 하지 못하게 하거나, 엉뚱한 것을 듣고 보고 말하게 하는 일이 바로 그런 것이지 않을까? 제가 듣고 말하고 보고 느끼는 것이 틀어지면 사람은 사람 노릇을 하지 못한다. 꼭두각시에 지나지 않는다. 모든 정보를 제일차로 접촉하는 것이 그것이며, 그것을 통하여 자기 양심과 식견을 기초로 판단하기 때문이다. 그런데 지금 방송사들의 기자들이 파업하는 가장 큰 이유는 바로 이것, 모든 시청자들에게 기본 되는 것을 제대로 전달하려는 의도가 차단당하거나 조작된다는 것이다. 이것은 물론 그 결정권자들의 양심이 불로 지져져서 망가지지 않고는 할 수 없는 일이다. 그렇게 양심이 망가진 사람들은 스스로 고치거나 달라지지 않을 것이다. 그때 그를 보고 스스로 나가라고 하는 것은 쇠귀에 경을 읽는 것보다 더 무모한 짓이다.

그 대신 기자들은 스스로 시청자들에게 온갖 매체를 동원하여 바른 언론이 어떤 것이라는 것을 보여 줄 필요가 있다. 먹고 마시는 것 때문이 아니라, 진리 전달 때문이라는 것을 더 분명하게 해야 한다. 바른 언론의 역할은 양심을 바로 살리고 정신을 바로 세우는 일이다. 어렵더라도 끝까지 언론 양심을 지키기 바란다.

오락물이나 보고 헤헤거리는 시청자는 정말로 각성하여야 한다. 만들어주는 음식만을 넙죽넙죽 고마워하면서 받아먹는 것이 아니라, 제 스스로 판단할 수 있는 능력을 기르고, 그 길러진 능력으로 언론이 바른길로 가도록 질타하여야 한다. 혼자의 목소리가 작으면 둘이나 셋이서 목소리를 합하여 소리 질러야 한다. 그중 하나가 TV 시청을 거부하는 운동을 벌이는 일이다. 바르게 할 때까지, 정상 언론이 될 때까지 거부 운동을 벌이는 일이다.

검찰이나 경찰은 부정과 비리가 있다는 사장들이나 관리 책임자들을 철저하게 먼저 조사하고 정리하는 작업을 해야 한다. 그렇게 언론에 보도되는데도 눈치만 보는 것은 이미 제 본분을 잃은 양심 없는 짓이다.

무엇보다도 양심을 죽이는 것은 모든 생명을 죽이는 가장 악독한 행위다.

2012. 3. 16.

이건 또 뭐야!?

우리는 좋은 것, 아름다운 것, 바람직한 것, 평화롭고 사랑스러운 것, 산뜻하고 기분 좋은 것들을 먼저 보고 듣고 느끼고 생각할까? 아니면 그와는 반대로 더럽고 나쁘고 지겹고 살벌하고 기분 언짢은 것을 먼저 듣고 보고 느끼고 맘에 간직하게 될까? 우리가 모든 음식을 가리지 않고 다 먹지는 않듯이, 비교적 고루 먹는다고 하더라도 특별히 좋아하고 먼저 손이 가는 음식이 있듯이, 우리의 모든 삶의 방식이나 버릇도 역시 그렇게 어느 곳에 치우치는 것이 정상인지 모른다. 그것은 어려서부터 익혀 온 먹는 버릇 때문이겠지. 또 체질 때문이기도 할 것이고. 그렇다면 보고 듣고 느끼고 좋아하고 싫어하는 것 역시 그런 것이 아닐까? 이 자리에서 나는 내 자신을 생각하여 본다. 나는 사물이나 사건이나 사람을 볼 때 무엇을 가지고 보고 듣고 느끼는 것일까? 할 수만 있다면 모든 것들을 있는 그대로, 생긴 그대로, 그대로를 보고 듣고 느끼고 경험할 수 있다면 얼마나 좋을까? 그런데 그럴 수는 없다. 다 내 눈으로 보고, 내 귀로 듣고, 내 손으로 만지고, 내 능력으로 그것들을 받아들일 수밖에 없기 때문이다.

그런데 내 눈을 참으로 의심하게 하고, 내 맘을 몹시 불편하게 하는 것들이 너무 자주 눈에 띈다. 그렇게 가는 곳마다 그런 것이 눈에 띄는 것은 그만큼 그것이 일상화됐고 어쩌면 유행이 되었거나 시대의 흐름과 감각이 됐기 때문인지 모른다. 특히 그러한 것들이 옹기종기 밀집되어 있는 곳에 가면 더욱 그러한 모습들을 본다. 놀라지 말라. 지하상가에 가면 어느 때보다도 휴대폰, 특히 아이폰 가게가 많다. 다닥다닥 붙어있다. 그것을 보면 지금은 바로 이동통신의 시대라는 것을 직감한다. 물론 거리를 가는 사람들을 볼 때도 그러하다. 친구 세 사람이나 네 사람이 나란히 갈 때 그들은 각각 멀리에 있는 다른 친구들과 이동통신 수단을 이용하여 통화한다. 어느 장소에 나란히 친구와 앉아있을 때도 그들끼리 집중하기도 하겠지만, 각각 다른 곳에 있는 다른 친구들과 통화한다. 모두가 통화하고 있지만 옆에 있는 사람과 하는 것이 아니라 멀리에 있는 사람과 같이 한다. 버스에 앉아서나, 기차를 타거나, 지하철을 타거나, 계단을 내리고 오를 때나 길을 갈 때도 굉장히 많은 사람들이 스마트폰을 이용하여 무엇인가를 보고 일을 한다. 바야흐로 지금은 이동통신의 시대다.

그런데 놀라지 말라. 이동통신 기기들의 가게가 있는 곳을 가보면, 어느 집이나 물을 것 없이 크고 분명하게 써있는 문구가 있다. '공짜폰' '위약금 전액 제공' '위약금 걱정하지 마세요'. 이런 것들이 가장 잘 보이는 곳에, 가장 뚜렷한 글씨로, 아주 선명한 색깔을 가지고 자랑스럽게 붙어있다. 모든 가게가 다 그런 문구를 내세웠다. 계약 파기를 공공연히 권장하는 이건 도대체 무엇을 말하는 것인가?

사회가 제대로 작동하고 좋은 사회가 되려면 사람들이 모두 신용이 좋아야 한다. 신용이 좋다는 것, 신용 사회라는 것은 다른 것이 아니라, 약속, 계약을 충실히 지키는 것을 원칙으로 한다. 약속을 지키면 신용은 올라간다. 그러나 약속을 깨거나 지키지 못하면 자연스럽게 신용은 떨어지거나 없어진다. 신용이 없는 사회는 더러운 사회다. 사람이 사람답게 살 수 있는 아름다운 사회가 되지 못한다. 신용을 창출하고 약속을 지키는 것은 나를 존중하는 것일 뿐만 아니라 상대방을 그만큼 성실하게 존중한다는 것을 전제로 한다. 그 약속은 그러나 절대로 공평하고 자유의사에 따라서 만들어져야 한다. 이렇게 하여 만들어진 모든 약속은 그 사람과 사람 사이, 사회생활의 매우 중요한 기본 덕목이다.

그런데 바로 옆 다른 가게에서 산 휴대폰을 내 가게에서 바꿀 때, 계약 기간보다 빨리 해약할 때 오는 위약금을 손님이 물지 않고 가게나 회사에서 대신 물어주겠다는 것이다. 공공연하게 계약을 파기하라는 위대한 권장이다. 이득을 극대화하는 것을 생명으로 하는 영업 행위에서, 내가 물어야 할 위약금을 대신 물어준다면 당연히 그 대가를 언젠가 내가 치러야 하는 것은 뻔하다. 손해 보면서 손님에게 무조건 서비스를 제공할 업체가 있을까? 가만히 생각하여 그럴 것이라고 판단하는 사람은 없지만, 그런데 공짜로 준다거나, 위약금을 대신 내준다는 말에 혹하여 넘어간다. 그러나 그러한 되로 받은 은혜가 나중에 말로 바뀌어 어떻게 자기 주머니에서 나가게 되는지의 메커니즘을 알지는 못한다. 이렇게 모든 계약을 공공연하게 파기하라는 사회. 그것을 받아들여 몇 푼 위약금을 대신 내준 회사가 있다고 좋아하는 어리석은 사람이 있는 사회. 그것을 좋은 사회라고 생각할 사람이 있을까? 나는 그것을 더러운 사회라고 부른다. 모든 계약을 깨고 나에게 오면 아주 좋게 해주겠다면 아름다운 세상일까? 그런데 그러한 행위가 너무 많고 일상화되어 가는 형국이다. 휴대폰 가게에 내건 위약금을 대신 내주겠다는 공공연한 선전 광고 역시 이 더러운 시대의 상징 표현일 뿐이다. 내 눈이 더러워서 그렇게 보이는가?

2012. 4. 29.

꿈을 꾸고 실현할 자유와 권리를

어려서부터 귀가 따갑게 들은 말은 '꿈을 가지라'는 것이었다. 비전을 가지고, 원대한 포부를 가지고 맘껏 날개를 펴고 푸른 하늘을 원 없이 날아보도록 하라고 수도 없이 들었다. 5월이 되면 언제나 어김없이 어린이 노래들을 하면서, 하늘을 향해 팔을 벌린 나무들처럼 거침없이 쑥쑥 위로 자라 오르라고 하였다. 지금도 그런 말은 예나 다름없이 우리들에게 들린다. 말, 말, 그런 말들은 그렇게 무성하였는데, 실제로 우리는 그런 꿈을 맘껏 꾸고 가슴을 펴고 깊은 숨을 내쉬고 내달릴 수 있었을까?

왜 그리 걸리는 것들이 많았는지! 천장은 낮고, 벽은 좁고, 앞에는 커다란 벽이 쳐져 있고, 뒤에는 높은 산이 막을 치고, 귀마개는 왜 그리 탁월하게 발달되어 있었던지. 왜 그리 이리저리 보지 말고 똑바로 앞만 보고 걸으라고 하는데, 볼 앞도 그렇게 꽉 막혀 더 자유롭게 볼 수 없었는지. 그때는 견문할 것이 적어서 그런 줄로 알았다. 그런데 지금은 굉장히 넓어지고 커지고 높아지고 놀라워졌는데, 아, 왜 그리 제한이 많고 굳고 답답한 게 많은지. 푸른 숲을 보고, 들판을 뛰고, 높은 산에 올라 길고 큰 숨을 쉬어볼 수도 없고, 출렁거리는 파도를 보면서 한없이 오고 오는 역사의 영원한 바람을 숨 쉴 수 있는 자유를 왜 누릴 수 없게 하는지. 꾸어보라는 꿈이 누구의 꿈이던가를 이쯤에서 생각해 볼 필요가 있지 않을까? 내 꿈이었던가? 엄마의 꿈, 아빠의 꿈, 국가의 꿈, 사회의 꿈이던가? 꿈은 대신 꾸는 것이 아니라는데, 왜 어른들은 아이들의 꿈이 이래야 한다고 지시하고 만들어주려고 하는가? 제 꿈을 제가 펼치지 못했다면 아이들에게라도 그 꿈을 맘껏 펼칠 수 있게 해야 할 텐데, 오히려 더욱더 그 꿈을 제한한다. 얼마나 거대한 모순인가?

남에게 뒤지지 말아야 한다는 강박관념이 문화가 된 우리 사회에서 사람들은 얼마나 자유로울 수 있으며, 제 길을 제가 갈 수 있을까? 모든 것이 남과 비교되고, 모든 것에서 남보다 앞서야 한다는 문화가 가득한 우리 사회에서, 그러니까 이른바 성공만이 인정되는 잔인한 사회에서 사는 우리는 과연 자유로울 수 있을까? 둘째도 아니고 오로지 첫째만이 제대로 된 사람이라고 인정된다. 이처럼 살벌한 생존경쟁이 자연과 같은 문화로 정착된 우리 사회에서 자유로운 꿈을 어떻게 꿀 수 있을까? 유치원부터, 초등학교를 거쳐, 중학교와 고등학교 그리고 대학교까지 오로지 경쟁 경쟁 경쟁 소리만 듣고 살아야 하는 사회에서 과연 어떻게 사람이 자유롭게 활개 치며 꿈을 펼칠 수 있을까?

먹을 것을 만들어주고, 입을 옷을 지어주고, 잠잘 자리를 마련해 주는 것이 아비 어미가 할 기본되는 일이라는 것을 누가 모를까? 또 그러한 것을 제대로 하도록 정책을 펼치고 행정을 제공하는 것이 국가가 할 일이라는 것을 모두가 다 주장하고 실천하려고 한다. 누가 그것이 문제라고 말하겠는가? 그러한 것들을 해주면서 어린이들이나 젊은이들에게 이렇게 저렇게 하라고 지시하듯 길을 마련하여 주는 것이 얼마나 고맙고 아름다운 것이라고 생각되었던가? 그런 모든 것들은 한없는 금기 사항을 만들고, 터부를 창출하면서 젊은 혼들이 옴짝달싹하지 못하게 얽매고 꽁꽁 묶어두는 것들이던가? 그런데 지나고 보니, 그런 것들보다도 더 귀하고 중요한 것은 꿈을 자유롭게 꾸고, 그 꿈을 자유롭게 활개 치면서 실현해 보게 내버려 두는 것이었다. 어린이들이나 젊은이들을 지나치게 어른들의 소유물이나 하급 인간으로 취급하는 것은 아니었던가? 어린이나 젊은이는 자기 자신을 스스로 펼칠 수 있는 능력이나 권리가 없는 것처럼 미리 단정해 버렸던 것은 아니었을까?

물질의 삶이 굉장히 어려운 분들이 많지만, 우리 사회 전체로 보면 의식주 문제는 해결된 면이 크다. 이제 할 일이 무엇일까? 단계별로 할 것은 아니지만, 이제 정말로 할 일은 자유, 독립심을 가진 상태에서 자기의 꿈을 스스로 꾸고 날개를 펼쳐보게 하는 일이다. 정책을 만들고 실현하는 어른 사람들아, 아이 사람들을 이제 그만 구속하세요. 학교에 너무 오래 잡아두지 마세요. 학생들을 평가 점수에 따라 한 줄로 세우지 마세요. 놀고 싶을 때 놀게 하고, 운동하고 싶을 때 뛰게 하고, 자고 싶을 때 실컷 자게 하고, 공부하고 싶을 때 공부하게 하고, 그림 그리고 싶을 때 제 맘대로 그리게 하고, 꿈이 없을 때 꿈을 꾸지 않아도 된다고 내버려 두고, 그냥 생긴 그대로, 맘먹은 그대로 이리저리 뒹굴 수 있는 자유를 준다면 얼마나 좋을까? 그렇게 되면 어린이들과 젊은이들이 행복할 것이고, 평화로울 것이며, 아름답게 될 것이 분명하다. 그러니 사람들아, 아니 어른들아. 제발 어린이들과 젊은이들을 자유롭게 살게 내버려 둬보자. 제도를 느슨하게 하고, 허름하게 하여 젊은 혼들을 그냥 그렇게 내버려 두어보라. 그러면 폭력도 줄어들 것이고, 자살도 줄어들 것이고, 지나친 스트레스도 사라질 것이고, 따돌림도 소멸되지 않을까?

2012. 5. 26.

고요한 시간을 삶 속으로

어떤 철학자는 지금 우리가 사는 시대를 '피로사회'라고 진단하였다. 상당히 많은 부분 맞다고 생각한다. 살아있는 존재라면 어느 것이나 다 움직일 수밖에 없다. 움직임은 어느 정도의 피로를 동반한다. 또 어느 정도 피로해야 삶이 지루하지가 않다. 그래서 어떤 때는 일부러 몸과 맘을 피로하게 만든다. 그런 일을 하는 사람들이 사는 것을 보고 '피로사회'라고 부르지는 않았을 것이다. 그것은 삶을 제대로 이끌기 위한 가장 필요한 수준의 움직임이기 때문이다. 이런 움직임은 삶의 재생 능력을 이끌어 오기 때문에 오히려 권장할 일이다.

그것과는 반대로 '피로사회'에서 정말 피로하게 사는 사람들은 죽지 못해 사는 때가 참으로 많다. 삶을 재충전하거나 앞으로 밀어 올리기 위하여 억지로 피로하려고 하여서가 아니라, 기본스러운 삶을 살려다 보니 피로가 겹치고 겹쳐서 넘쳐난다. 어떻게 주체할 수 없는 피로의 공격으로 정신을 차리고 살 수 없는 상태에서 공황 상황에 이른다. 마치 병목

현상이 있는 길에 상시 정체가 있는 것처럼, 피가 탁해서 실핏줄이 막혀 정맥이나 동맥이 경화되어 있는 것처럼, 머리끝부터 발끝까지 피로를 가득 싣고 다니는 사람들이 있다. 있는 것이 아니라 지금 우리 사회는 그런 사람들로 가득 찬 듯이 보인다. 남녀노소를 물을 것 없이 그냥 한가롭게 살려고 작심한 사람들 말고는 거의 모두가 다 피로에 지쳐있는 듯이 보인다.

아이가 있거나 없거나, 적거나 많거나 아이 때문에 오는 온갖 부담으로부터 벗어날 길이 없어서 피로하다. 학교에 가거나 아직 유치원에 다니거나, 학교가 싫어서 탈출하였거나 '교육'이라는 덫에 눌려 피로한 일상을 살아야 하는 새싹들이 있다. 일이 잘되어도 걱정이고, 일이 안되면 안되는 대로 더욱 걱정스럽고, 그 걱정으로부터 벗어나려고 또 맘과 몸을 움직인다. 앞서가도 불안하고, 뒤에 처져 있으면 더욱 불안하다. 불안을 극복하려고 맘(몸과 맘)부림을 친다. 그러다 보니 또 피로하다. '나는 나다'라고 의연하게 살고 싶어도, 온 세상이 다 비교하면서 살도록 무섭게 몰아치고 강요하기 때문에 비교하지 않고 사는 것이 정상인가 또 불안하다. 아무리 노력하여도, 비교한다고 하여 내 삶이 행복해질 것 같지 않지만, 남과 비교하고, 전과 비교하여 좀 낫다는 것이 나타나지 않으면 삶이 삶이 아닌 것처럼 느껴진다. 그래서 또 비교하는 삶을 살아보지만, 그놈의 '비교'만 생각해도 머리가 지끈지끈 아프고 금방 피로해진다. 비교한다는 것은 언제나 나아진 모습을 보여 주어야 함을 의미한다. 그런데 삶이란 수치로 금방 표현할 수 있는 것이 아니며, 언제나 나아지는 것만도 아니다. 어찌 되었든, 비교하여 남이나 전보다 떨어졌다면 또 부담스럽다. 그래서 또 피로하게 자신을 닥달한다. 피로하게 살다가 피로하게 죽는 삶을 살기 위하여 태어난 것처럼 착각이 될 때도 많다. 그 생각이 또 나를 피로하게 만든다. 그러니 어쩌란 말인가?

누구나 피로하면 병에 걸린다. 피로한 사람은 병에 걸린 사람과 같다. 피로한 사회 역시 병에 걸린 사회다. 삶은 병을 동반하게 되어있지만, 항상 병을 달고 다닌다면 건강한 삶을 살 수가 없을 것이다. 사회도 마찬가지다. 피로가 겹쳐 병든 사람들로 가득한 병든 피로사회. 아주 철저하게 처방하고 치료하지 않으면 안 될 것이다. 응급처치는 어떤 의사가 임시방편으로 할 수 있을는지 모르지만, 근본을 치료하는 것은 병자 자신이 할 수밖에 없다. 그래서 맘을 독하게 먹고 피로한 내 자신을 산뜻하게 바꾸어볼 필요가 있다. 피로한 사회라는 주변이야 또 다른 처방이 필요할지 모르지만, 피로한 나 자신을 내 자신이 고치는 것만큼은 아주 철저하게 할 필요가 있단 말이다.

왜 피로한가를 살펴서, 그것과 정반대되는 일을 하면 피로는 풀릴 것이 분명하다. 비교하지 말라. 다투지 말라. 더 잘하려 하지 말라. 너무 많이 욕심내어 하지 말라. 밖을 보지 말고, 내 속을 보라. 남의 소리를 듣지 말라. 내 속에서 내 소리인 듯이 들리는 남의 소리, 또 사회의 관행의 소리를 듣지 말라. 그냥 나 자신으로 살라. 그것이 그렇게 쉬운가 묻는가? 쉽지 않겠지. 그러니까 나 자신을 혁명하듯이 그렇게 철저하게 피로한 나를 관리하여 보자는 것이다. 그중 하나가 우리 자신을 고요 속으로 데리고 가보자는 제안이다. 물론 복잡한 도시 한가운데에도 때때로 내가 고요히 숨 쉬면서 쉴 수 있는 공간이 있다. 자기 집에서 아무도 만나지 않고 고요히 있을 수 있는 공간도 찾을 수 있다. 그러나 그런 것보다는 일정한 기간, 아주 완전히 내 일상을 떠나서 정말로 고요한 장소에 가서 쉬어보는 것이다. 몇 사람이 맘을 맞추어 갈 수도 있겠고, 혼자서 그런 곳으로 갈 수도 있을 것이다. 일을 떠나고, 가정을 떠나고, 친구를 떠나고, 일단 일상의 모든 것을 잠시 떠나서, 때때로 말과 생각까지도 떠나서 절대 고요 속으로 내 삶의 장소를 옮겨 보는 것이 좋겠다. 그러면 피로한 것이 어느 정도 풀리지 않을까? 그게 쉽냐 묻지 말라. 그냥 무작정 시작해 보자. 그러면 분명히 달라지는 내 자신의 상태를 느낄 수 있을 것이다.

2012. 7. 5.

도시가 살아있는 생명체라면

내 몸의 어느 부위, 어떤 기관이 인간이라는 한 존재에게 가장 귀한 곳일까? 이런 생각을 하기 전까지는 흔히 머리, 심장, 허파, 간, 쓸개 따위가 아주 중요하지 않을까 생각했다. 그런데 그렇다면 먹는 입은? 싸는 구멍들은? 아, 그것들이 없으면 삶 자체가 존재할 수 없는 것이기 때문에 그것들이 참 중요하지. 보고 듣는 것, 말하고 느끼는 것은? 그런 것 없이도 삶은 불가능하지. 잡고 걷고 서고 하는 것은? 그런 것 없이도 삶은 불가능하지. 이러고 생각하다 보면 내 몸 어느 부분이나 기관 하나하나가 귀하지 않은 것이 없다. 그 생김이 어떠한 것과는 상관없이 있는 그 자체로서 귀중한 것이라고 본다.

그런데 내가 살고 있는 마을, 내가 열심히 걸어 다니고 차를 타고 다니는 도시 안에서 어느 곳이 가장 중요할까? 소리가 너무 심하고 매연이 숨을 쉴 수 없이 괴롭힐 때, 뜨거운 여름에 그늘을 드리워주는 큰 나무 하나 찾을 수 없을 때, 이러한 곳이 사람이 사는 곳일까를 생각하여 보게 한다. 나무가 필요하다고 여겨 심어놓은 가로수들이 가지나 잎을 제대로 펼 수 없게 마구 절단되어 빡빡이로 깎일 때, 도심지 공원이라는 이름을 붙여 놓고 어느 부잣집 큰 정원에 나무 몇 그루 풀과 꽃 몇 가지 심어놓은 것처럼 좁게 자리잡은 곳을 지날 때, 참으로 이 도시는 삭막하고 살아있는 곳이라고 하기는 어렵겠구나 하고 생각할 때가 참 많다.

또 도시가 아늑한 삶의 터전이라고 할 때 과연 지금 내가 사는 대전이 사람 살기에 좋은 도시 환경을 가지고 있는 것일까? 할 수 없어서 사는 것이지, '사랑하는 대전'이라고 할 만한 곳이 있을까? '아, 거기라면 삶이 고단할 때 내가 항상 찾고 싶은 곳이야'. 이렇게 말할 만한 곳이 대전에 있을까? 계족산을 말하고, 보문산이나 식장산, 수통골이나 계룡산과 대둔산 따위가 삶에 지친 우리들을 기다리는 곳이지 않는가 말할 수 있을 것이다. 물론 그러한 산들은 어디에 비교할 수 없이 아름답고 좋은 곳이다. 그런데 그것들은 일상생활의 휴식을 줄 수 있는 가깝고 편안한 곳에 있는 것이 아니다. 그곳은 일부러 시간을 내고 차림을 차려야 찾아갈 수 있는 곳이다. 내가 아쉬워하는 것은, 일을 하다가 잠시 복잡한 머리를 쉬고 맘을 달랠 수 있는 아주 아늑하고 편안한 곳이 우리 도심에 있는가 하는 문제다. 하천들은 자동차 길로 다 빼앗기고, 언덕과 동산들은 도시계획 과정에서 평지로 다 깎여 나갔다. 그리고 오래된 나무들로 가득하던 아름다웠던 전통마을은 흔

적도 없이 사라지고 그 자리에 시멘트로 된 높은 아파트가 숲을 이룰 때, 그 사이 몇 그루 나무를 심어놓고 흐뭇해하는 것을 볼 때, 아, 이곳이 과연 사람이 숨 쉬고 살 만한 곳인가?

우리가 사는 도시에서, 그 도시를 사람으로 친다면 어느 곳이 머리요, 목이며, 심장이요, 허파고, 위요, 쓸개요, 콩팥인가? 어디가 입이고 무엇이 코며 어떤 것을 귀요 눈이라고 말할 수 있을까? 도시가 하나의 생명체라면 바로 그런 말을 붙일 수 있는 곳들로 가득하여야 할 것이 아닐까? 그런데 참 답답하다. 내가 사는 대전에서 그런 곳이 어디인가를 찾기가 쉽지가 않단 말이다.

우리가 가끔 서양 도시를 찾아가 볼 때 몇 가지 참 귀한 것들이 있다. 가지를 전혀 잘리지 않은 거대한 가로수들이다. 집집마다 정원이 있고, 나무가 있고, 꽃이 있고 풀을 가꿀 수 있는 가능성이 있다. 몇 분이면 도달할 수 있는 크고 작은 공원들이 도시 여기저기에 널려 있다. 물에 가까이 갈 수 있는 가능성이 아주 쉽게 열려 있다. 호수가 있고, 물길이 깨끗한 모습으로 되어있다.

물론 거기에도 더럽고 지저분하고 위험하고 현란한 곳이 있다. 도둑질하는 놈, 강도질하는 놈, 사기 치는 놈, 노름하는 놈, 남을 학대하고 괴롭히고 폭력을 써서 사람을 죽이는 놈들이 있다. 그러한 것은 어느 사회인들 없을 것인가? 그렇다고 하더라도 그들이 사는 곳이라고 하여 살벌한 환경과 분위기를 가질 필요는 없다. 거기에도 나무가 있고, 꽃이 피고, 새가 노래하며, 신선한 바람과 시원한 그늘이 드리워야 한다. 그렇게 생각하면 도시계획을 하는 사람들을 이해할 수 없는 부분이 있다. 왜 그렇게 모든 자연스러움을 없애버리고, 인위적으로만 하는 것인지? 자연스럽게 형성된 전통적 삶의 터전을 최대한으로 살리고, 인위의 요소는 최소화하는 방향으로 도시를 꾸릴 수는 없는 것인지.

그러니까 우리 도시에, 사람의 각 부위로 상징할 수 있는 곳을 아주 촘촘한 단위로 만들어야 한다고 나는 생각한다. 내가 살고 있는 곳에서 매우 가까운 자리에 사람의 머리, 목, 심장, 가슴, 허파, 위, 콩팥, 소장과 대장 따위의 그런 것들이라고 할 수 있는 시설들이 있어야 한다. 특히 공원이라고 하면, 이른바 근린공원이라고 하면 우리의 허파나 심장이나 머리나 콩팥과 같은 기능을 할 수 있는 곳으로 과감하게 만들어야 한다. 그래서 그곳에서 호연지기를 맛볼 수 있게 하는 것이 옳을 것이다. 쪼잔한 인생길에 어디 한번 찾아가고 싶은 시원한 곳을 마련하는 도시계획이 새로 나오면 좋겠다.

2012. 7. 21.

물이 흘러 통하게 하라

이미 오래전에 나와서 실현되었어야 할 공약들이 선거 때가 되면 마치 처음 새롭게 또 매우 대단하게 생각하여 내놓는 것같이 옷을 갈아입고 마구 쏟아져 나오기도 한다. 그중 하나가 헌법 개정이요, 교육 문제와 학비 문제요, 일반 사람의 생활 경제요, 재벌을 개혁해야 하는 문제요, 검찰 권력을 개혁해야 하는 문제요, 에너지 문제요, 자연환경 문제요, 남북 간의 통일 문제다. 이것들은 평상시에도 항상 논의되었어야 할 것들인데 자기들이 당선되면 금방 꼭 해결하겠다는 듯이 크게 떠든다. 그중 혹시 헌법 개정을 논의할 기회가 되면 꼭 들어가면 좋겠다는 것이 있다. 그것 중 하나는 '대통령'이라는 자리의 이름이다. 그 자리 이름에 들어가는 한자의 통統 자는 많은 좋은 의미를 가지고 있다. 그러나 '통령'이라고 하면 의미가 아주 확 줄어든다. 통치하고 지배하고 모든 것을 다 관장한다는 뜻으로 한정되기 때문이다. 더욱이나 '대통령'이라고 하면 더 좁아들어 마치 모든 것을 자기 손안에 쥐고 좌지우지하여도 되는 것처럼 착각하게 만든다. 그것이 되는 순간, 아니 그것이 되고자 후보로 등장하는 순간 마치 굉장한 사람이 된 것처럼 나서기도 하고, 사람들은 그를 그렇게 떠받든다. 어떤 희극에서처럼. 어떤 것이 되었든 '대통령'이라는 이름은 민주주의 시대에 맞는 것으로 바꾸는 지혜가 모아지면 좋겠다.

독재 시절에 그 자리에 있던 사람들을 빼고 몇몇은 '통령統領'으로서가 아니라, 일반 시민들의 맘과 정신과 통하고 싶어 하는 '통령通靈'으로 살고자 하였다. 민주주의 시대의 신령한 것, 즉 신은 일반 사람이라는 의미에서 그러했을 것이다. 이러할 때 서로 소통하는 아름다운 일이 일어날 것이다. 그런데 내가 판단하기에 이명박 정부가 들어서면서 소통이 먹통이 되고 말았다. 이렇게 먹통이 되다 보니, 그 대통령이라는 자리는 '소통령'으로도 감당하기 어려운 한심한 모습으로 전락하였다. 후보 때 도곡동으로부터 시작하여 임기를 마치려는 지금, '도덕적으로 완벽한 정권'이라는 말이 참 민망스럽게도 내곡동 문제로 힘겨운 나날을 지내고 있을 것 같아서 안타깝다. 이것은 통하지 않는 결과라고 본다. 속이 비어있고, 맘이 좀 청정하기를 바랐다면, 소통은 참으로 원활히 되지 않았을까? 이제 임기 말에 있는 대통령을 나무라기는 좀 미안한 일이지만, 그가 취임한 처음부터 나는 좀 깨끗하게 거짓 없는 대통령이 되기를 바랐기에 이렇게 하는 말이다.

그때 어느 기관원과 이야기했던 것이 기억난다. 4대강 사업을 반대하는 나를 찾아와서 정말로 그것이 그렇게 해서는 안 되는 것인가를 알고 싶어서 이야기를 나누던 때다. 한두어 시간 말한 뒤에 그에게 이렇게 부탁하였다. '당신의 이 보고서가 얼마나 채택될지 모르지만, 다른 것은 다 모르더라도 이것 한 가지만은 꼭 고딕체의 굵은 글씨로 보고해 주면 좋겠다. 지금 대통령은 굉장히 많은 국민들에게 거짓말쟁이라는 딱지가 머리끝부터 발끝까지 붙어있다. 그러니 대통령으로서 무엇을 하려고 하지 말고, 5년 내내 이 거짓말쟁이라는 딱지를 떼어내는 일만 하고 가면 아주 훌륭한 대통령으로 남을 것이다. 한 시민의 부탁이다'. 이렇게 말했었다. 그런데 미국산 쇠고기 수입 문제로 크게 데이고 나서 좀 달라지는 듯이 이야기하였지만, 더욱 그는 불통하기로 작심한 듯하였다. 그때부터 4대강을 막는 작업을 하였고, 남북 간의 소통을 막기 시작하였고, 어느 부서에서인가 민간인들을 사찰하기 시작하였고, 모든 언론을 장악하여 일반 시민의 소리를 소통시키지 못하였고, 임명하는 사람들은 자신의 주변에 모인 소그룹을 넘지 못하였다. 더욱이 그는 국민과 대화한다면서 두 주에 한 번씩 방송을 통하여 연설하였다. 이것은 소통이 아니라 먹통의 상징처럼 남의 소리를 듣지 않고, 자기 소리만 쏟아낸 것이 되고 말았다.

그러던 중 최근에 금강과 낙동강에서 공기가 통하지 못

해 물고기 몇십만 마리가 떼죽음을 당했다. 환경청에서는 아무런 이유를 발견하지 못하였다고 한다. 못한 것이 아니라 제대로 파악하지 않았을 것이다. 물을 관찰하려면 물 바닥 땅과 깊은 물속과 겉물 속을 두루 다 살펴야 했을 것이다. 그런데 겉물만 조사하고 아무런 이유가 없다고 했다면 거짓 조사에 지나지 않을 것이다. 흘러야 할 것이 막히면 당연히 고장이 나고 썩고 죽을 것은 너무나 뻔한 것이지 않던가? 그러니 4대강에 대략 22조라는 어마어마한 돈을 쏟아부어 만든 16개의 보는 우선 모든 문을 다 열어 물이 통하게 하여야 하고, 아주 빠른 시간에 모든 보를 없애야 한다. 그리고 물이 그냥 자연스럽게 흘러가게 만들어야 한다. 동시에 지금 작업하고 있는 온갖 지류들의 공사도 중단되어야 한다. 그래야 자연과 소통하고, 오랜 전통과 소통할 것이다. 불통하는 대통령이 할 마지막 소통은 바로 여기서부터 시작되어야 할 것이다. 물이 통하게 하라. 입을 쩍 벌리고 질식하여 죽은 물고기들이 산소와 소통할 것을 호소하고 있지 않은가?

2012. 11. 4.

염치와 정치와 망치

선거 때만 되면 도나캐나, 될 소리 안 될 소리, 이런저런 이야기들이 들풀들보다도 더 심하게 마구 쏟아져 나오고, 비 온 뒤 대나무 순 솟아오르듯이 막 튀어나온다. 요지경 속처럼 휘황찬란한 것들로 사람들을 홀린다. 긴가민가하면서도 또 사람들은 똥 무더기에 쉬파리 꾀듯이 그 혼란한 소리에 마구 몰려든다. 어떤 놈은 잔치가 끝난 뒤에 한자리 꿰차볼 수 있을까 하는 맘에서 불에 뛰어드는 불나비처럼 정신없이 달려들기도 하겠지만, 어떤 놈은 강 건너 불 보듯이 멀리서서 구경이나 해볼까 하는 맘으로 마실 나가듯이 나가 보는 수도 있을 것이고, 어떤 놈은 내 입맛에 맞는 떡을 어떤 놈이 줄 것인가 약게 입맛 다시면서 슬슬 움직여 보는 수도 있을 것이다. 다 틀린 생각이요 잘못된 자세가 아닐까? 적어도 오늘처럼 민주주의 시대, 즉 우리 일반 사람이 주인이 되어 주체로 살아야 하는 때라면 여러 가지를 놓고 심각하게 따지고 고민하여 이러저러하니 그것에 따라서 적어도 이 사람이라면 좀 낫겠다 하는 판단에 따라 선택하여 움직이는 것이 옳을 것이다.

요사이는 염치廉恥와 정치政治와 망치忘置에 대하여 자꾸 생각이 난다. 옛날에는 염치가 있는 사람들이 세상에서 판을 쳤을까? 그때도 지금처럼 염치없는 사람들이 온 세상에 득시글거리고 모든 판을 자기 판으로 만들어갔을까? 지금은 정치 바람의 세상이다. 크든 작든, 많든 적든 모든 것이 정치와 연결이 되어있다. 그런데 정치는 그냥 통치하고 지배하면 되는 것으로 크게 잘못 이해하는 사람들이 정치계에 가득하다. 정치가 무엇인지 망각한 망치 현상이다. 원래 정치는 바르게 하고 옳게 하는 것이라 했다. 그래서 정政은 정正이라는 것이다. 다시 말하면 정치는 자신을 바르게 하고, 정사를 바르게 펴고, 세상을 바르게 하는 데 자기 몫을 다하는 일이다. 그렇게 하여 맡겨진 때 공사를 분명히 하여 조신하는 것이 참으로 필요한 일이다. 정치에 들어가기 전까지는 설혹 더럽게 살았더라도 일단 정치에 발을 들여놓으면 스스로 자신을 닦고 바르게 할 염치가 있어야 한다. 그런데 놀라운 것은 괜찮다고 보이던 놈들도 정치에 발을 담그면 염치를 다 놓고 그냥 몰염치하거나 파렴치한이 되는 수가 참으로 많다. 또 대부분은 전혀 달라지지 않은 자신을 가지고 마치 높은 자리에 오르면 금방 성인이나 군자가 된 것처럼 거드름을 피우고 군림한다. 망치(망각)의 극치다. 한심하기 짝이 없는 행태다. 그래서 사람들은 정치는 더러운 것이라거나, 정치하는 이들은 '잡놈들'이라는 평가를 내리는 수가 참으로 많다. 정치의 시대, 정치의 세계에서 그런 판단이 나오게 되는 것은 참으로 슬픈 일이다.

사람이 함께 사는 데 참으로 귀하고 필요한 것은 염치다. 염치를 우리 국어사전에서는 "청렴하고 깨끗하여 부끄러움을 아는 마음"이라거나 "부끄럽거나 미안한 것을 아는 마음"이라고 설명한다. 이런 염치가 없으면 '짐승만도 못하다'고 한다. 물론 이 말에는 짐승에 대한 지나친 모욕스러운 표현이 들어있어서 참 미안한 것이지만, 사람이 사람 노릇을 하려면 염치 있게 살아야 한다는 것을 강조한 것이리라. 그런데 우리 사회에서는 염치가 밥 먹여 주지 않는다고 여기면서 살아가는 풍조, 일종의 문화가 가득하다. 슬픈 일이다. 이런 문화와 풍조를 만들어나가는 데 앞장을 선 이들이 이른바 사회 지도층에 속하는 사람들이라는 것이 또한 슬픈 일이다.

경찰이 열심히 수사한, 불의한 일을 저지른 검사에 대한 수사를 법률상 문제가 없다고 채트려서 내가 수사하겠다고 나선 검찰의 행태는 집단 파렴치 행위에 속한다. 선거 때만 되면 수도 없이 당을 바꾸고 신조를 바꾸면서 언제나 자기의 행위가 정당하고 '국민을 위한 고육책'이라고 공언하는 것들도 염치를 모르는 자(것)들이다. 물론 그런 파렴치한 이를 줄줄이 따라다니는 것도 역시 같은 파렴치한들이다. 국법을 따튼다고 만천하에 '거룩한 음성으로' 선서하고 수시로 법을 피하여 나가려는 최고 책임자 역시 염치없는 짓을 하는 이다. 자기 가족이나 주변 사람이 공공한 법을 어겼다고 여겨 특검의 조사 활동을 인정하였다면, 그래서 적어도 염치가 있다면, 더욱이 '도덕적으로 완벽한 정권'을 획책한다면 문을 활짝 열고 자료를 제대로 제공하면서 샅샅이 뒤져서 살피도록 하고, 그렇게 하여 잘못된 점이 나왔다면 참 부끄런 맘을 가지고 정중히 사과하고 나갈 일이다. 그런데 그것을 체계 있게, 법의 이름으로 막는다면 참으로 몰염치한 일이다. 이렇게 되니 '스마트폰 공짜, 위약금 전액 보조' 따위의 문구로 이미 계약한 것을 파기하고 나에게 오라는 몰염치한 호객 행위가 온 거리에 가득하다. 선거의 계절에, 입후보자들이나 선거 운동원들은 염치를 사회적으로 풀어나가는 일을 끊임없이 하는 계절로 삼으면 좋겠다. 우리 시민은 파렴치한과 염치를 아는 사람을 골라내는 지혜의 계절을 살아가면 좋겠다. 파렴치 문화가 이 땅에 뿌리를 내리지 않게 하기 위하여 염치 있는 삶을 스스로 살아서 망각이 판을 치는 망치 현상을 극복할 수 있으면 좋겠다. 염치 있고 없음을 골라내는 일은 스스로 망치 현상을 벗어나는 일이다.

2012. 11. 18.

은빛도서관: 쓸모없음의 쓸모 있음

참 놀라운 세상이다. 쓸모 있는 것들이 쓸모없이 무수히 많이 쏟아져 나오고(생산 사회), 쓸모없는 것들이 가끔 요긴하게 쓰여지고(재활용 문화), 굉장히 많은 쓸모없다고 버려진 것들이 쓰여지기를 기다리고 있다. 헌책방이나 헌 옷 가게, 중고 시장 '벼룩시장'이나 '아름다운 가게' 또는 각종 사회단체에서 경비 마련을 위하여 벌이는 바자회 따위를 통하여 쓸모없는 것들이 요긴하게 쓸모 있는 것으로 변하는 창조적 삶을 경험한다. 우리가 아주 즐겨 읽고, 또 많은 사람들이 꼼꼼히 읽으면 좋을 책 『장자』에서 장자님은 '쓸모없는 것의 쓸모 있음'을 아주 깊게 말씀한다. 석수장이가 필요 없다고 버린 돌이 집 짓는 목수의 머릿돌이 되어 건축의 핵심이 되는 것을 성경은 말하고 있다. 때때로는 나라와 민족을 배반하는 사상이라는 앞서가는 생각들이, 버림을 받는 것을 넘어 굉장한 범죄로 처벌을 받다가, 시절을 만나 인류의 새로운 문명을 여는 탁월한 사상 체계가 된 것들도 참으로 많다.

옛날에는 굉장히 요긴하였던 것들이 아주 쓸모없는 것

들로 되어버려 애물단지처럼 취급받게 된 것들이 너무나 많다. 그런데 사실 내용을 살펴보면 그것들은 아주 긴요하게 쓰일 탁월한 것들이 굉장히 많다. 사용하기에 전혀 문제가 없는 아주 싱싱한 것들이 너무나 많다. 그러나 유행에 따라서 활용도가 달라져서 무용한 것이 되었을 뿐이다. 건물이 그러하고, 땅이 그러하며, 책이나 옷이 그러하고 또 사람이 그러하다. 특히 지금처럼 하루가 다르게 새로운 문명의 이기들이 나타나서 모든 것들을 쓰레기로 만들어버리는 생산과 소비와 폐기의 문화가 홍수처럼 범람하여 멸망의 세계로 몰려들 때일수록 쓸모없는 것들의 쓸모 있음을 찾아야 한다. 그중 한 가지가 이런 것들이다.

매 학기 각 대학이나 초 · 중 · 고등학교에서는 일생을 학문과 가르침과 책 읽기와 쓰기와 연구로 생활하던 분들이 정년퇴직하여 나온다. 다음에 할 일을 미리 준비한 분들도 있지만, 그렇지 않은 분들도 많다. 그러나 그분들이 가지고 있는 귀한 책들과 학문 자산은 퇴직과 함께 묵혀지거나 썩게 될 것이다. 좀 심하게 말하면 용도 폐기되는 것이 너무나 많다. 이것은 인류 문명의 거대한 손실이라고 생각한다. 그 자신들이나 그를 아는 주변의 사람들은 그 많은 책들과 재능들이 간단히 폐기되는 것을 아주 안타까워하는 사람들도 굉장히 많을 것이다. 그러나 그것을 수렴할 제도가 없어서 그냥 쓸모없는 것으로 처리될 뿐이다. 그래서 이렇게 제안한다.

1. 시나 구 단위로 500평 정도의 낡았지만 튼튼한 건물을 확보한다. 물론 기운이 좋은 곳에 있는 것일수록 좋다. 이때 꼭 세금을 통하여 구입할 것만은 아니다. 재산을 가지고 있는 선한 마음이 많다. 그들이 그 건물을 기증하고 자신의 희망에 따라서 활용하도록 위임하면 더욱 좋을 것이다. 그렇게 하여 확보된 것을 은빛도서관(가칭)으로 만든다. 퇴직하시는 분들이 귀하게 모으고 사용하고 소장하였던 책을 그곳에 기증하게 한다. 그리고 그들의 코너를 만든다. 그곳에 책상 몇 개를 마련하여 놓고 계속하여 사용하게 한다. 당신의 손때가 묻은 책들을 가지고 계속하여 연구하고 생각하고 글을 쓰는 장소를 마련하는 것이다. 몇몇 분을 제외하면 퇴직한 뒤 자신이 애지중지하던 책들을 다 옮겨놓을 만한 장소를 확보하지 못했을 것이다. 그것을 이제는 공공하게 사용할 수 있게 하는 것이 바람직할 것이다. 물론 여기에는 다른 열람실도 마련하여 시민이 자유롭게 드나들면서 활용하게 한다. 기증자가 더 이상 그 장소를 활용할 수 없게 되면 자연스럽게 그 코너는 다른 분의 코너로 바뀌되, 기증된 그 도서는 그 은빛도서관의 소장 도서가 된다. 물론 어느 분이 기증한 것이라는 표시를 붙이는 것은 매우 중요하다.

2. 이 건물 안에는 작은 단위의 열람실, 세미나실, 휴게실을 만든다. 이곳에서 프로그램을 만들어서 은퇴한 학자들이 시민을 상대로 자신들의 학문을 연찬하게 하는 것이 좋

다. 여기에서 제자들을 만나 학문을 논하고, 프로그램에 따라서 강좌를 개설하여 시민들에게 제공하고, 시민들은 아주 자연스럽게 고급스럽고 격조 높은 강좌를 원숙함이 넘치는 이분들로부터 듣는다. 모든 것을 구색을 갖추어 할 것이 아니라, 특색에 맞는 것들과 은퇴자들 자신이 접근하기에 좋은 곳에 자신의 도서를 기증하게 하여 성격이 있는 기관으로 만드는 것이 중요할 것이다. 거대한 도시에 이러한 것들이 여러 곳 생기게 되면 자연스럽게 매우 자유로우면서도 깊이가 있는 훌륭한 시민 대학이 설립될 것이다. 물론 여기에 들어가는 비용 중 기초 경비는 시비나 구비로 지원되어야 할 것이다. 그 외의 다른 운영 경비는 프로그램 진행과 활용을 통한 자체 조달이 되도록 하는 것이 좋을 것이다. 이렇게 되면 건물이 살아나고, 낡은 사람이 활기를 찾으며, 죽은 물건이 빛을 비추고, 퇴락해 가는 지역에 역동성을 찾아 매우 찬란한 문화의 기운이 아주 상서롭게 퍼져나갈 것이다. 쓸모없는 것들의 쓰임의 철학이 실현된다면 얼마나 멋질까? 시민운동이나 정치가들의 정책으로 채택되면 좋겠다.

2012. 11. 25.

천박한 '안다박수'와 '벌떡이'

나는 가끔 대전 예술의전당에 간다. 대전시립합창단 관람 회원으로 정기 연주에 가고, 대전시립교향악단의 연주에도 많이 참석한다. 그 외에도 작은 악단들이 펼치는 연극이나 좋은 영화를 보러도 가끔 간다. 물론 시립미술관이나 이응노미술관에서 미술 전람회를 관람하기도 한다. 대흥동에 자리잡은 작은 갤러리를 찾아서 조용히 펼쳐지는 미술전을 보기도 한다. 그러할 때마다 나는 아주 흡족한 연주와 좋은 작품에 감동스러워한다. 기분이 상쾌하여 만족스러운 기운이 들 때가 많다. 그러한 예술 감상은 나에게는 신선한 공기를 마시러 산 위에 오르거나 바닷가에 가는 것과 같은 효과가 있다. 숨 쉬는 허파와 같은 것이라고 할 수도 있다.

그런데 그러한 곳에 갈 때마다 아주 낯을 찡그리게 하고, 그동안 받은 감동을 한순간, 한 찰나에 한 소리나 한 동작으로 깡그리 뭉개버리는 일을 경험한다. 감동을 받는 순간에 곧바로 시궁창에 빠져 짓이겨져 버린 것 같은 더러운 기분을 함께 경험하면서 씁쓸하게 집으로 돌아갈 때가 많다. 그것은 영화관이나 극장이나 공연장이나 어디를 가나 자주 경험하는 참 안타까운 일들이다. 내가 그 모든 것을 다 잘 안다는 표시의 '안다박수'가 그것이며, 이제 볼 것 다 봤고 국물 다 빼 마셨으니 빨리 나가자 하는 '벌떡이'가 그것이다.

지난번 피아니스트 백건우 씨가 라흐마니노프의 어려운 곡을 대전시립교향악단과 함께 연주하였다. 대전문화예술의전당 콘서트홀에서다. 마침 나는 맨 앞, 연주자의 손가락 놀림이 잘 보이는 자리에 앉게 되었다. 원래 이런 자리는 연주를 즐기기에는 매우 불편하다. 너무 무대에 가깝기 때문이다. 그런데 이 날은 아주 달랐다. 백건우 씨의 손놀림과 얼굴 표정과 몸의 움직임을 다 볼 수 있었기 때문에 참 좋았다. 역시 좋은 연주자는 저렇게 다르게 하는구나 하는 것을 느낄 수가 있었다. 아주 긴 곡을 어떻게 그렇게 다 외워서 연주하는가? 숨을 죽이면서 아주 깊은 감동에 빠졌다. 그리고 그는 마지막 곡을 손가락으로 튕겼다. 그가 잠시 숨을 가다듬으려는 순간 어떤 경박스러운 놈이 '브라보!' 하고 소리를 지르면서 짝짝짝짝 박수를 치기 시작하였다. 거룩한 행사에 참석하려고 깨끗하게 빨아 입고 막 나선 옷에 똥물을 쏟아붓는 것과 같은 기분 더러운 순간이었다. 나는 그때 '저런 놈은 다시는 이 연주장에 들어오지 못하게 해야 할 텐데' 하는 생각이 들었다.

연주는 하나의 싸움이다. 연주자 자기를 온전히 예술에

몰입시키고 모든 힘을 다하여 완벽하게 처리하려는 싸움이다. 무수히 많은 감상의 전문가들 앞에서 자기의 영대를 통하여 나온 것으로 감상자들의 영대를 울려 작가와 주자와 감상자를 하나의 세계로 끌어들이려는 치열한 싸움이다. 감상자는 자기와 하나가 되게 하여 종합된 예술을 함께 만들어나가는 일이다. 이런 싸움 뒤에 잠시 다 됐다고 숨을 내쉬고, 다시 들이쉬는, 숨 고르기는 그 연주 전체의 생명을 다시 추스르는 것과 같다. 그 시간은 아주 귀하고 거룩한 순간이다. 악기에서 울려 나오는 소리의 여운이 사라지기까지는 불과 10초도 안 걸린다. 그렇게 자기를 고른 다음에 몸을 다시 추스릴 때, 그때 내가 받은 감동을 연주자와 작가와 그것을 진행한 모든 사람들과 잘 들은 내 자신에게 깊은 감사의 표시로 경건하고 거룩한 박수를 보내는 것이 옳을 것이다. 아, 그런데 슬프게도 그 경박스러운 '브라보!'와 함께 나오는 짝짝짝의 '안다박수'. 어떤 다른 사람이 먼저 박수를 칠까 봐, 이 곡이 언제 끝날지에 대하여는 내가 잘 안다는 표시로, 마지막 음이 연주되는 순간에 지랄 같은 박수를 쳐댄다. 이런 것이 어디에서 온 것일까?

라디오 방송이나 TV 방송에서 내가 싫어하는 것 중 하나는 아는 것을 먼저 알아맞히는 놀이다. '누가 누가 잘하나?' 하는 것이나, 누가 먼저 옳은 답을 이야기하는가 하는 경쟁놀이를 나는 아주 싫어한다. 물론 내가 그런 놀이에 앞서서 갈 수 없기 때문이기도 하겠지만, 더욱 중요한 것은 그러한 것들이 본질이 아니라고 보기 때문이다. 그런데 우리는 굉장히 오랜 기간, 아주 일찍부터 이러한 것들에 익숙하여 왔다. 일상생활이나 교육에서도 그것을 장려하고 조장한다. 왜 그것이 그렇게 됐는지를 생각할 겨를도 없이, 그냥 남들이 만들어놓은 답을 말하는 것에 버릇이 되어왔다. 그것이 바로 오늘날 '안다박수'로 나타나는 것이지 않을까?

가끔 영화관에 갈 때도 마찬가지다. 영화의 마지막 장면이 나오면서 잠시 화면이 까맣게 되면 자리에서 벌떡 일어나서 나간다. 이것이 '벌떡이'다. 영화는 그것으로 끝난 것이 아니다. 그 뒤, 그런 감동스러운 영화를 만들기에 참석한 사람들의 이름이 끝도 없는 것처럼 길게 나온다. 물론 아무도 거기에 나오는 사람들 전부를 알고 있지는 않을 것이다. 그러나 영화의 화면에 나오지 않는 그 무수히 많은 사람들이 힘을 합하여 그 한 편의 영화가 만들어지는 것을 볼 때, 더욱 경이스러움을 느낀다. 사실 영화가 상영되기 전 선전하는 광고는 영화에 속하지는 않지만 강제로 다 볼 수밖에 없다. 그러나 마지막 이것들은 그 영화의 한 부분이다. 그런데 그것을 보지 않고 벌떡 일어서 나가면, 또 극장의 밝은 불이 확 켜진다. 천박에 천박을 더하는, 그래서 또다시 다 쌓아 올린 레고 작품을 확 밀어서 부숴버리는 느낌을 가지게 한다. 3초, 4초, 10초를 그냥 가만히 그 자리에 앉아 속으로 고마워하는 순간을 가질 수는 없는 것일까? 그 짧은 시간의 선물은 아마도 우주를 얻고 주는 것 같은 깊음을 경험하는 순간일 텐데.

2013. 1. 17.

'몰염치'와 '먹통'

'몰염치'와 '먹통'이라는 말이 어떤 시정잡배나 모리배를 일컬어 시중에 떠도는 것이 아니라, 당대의 최고 권력을 가지고 모든 국민을 편안하고 행복하게 할 의무를 지고 있다는 대통령을 두고 하는 말이라서 슬프다. 하나는 이제 곧 떠나야 할 사람이 부정과 비리에 연루되어 재판을 받고 형을 사는 사람들을 사면한 것과 측근들에게 훈장을 무더기로 주었다는 것에 대하여 하는 말이요, 다른 하나는 이제 곧 새롭게 들어와 앉을 사람이 검증도 제대로 하지 않고 아무도 모르게 총리 후보나 다른 중요한 직책에 앉을 사람을 지명하였다는 것에 던지는 말이라서 슬프다. 그런 말을 듣는 그 인생이 불쌍하고, 그런 말을 용인하는 이 사회가 안타까워서 슬프다.

몰염치란 다른 말로 하면 파렴치요 염치를 모르거나 염치가 없다는 말이다. 염치는 '청렴하고 깨끗하여 부끄러움을 아는 마음'이라고 사전에 나와 있다. 부끄러움을 모른다는 것은 얼마나 슬픈 일일까? 사람이 사람되게 하는 근본되는 점의 하나는 바로 이 부끄러워서 차마 무엇인가를 하지 못하는 맘이다. 그것이 없으면 자리가 높거나 낮거나, 가진 것이 많거나 적거나, 배움이 크거나 작거나를 따질 것 없이 인간 말종에 속한다. 그런데 정권 말기에, 그것도 한 달도 못 되어 그 자리를 내어줄 사람이 다 된 밥에 재 뿌리듯이, 빤히 바라보는 맑은 눈에 모래 뿌리듯이 모든 것을 한 방에 휘저어 흩어놓고 가는 그 모습이 참으로 아프고 슬프다. 욕먹을 모든 것을 내가 다 짊어지고 가겠다는 그 맘이 가상한 것이지만, 그 동기와 내용이 우리를 슬프게 한다. 그 슬픈 맘에 원망과 분노와 좌절감을 넘어 그의 인생 그 자체에 대한 비애감이 들어서 슬프다. 그가 할 마지막 염치 행위, 즉 자기를 도운 사람들에 대한 염치를 세우기 위한 권한 행위라고 하겠지만, 공과 사를 구별하지 못하는 아주 낮은 단계의 조직 의리에 지나지 않은 행위를 보는 듯하여 매우 슬프다. 그동안 그렇게 몰염치하게 하였지만, 마지막은 그래도 염치를 살려 주기를 바랐지만, 그 바람마저 뭉개버렸다는 것보다도 그런 한 가닥 희망을 가졌었다는 것이 참 슬프다. 그렇게 크게 잘못한 사람들이 법의 심판을 받았을 때 사람들은 당연히 그렇게 됐어야 한다고 믿었고, '적법'한 조치를 할 뿐이라고 억지를 쓰면서 사면을 하였을 때 얼마나 냉혹한 인심이던가를 읽지 못하는 그 자리 그 사람이 슬펐다. 공인으로 그렇게 몰염치한 일을 할 때, 우리 사회에 몰염치가 들판의 풀처럼 무성히 자라나게 될 가능성을 빤히 보게 되어 슬프다. 휘저어 흩어 놓고 가는 그야 그렇게 가면 그만인지 모르지만, 그것이 남기는 사회 기풍은 얼마나 몰염치한 것들로 가득하게 될 것인가? 그것을 생각할 때 슬프다.

그런데 이건 또 뭐야? 먹통이라고? 불통이요, 깜깜이란다. 이 말은 국어사전에서 '바보, 멍청이'와 통하는 것이면서 경상도에서는 '귀머거리'란 뜻으로도 사용한다고 설명한다. 꽉 막혔다는 것이다. 이해도 안 되고, 남의 말도 듣지 않고, 자기 고집만 세우는 사람을 그렇게 부른다. 이제 선거가 끝난 지 겨우 한 달 반밖에 지나지 않았는데, 선거운동할 때 모든 세상의 소리를 다 듣고, 모든 세상의 것들과 다 터놓고 말을 나누고 맘을 나눌 것같이 하더니, 되는 순간부터 바로 그에게 주어진 별명이 '먹통'이요, '깜깜이'라니 참으로 슬프다. 그렇게 살아서 그런가? 그렇게 태어난 것인가? 그런 그를 미리 알아서 판단하지 않고, 덥석 뽑아놓고 답답해하는 것이 슬프고, 그를 내세운 당에서도 먹통처럼 깜깜한 그 속에 대해 서로 드러내지 않고 눈치만 슬슬 보고 있을 뿐, 바른 소리로 조언하는 사람이 없는 것처럼 보여서 슬프다. 그 먹통의 근원이 어디에 있는 것일까? 왜 그렇게 다른 사람과 통하지 않고 깜깜이로 혼자 한다는 인식이 모든 사람에게 들게 할까? 필요 없이 소문이 나도는 것이 싫어서, 보안을 철저히 하려고 그런단다. 한편 이해되고 수긍이 간다. 그러나 결국에는 다 드러나게 될 일을 왜 미리 청명하게 할 수 없는 것일까? 먹통같이 깜깜이로 하는 그들의 몇몇 참모들은 믿을 만한 사람들이란 것일까? 그 생각과 행동이 모든 사람을 믿지 못하는 것으로 인정하는 것이라서 참으로 슬프다.

이 두 가지가 다 어디에서 오는 것일까? 그것은 바로 절대군주가 통치하던 때, '짐은 국가'라는 낡은 의식과 권위주의 시대의 절대권을 가지고 휘두르던 독재의 속성에서 나온 것이지 않을까? 그때의 염치에 대한 이해와 소통의 방법은 당연히 민주시대의 그것과는 아주 다를 것이다. 물론 그 시절 그때를 살았던 사람들이나 지금을 사는 사람들 중에서도 위장전입을 하였거나, 병역을 부당하게 면제받았거나, 상속세나 증여세를 피해 가려고 한 이들이 부지기수일 것이다. 그 숫자가 많고 관행이라고 해서 옳고 괜찮은 것은 아니다. 그것이 아니라고 판단하기에 법으로 만들었고, 여론이 그렇게 흘러가는 것 아닌가? 깔끔하고 깨끗한 사람만 골라 쓰라는 것도 아닐 것이다. 그러나 깨끗하지 못한 사회가 맑고 밝은 것을 요청했다면 시대의 흐름이 바로 된 것 아닌가? 그런데 '먹통' 인선을 옹호하기 위하여 '신상 털기'식 청문회나 여론 검증이 문제가 있다고 하는 발언은 부정한 사회 흐름을 공식화하자는 것과 같은, 시대를 거꾸로 가자는 위험한 말로 들려서 아주 슬프다. 미리 맑고 깨끗한 물이나 유리처럼 투명하게 일하는 풍습을 만들어주면 좋겠다. 대통령이 아집과 버릇을 부정하고, 민중과 시대를 긍정할 때 슬픔은 사라지고 행복해지지 않을까?

2013. 2. 3.

신뢰 프로세스

함석헌 선생의 시집 『수평선 너머』에 「그 사람을 가졌는가」란 시가 있다.

만리 길 나서는 길
처자를 내맡기며
맘 놓고 갈 만한 사람
그 사람을 그대는 가졌는가

온 세상 다 나를 버려
마음이 외로울 때에도
'저 마음이야' 하고 믿어지는
그 사람을 그대는 가졌는가

탔던 배 꺼지는 시간
구명대 서로 사양하며
'너만은 제발 살아다오' 할
그 사람을 그대는 가졌는가

불의의 사형장에서
'다 죽여도 너희 세상 빛 위해
저만은 살려두거라' 일러줄
그 사람을 그대는 가졌는가

잊지 못할 이 세상을 놓고 떠나려 할 때
'저 하나 있으니' 하며
빙긋이 웃고 눈을 감을
그 사람을 그대는 가졌는가

온 세상의 찬성보다도
'아니' 하고 가만히 머리 흔들 그 한 얼굴 생각에
알뜰한 유혹을 물리치게 되는
그 사람을 그대는 가졌는가

아, 얼마나 서늘한 시인가? 아, 얼마나 부러운 믿음이요 사람인가? 이런 사람 하나 있다면 그는 인생에서 아주 참 잘 산 인생에 들 것이다. 나라 중에서 이런 사람을 가진 나라가 있다면 그 나라는 참으로 행복한 나라가 될 것이다. 어느 사회, 어느 시대가 이런 사람을 가졌다면 그 사회, 그 시대는 참으로 안정되고 평화로울 것이다. 이런 문화가 창출된 곳이 있다면 더 부러울 것이 없을 것이다.

오늘은 '신뢰 프로세스'란 말을 여기저기에서 많이 듣는다. 지난 25일 대통령 취임사에서도 아주 힘주어 강조하는 것을 들을 수 있었다. 개인이나, 개인들 사이에서나, 단체와 단체, 단체와 개인, 정당과 정당, 정치계와 시민, 공공한 기관과 시민, 나라와 나라, 민족과 민족, 대통령과 국민 사이에 신뢰 프로세스가 없다면 그 세상은 볼 장 다 본 세상이다. 그런 의미에서 그 말은 사람이 사람으로 살고, 나라가 나라로 지탱되며, 세상이 세상으로 엄존하게 될 가장 기본 되는 것임이 분명하다.

그런데 지금 우리 사회에는 신뢰 자체가 없는 것이 맞다고 판단할 것들이 너무나 크게 겉으로 드러난다. 어느 누구도 선거에 입후보한 사람들이 크게 떠드는 소리를 그대로 다 지킬 것이라고 믿어서 표를 주는 법은 없다. 또 그렇게 공약하는 그 사람도 당선되면 그 공약을 꼭 그렇게 지키겠다고 굳게 다짐하거나 믿고 주장하는 것은 아닐 것이다. 서로가 뻔한 거짓말을 한다고 생각하며 투표 행위를 한다. 그렇게 보면 그것은 거짓을 뻔히 알면서도 공인하는 허위행위일는지 모른다. 물론 그런 중에 진담이 있고 진정성이 있지만. 그 두 가지, 거짓과 참의 변증 관계 때문에 사회는 조금씩 나아지는 방향으로 나갈는지 모른다.

새 대통령이 청와대에 들어앉았지만, 새로운 내각이 구성되지 않았다. 비서진도 완성되지 않았다. 정부조직법이 여야 간에 합의가 되지 못하고 법으로 제정되지 못하였기 때문이다. 왜 이렇게 늦어지는 것일까? 누구는 준비되지 않았기에 그렇다고 말한다. 누구는 야당이 발목을 잡아서, 누구는 여당이 유연하게 교섭권을 가지고 있지 못하여 협상이 진전되지 않아서 그렇다고 말한다. 완전히 틀린 주장은 아닐 것이다. 일부 맞는 부분이 있을 것이다.

나는 좀 다르게 본다. 신뢰 쌓기의 바탕이 다져지지 않았기 때문이 아닌가 싶다. 신뢰는 믿어주는 데서 생긴다. 나도 존중을 받아야 하겠지만, 상대방을 최대한으로 존중하고 믿어주는 데서 신뢰가 생긴다고 본다. 지금 대통령은 대통령에 당선된 뒤부터 지금까지 아무도 믿지 못하겠다는 투로 일관한 듯이 보인다. 함께 일하는 사람들이 누구인지도 알려지지 않았다. 모든 것을 깜깜이로 가두어두었다. 보통 사람들에게 그는 철저하게 아무도 믿지 않는 불신의 화신처럼 느껴진다. 여기에서 배신의 계절이 싹튼다. 선거전에서 그를 후보로 만들고, 그 후보를 당선시키기 위하여 열심히 뛴 사람들, 그가 하는 일을 보고 표를 준 사람들을 철저히 믿지 못하고 배제하는 모습을 보인다. 상당히 많은 사람들이 배신감을 느낀다. 함께할 사람들을 믿지 못할 때 누구든지 낭패스럽고 실망하여 등을 돌리거나 적극 참여하는 것을 보류한다.

그것은 어디에서 오는 것일까? 무능하기도 하겠지만, 더 중요한 것은 오만의 결과라고 본다. 나 이외에 다른 사람을 믿을 수 없다는 것은 오만이다. 신뢰는 내가 한 말을 지키는 것에서 오기도 하지만, 더욱 큰 신뢰는 나를 열고 상대방을 믿음 속으로 받아들여 존중하는 데서 생기고 자란다. 그런데 지금 대통령은 그런 모습을 전혀 주변 사람들에게 보여 주지 않는다. 어려서부터 그런 불신의 사회 분위기, 성장 분위기가 그를 그렇게 만들었을까? 그러나 공공한 일을 하겠다는 사람은 그것을 스스로 깨고 부수지 않는 한 공공한 자리에 앉아서는 안 된다. 이제 그는 솔직하게 입을 더 많이 열고, 귀를 더 크게 열고, 눈을 크게 떠서 말하고 듣고 보아야 한다.

대통령에 취임하는 날 그녀는 다섯 번 옷을 갈아입고 공중 앞에 나타났다. 모든 옷의 색깔과 모양이 다 달랐다. 그때마다 그 옷이 주는 상징과 메시지가 있었을 것이다. 그중에 나에게 강하게 다가온 것은 두 가지였다. 취임식 때 입은 '군벌'을 상징하는 듯한 코트요, 청와대로 들어갈 때 입은 '궁중시대'를 연상케 하는 두루마기 색상과 디자인이었다. 지나친 상징은 오해를 불러온다. 이제 대통령은 그런 상징의 정치를 최소화하고, 솔직하게 주변 사람과 상대방을 믿고, 모든 것을 열어서 대화하고, 받아들이고, 주장하고, 밀고 당기는 보통 사람의 상식 속에서 살아가면 좋겠다. 그러면 신뢰는 저절로 마련될 것이다.

2013. 3. 3.

다문화 교류 협동조합은 가능할까?

전남 구례에 사는 황인중 씨의 평범한 삶을 듣다 보면 매우 탁월한 감각을 가지고 산다는 느낌을 받는다. 그이의 입에서 아주 자연스럽게 흘러나오는 말들은 듣는 이에게 슬쩍 힘을 주고 감동을 준다. 잃어버렸던, 그렇게도 그리던 삶이 그이의 그런 삶에서 묻어나기 때문이다. 그리고 그 오랜 세월을 그런 순수하고 깔끔한 삶을 잃어버리고, 잊어버리고 살았다는 안타까운 맘이 든다. 나와 내 아내는 참으로 우연한 기회에, 아주 자연스럽고 미리 계획하지 않은 상태에서 그의 집을 방문할 수 있었다. 맘에 가지고 있던 짐이 한 겹 벗겨지기도 하였다. 그들 가정을 찾아간 우리를 그렇게 극진히 맞아주는 그와 이런저런 이야기를 나누는 동안에 아주 빛나는 소리를 들었다.

“여기 우리 구례에도 결혼 이주 여성들이 많이 살아요. 그분들이 아주 즐겁고 행복하게 살 수 있는 길이 있다고 봐요. 그들의 남편과 시부모들이 이해를 하여 주어야 하겠지만, 잘만 하면 그들이나 우리 구례나 모두가 다 좋은 삶의 방법이 있을 것이에요. 아주 쉽다고 보거든요. 그들이 시집와서, 친정에 가보기도 어렵잖아요? 그것을 쉽게 풀어주는 방법이 있다고 봐요. 그들이 자기들 문화와 생활 관습을 다 잃고 살고 있잖아요? 그것을 다 가지고 더 풍성하게 살 수 있는 삶이 있다고 봐요. 마치 식민지 개척자들에게 눌리는 듯한 삶이 아니라, 당당하게 여기에 공헌하면서 살 수 있는 길도 있다고 봐요. 자기 마을을 스스로 만들면서 살 수 있는 길이 있다고 봐요. 아주 쉬운 일이지요. 그런 걸 해보면 참 좋겠어요. 교수님이 우리 구례로 오시면 여기서 하실 일이 참 많고, 우리 구례도 매우 풍성해질 것인디! 여기 안 오실라요?!"

"지금 그것 글로 한번 써봐요. 내가 내는 잡지 『씨올의 소리』에 실으면 좋겠는데."

"아이구, 저는 글 못 써요. 제가 다 말했잖아요. 그걸 선생님이 직접 쓰세요."

"아니야. 그러면 감동도 없고, 재미도 없어. 직접 써봐. 내가 쓰는 것은 직접 쓰는 것도 아니고, 소개 정도를 넘을 수 없지. 그게 누구를 감동시킬 수 있겠어! 그걸 읽고 실천해 볼 사람도 없을 것인디."

"그래도 전 못 써요. 다 말했으니까 글 잘하는 선생님이 쓰세요. 밥 먹으러 갑시다."

그가 말한 그 내용이 참 탁월하고 좋은데, 아무리 생각하고 부탁해도 그가 그것을 글로 쓸 것 같지는 않다. 그렇다고 그 생각을 그냥 묻어두기는 너무 아깝다. 그래서 여기에 그 내용을 소개한다.

지난번에도 이 자리를 통하여 다문화가정 문제를 말하였지만, 결혼 이주 여성들의 문제를 생각할 때 자주 가슴이 아프다. 사람이면서도 사람으로 인정받거나 대접받지 못하는 사람들이 지금 이 시대에도 의외로 많다는 것이 참으로 슬프고 아픈 일이다. 그중 바로 결혼 이주 여성들이 일정한 부분을 차지한다. 이 부분은 사람에 대한 것이기에, 즉 인격에 대한 것이기에 말하기가 참으로 쉽지가 않다. 이렇게 말하면 저가, 저렇게 말하면 이가 상처를 입을 가능성이 지극히 높고 민감한 문제이기 때문이다. 그렇지만, 바로 결혼 이주 여성들 중 상당히 많은 분들이 이중 삼중의 억압과 착취와 구조적 고난의 체제 속에 있다는 것은 분명하다. 그것을 극복하는 여러 길 중 하나가 이런 것이지 않을까?

"다문화 여행 협동조합을 만들면 좋겠어요. 외국에서 결혼하여 이곳으로 오신 분들과 다른 나라를 여행하고자 하는 분들이 협동조합을 만드는 것이지요. 그렇게 하여 그 지역으로 여행할 때는 그 지역에서 결혼하여 온 분들을 여행 안내자로 선정하는 것이지요. 그리고 많은 지역을 도는 것이 아니라, 그 결혼한 분이 살던 지역을 중심으로 문화 탐방을 하는 것이에요. 그렇게 하여 그 지역 사람들과 여기 지역 사람들이 결연을 맺는 것이지요. 그리고 또 그 지역에 사는 사람들도 우리 지역으로 여행을 오는 것이지요. 그때도 물론 결혼 이주 여성들이 자기들의 말로 우리 지역을 안내하고 설명하는 것이지요. 이렇게 하면 그들은 자연스럽게 고향을 방문하게 되고, 그때는 그의 가족이 함께 가면 좋겠지요. 그렇게 되면 그 지역에서 이분들의 위상도 올라갈 것이고, 우리 문화를 그곳에 소개할 뿐만 아니라, 그 지역의 문화를 우리에게 잘 안내하는 것이 되지 않겠어요? 이것은 큰 조합일 필요가 없어요. 그러니까 여러 개의 협동조합들이 생길 수가 있는 것이지요. 베트남, 캄보디아, 인도네시아, 필리핀, 중국, 일본 출신 등 상당히 많거든요. 각 지역 출신들이 포함되는 문화 교류 협동조합을 만들면, 자연스럽게 아름다운 교류가 이루어지고, 그분들의 인간다운 삶도 함께 올라가고, 여기에서 뿌리내리고 있는 우리들에게도 풍성한 국제 문화 감각이 늘지 않겠어요? 이미 있는 자원인데, 그것을 잘 활용할 길이 있다고 봐요. 그분들이 자기 고향을 여기에서 함께 사는 분들에게 소개할 때 얼마나 뿌듯하고 자신감이 생기겠어요. 그리고 자기 고향 사람들에게 자기가 시집와서 사는 이곳의 문화를 설명할 때 얼마나 자부심과 이 지역에 대한 사랑하는 맘이 일어나겠어요. 아주 간단하고 좋지 않아요?"

2013. 5. 4.

다시 쓸모없음의 쓸모 있음

우리의 문명살이는 어쩌면 쓸모없음을 그냥 없음으로 처리하는 버릇을 대량생산하는 것인지도 모른다. 내가 대전시 은행동에 자리를 잡아 '옹달샘터'를 마련한 지 이제 곧 두 해가 되어간다. 그러면서 은행동, 대흥동, 선화동, 원동, 중동, 정동의 변화 없는 듯한 변화를 본다. 거기에는 내가 보기에 쓸모가 있으나 전혀 쓸모없는 것처럼 방치된 것들이 너무나 많다. 도시정책을 세우거나 개발하는 사람들의 눈이나 그것들을 소유하고 있는 사람들의 눈에는 아주 흉물로 보이고 쓸모없는 것으로 보일는지 모른다. 그래서 언젠가는 누가 비싼 돈을 주고 사주어서 모든 것을 싹 쓸어버리고, 하늘 높은 줄 모르는 마천루가 즐비하게 들어설 것을 바랄는지 모른다. 그래서 '저것 좀 쓸 만하고 품위가 있는데' 하고 여겨지는 것들은 어느 순간 눈 깜짝할 사이에 없어지고 이른바 '원룸'이 들어선다.

젊은이들이 많이 모이는 으능정이에는 아주 뜻 없이 보이는 'LED 거리'가 만들어지고 있다. 보는 사람들마다 얼굴을 찡그리고, 저것이 뭐인가 하고 묻는다. 정확한 액수야 알 수 없지만, 그 경비가 어마어마하리라는 것은 불을 보듯이 환하다. 그것이 얼마나 우리의 삶을 생생하게 만들어줄 것인지도 모른다. 분명히 어떤 사람이 생각 없이 던진 의견을 또 누구인가가 생각 없이 확 받아서 밀고 나가지 않았을까 싶다. 그런데 바로 그것 옆에는 굉장히 많은 정말로 흉물스러운 건물들, 그러니까 중간에 부도가 나서 짓다 만 건축물들이 아주 많다. 가장 큰 것은 옛 한국은행 자리에 어마어마하게 크게 짓는, 그러나 몇 년째 공사가 진행되지 않고 있는 쌍떼빌 건물이다. 언제까지 그렇게 방치할 것인지? 어느 개인이나 회사가 짓다 만 것이니까 그들이 해결할 때까지 그대로 내버려 둘 것인지? 그들이 해결할 능력이 없다면 어떻게 할 것인지? 건축 허가를 내준 시나 구 행정 당국의 책임은 없는 것인지?

대전시는 더 이상 주변의 녹지대나 논이나 밭이나 산을 개발이라는 이름으로 파괴하는 정책을 펼치지 않으면 좋겠다. 그 대신 이미 죽었다고 판단하는 구도심이나 옛날 열악하던 주거지역을 근본부터 새롭게 세밀히 조사하는 연구 프로젝트를 발주하면 좋겠다. 그렇게 하여 지금 짓다 만 건물들에는 어떤 것들이 있는지, 그것들이 왜 그렇게 되었는지, 그것이 해결되려면 어떤 조치가 필요한 것인지, 그것들을 어떤 것들로 바꾸어 사용할 수 있는지, 그렇게 할 때 얼마만큼의 경비가 들어갈 것인지, 그리고 또 지금 구도심에 빈집은 얼마나 있는지, 그것들을 제대로 활용하려고 할 때는 어떤 것들이 더 필요한 것인지 파악해야 한다. 생각과 철학이 없이 진행되는, 모든 것을 싹 밀어붙이고 높게 세우는 재개발식의 정책 아닌 정책을 펼치는 것보다는, 이미 있었고 그전에는 화려하였던 그 지역을 가능한 한 살리면서 새로운 품격을 넣는 방법이 무엇인지를 찾는 그런 정책과 고민이 있어야 하지 않을까?

어린이공원에는 어린이들이 찾아오지 않고, 청소년문화거리는 청소년들이 문화 활동을 하기 위하여 찾아오지 않고, 일종의 우범지대처럼 방치된 곳은 얼마나 되는지, 노인들을 위한 시설들은 건전한 노인 문화가 꽃피고 있는지, 노인문화는 청소년문화와 함께 피어야 하는 것인데, 그럴 가능성이 있도록 만들어지고 운영되고 있는 것인지, 이런 모든 것들을 소위 '전문가'라는 사람들이나 집단에 의존할 것이 아니라, 그 지역에 살고, 그 지역을 잘 알고, 안타깝게 생각하는 시민들이 참여할 수 있는 조사 팀을 구성하여 기초 조사를 할 필요가 있다. 그것을 놓고 열린 모임을 여러 번 가지면 탁월한 해결 방법이 나오지 않을까? 이런 모든 것들이, 자본이 지배하는 시대에 비자본이 참여할 수 있는 부문이며, 행정이 미치지 못하는 곳에 시민이나 주민이 참여할 수 있는 탁월한 부문이라고 본다.

지금 은행동, 대흥동에는 문화운동이나 시민운동을 하는 이들이 속속 모여 활동하면서 그 지역 경기가 다시 솔솔 살아나는 기미가 보인다. 죽은 듯하던 거리를 살려 놓으니 살려 준 그들이 살 수 없게 세가 올라간다. 살기 좋고 활동하기 괜찮다고 다른 사람들이 들어온다. 그러면 살려 놓았던 가난한 그들은 또 다른 곳으로 밀려갈 수밖에 없다. 여기에 정책이 개입할 부문이 있다. 원래 살려 낸 그 집단들은 활발해진 뒤에도 그곳에서도 살아남아서 활동할 수 있도록 해줄 정책이 이때 세워져야 한단 말이다. 품격 있는 문명은 쓸모없음을 쓸모 있게 대접하는 일일 것이다.

2013. 5. 17.

'아직 멀었어요'

사람이 살거나 모둠을 꾸리고 나갈 때 '이제 이만큼이면 됐다'고 말할 수 있는 단계는 어디일까? 그것을 재볼 수 있는 잣대는 어떤 것일까? 우리는 가끔 '아직 멀었어'라거나 또는 '그만하면 됐지' 하는 소리를 하고 또 듣는다. 그러나 그 기준을 알 수는 없다.

얼마 전에 도립공원 '문경새재길'을 잠깐 걸어보았다. 대전으로 돌아오기 위하여 버스 길을 주변 사람들에게 물어보았다. 사람들이 친절하게 이러저러한 길을 일러주었다. 그때 아주 똑 부러지고 야무지게 일러주는 중년 부인이 있었다. 그는 자기 자신을 도립공원 '문경새재길'에 근무하는 사람이라고 소개하였다. 장효자라는 그녀는 아침 7시면 일터에 도착하여, 오후 5시경에 퇴근하여 집으로 가기 위하여 버스터미널에 도착한단다. "제가 여기 도립공원에서 하는 일은 변소 청소예요. 제1관문에서 제3관문까지 13개의 변소가 있어요. 아래에서부터 올라가면서 청소하고, 내려오면서 다시 한 번 청소해요. 제가 하고부터 민원이 줄어들었다고 표창까지 받았어요. 저는 〈문경새재아리랑〉을 잘 불러요. 오늘도 사람들한테 두 번 불러드렸어요. 가락이 좀 슬퍼요. 나중에 다시 만나면 한번 불러드릴게요. 그런데 요새 잘산다고 하고 옷 이렇게 빼입고 다니지만, 아직 멀었어요. 변소를 이렇게 청소하는데, 그 옆에다 싸는 놈, 깨끗하게 닦아놓은 곳에 더럽게 토하는 놈, 말로 할 수 없이 엉망인 놈들이 많아요. 아직 멀었습니다". 아주 참 더러운 인간들이 사는 참 더러운 사회라는 뜻이다. 이제 막 깨끗하게 청소한 바닥에 침을 탁 뱉고 가는 족속들이 얼마나 많던가?

버스를 탈 때마다 들리는 소리가 있다. "노약자나 임산부에게 자리를 양보하는 미덕을 보입시다". "우리는 노약자에게 자리를 양보하는 아름다운 시민입니다". 아주 아름다운 목소리로 이런 안내 방송을 한다. 물론 버스에는 노랗고 파랗게 구별된 자리가 있다. 노란색은 이른바 경로석, 노약자석이라는 것이다. 대개 노인들은 그렇게 색깔이 노란 곳에 앉거나 서려고 한다. 버스는 서있기가 힘들 정도로 난폭운전 수준으로 달린다. 젊은이들은 대개 뒤로 가서 앉는다. 그런데 사람이 아주 많이 탈 때, 그 색깔은 자주 무시된다. 어떤 젊은 사람이 자리에 앉는다. 올라올 때도 그렇지만 앉을 때도 주변을 훑어보지 않는다. 그는 오로지 한 곳, 스마트폰에 눈을 고정시키고, 이어폰에 귀를 집중한다. 그리고 빈자리에 그냥 앉는다. 그다음에 어떤 노인이나 약자가 올라온다. 그것이 눈에 들어오지 않는다. 그리고 화면을 보면서 히죽히죽 즐겁게 웃는다. 자리를 양보할 기색은 전혀 보이지 않는다. 노약자는 자괴감을 느낀다. '참 더러운 사회'라고 생각할 것이다.

지하철을 타면 경로석이 맨 옆에 있다. 노인들이나 약자들은 대개 그 자리로 몰린다. 그러할 때 그곳에도 빈자리가 없을 수 있다. 그러면 여기저기를 휘둘러본다. 가운데로 가볼까 움직이면 누구인가 빠른 사람이 잽싸게 앉는다. 그는 머쓱해진다. 경로석이 아닌 자리에 서있는 노인은 마치 남의 영역을 침범한 범죄자의 심정으로 어색하다. 경로석이 아닌 자리에 앉은 사람들은 한결같이 손에 화면을 들고, 귀에 이어폰을 꽂고 아주 열심이다. 아마도 90% 이상은 이러할 것이다. 그 앞에 누가 서있는지 보이지가 않거나 관심이 없다. 이러할 때도 계속하여 방송은 나온다. 노약자에게 자리를 양보하는 아름다운 덕을 쌓자는 소리다. 그래도 눈에는 노약자가 보이지 않고, 귀에는 그 소리가 들리지 않는다. 그가 보고 듣는 것은 다른 것이기 때문이다. 그런 말을 공공연하게 방송하게 되는 참 더러운 사회가 됐다. 버스나 지하철이나 공공한 장소에 노약자석을 따로 정하는 것은 내가 보기에 잘못이다. 모든 자리가 다 일단은 노약자 우선 자리지 않던가? 그런 말이 나오지 않아도 자연스럽게 그렇게 양보하던 때가 있지 않았던가? 우리가 미개한 시대라고 하던 때에도 말이다.

길을 갈 때, 계단을 오르거나 내릴 때도, 기차에서 내리거나 탈 때도, 사람이 많은 복잡한 광장이나 거리를 걸어갈 때도 사람들은 참으로 열심이고 매우 깊게 집중한다. 스마트폰을 보고 이어폰으로 듣는다. 앞에 누가 걸어오는지 별로 관심이 없다. 뒤에 누가 바삐 지나가기를 희망하는지 알길이 없다. 누가 어떤 말을 하고 묻는지 들리지가 않는다. 세상이 하도 복잡하고 더러워서 더 이상 보지 않고 듣지 않겠다는 것인지. 사람이 굼실거리면서 살지만, 그 사람들이 보이지 않는다. 어른들은 아이들이 스마트폰에 중독되어 매우 염려스럽다고 말한다. 그런데 어른들은 어떨까? 누가 먼저 그것에 접촉하고 중독되었던가? 어린이들의 문제를 걱정하는 그 어른은 그것들로부터 얼마나 자유롭던가? 참 더러운 사회다. 아직 먼 듯하다. 사람이 사람답게 살 수 있는 사회가 되려면.

2013. 8. 11.

좋은 책을 읽자고? 왜?

나는 매일 조금씩 책을 읽는다. 그리고 조금씩 글을 쓴다. 또 책을 만들어 내기도 한다. 많은 사람들에게 좋은 책을 읽으라고 말하고 또 함께 읽자고 초대한다. 실제로 혼자서 읽기도 하고, 다른 사람과 함께 읽기도 한다. 그 읽은 것을 서로 나누기도 한다. 어떤 것은 이해할 수가 없어서 답답해하기도 하고, 어떤 것은 아주 깊은 감동으로 읽고 감사하고 기뻐하기도 한다. 내 강의를 듣는 학생들에게는 언제나 많은 책을 읽는 과제를 내기도 하고, 심지어는 결혼 주례 때도 새로운 부부에게 좋은 책을 함께 읽을 것을 아주 간곡히 권장한다. 그런데 그런 나는 책을 빨리 읽지 못하고 많이 읽지 못하였다. 특히 어린 시절에 책을 많이 읽지를 못하였다. 그것이 한이 되어 책을 읽자는 말을 많이 하고, 읽고자 하는 사람들과 함께한다. 때로는 '고전독서모임'으로 때로는 '젊은 날에 만나야 할 사람, 생각 그리고 책'이라는 모임으로, 지금은 '시루'라는 이름의 모임으로, '옹달샘터 낭독회'라는 이름으로 공동으로 책을 읽고 생각하고 의견을 나누는 것을 지속하고 있다. 젊은 날에 좋은 책을 많이 읽었다면 지금보다는 좀 더 나은 사람으로 살 수 있지 않을까 하는 맘에서다. 정말 그러하였을까 하고 되물으면 정답은 없다. 그럴 수도, 그렇지 않을 수도 있기 때문이다. 그런데도 한없이 '젊었을 때 좋은 책을 많이 읽었더라면' 하는 맘이 자꾸 떠오른다. 되돌릴 수 없기에 지금 그냥 자꾸 읽는다.

그런데 '왜 책을 읽어야 해요?'라고 질문을 한다면 나는 할 말이 금방 나오지 않는다. 간단하고 산뜻하게 대답할 말이 없다. 최근에 나는 민음사에서 발행한, 요한 페터 에커만이 정리한 『괴테와의 대화』란 책 1권과 2권을 읽으며 감탄할 때가 아주 많았다. '아, 이 책을 20대 때 읽었더라면 얼마나 좋았을까? 그때 그 위대한 영혼과 만났더라면 얼마나 좋았을까?' 나는 이렇게 여러 번 반복하였다. 괴테와 10년 가까이 1,000여 번을 만나면서 이야기를 나눈 것을 정리한 젊은 에커만은 참으로 행복한 사람이었다. 반면 자기에게 감동하는 그런 젊은이를 만나 말년에 성숙한 자기 생각을 맘껏 이야기하고 토론할 수 있었던 괴테 역시 참 행운아였다. 이 두 사람의 이런 만남은 또 그 뒤 그 책을 읽고 기뻐하는 사람들에게 아주 탁월한 행운을 제공한 사건이었다. 책 하나가 만들어지는 것은 이런 거대한 사건임이 분명하다. 그 사건과 만나는 읽음의 사건 역시 거대한 것이 될 가능성이 크다. 그래서 나는 이 책을 다음 학기 내 강의를 듣는 학생들에게 꼭 읽어야 할 과제로 낼 생각이다.

거기에다가 나는 하나의 아주 중대한 책임을 지고 있다. 지금 출판하려고 준비 작업을 하고 있는 것이 있다. 그것은 바로 『정본 함석헌 전집』(가칭)을 새로 정리하고 편집하고 책을 만들어 내는 일이다. 누구는 이 일이 나의 필생의 작업이 될 것이라고 말하기도 한다. 그의 작품을 잘 정리하고 책으로 남겨 놓는 것이 우리 인류 사회에 좋겠다고 판단하기 때문이다. 그 책은 분명히 40권 이상이 될 것이다. 그 많은 것을 누가 읽겠는가? 또 그 많은 글이 다 책으로 나와야 할 만큼 그렇게 정말로 가치가 있는 것일까? 나는 그렇다고 생각하면서 성실히 작업하려고 한다. 많은 사람이 읽기를 기대하면서.

책방에 가면 매일 새로 나오는 책들로 가득하다. 어떤 것을 읽어야 할까 판단하기 어려울 만큼 많은 책들이 쏟아져 나온다. 이것도 불가사의다. 요새 사람들은 책을 읽지 않는다고 말한다. 또 실제로 읽는 신문, 잡지 들 중에서 폐간된 것들이 많다. 인터넷을 통하여 정보를 얻고 주고받는다. 그래서 종이책이 의미를 상실해 간단다. 출판사를 경영하는 사람들은 한결같이 출판 경기가 옛날 같지 않다고 말한다. 그런데 왜 책이 자꾸 쏟아져 나올까? 쓰는 사람이 있고 만드는 사람이 있고 또 책을 찾는 사람이 있어서가 아닐까?

그래도 다시 '왜 책을 읽어야 하나요?'라는 질문을 한다면 나는 아직도 할 말을 못 찾는다. 책을 읽으므로 밥이 금방 생기는 것도 아니다. 나쁜 건강이 확 좋아지는 것도 아니다. 불만과 불행스럽다고 생각하는 것이 금방 만족과 행복으로 바뀌는 것도 아니다. 그 책을 읽음으로 알게 된 것을 모르는 상태로 있다고 하여 어마어마하게 큰 피해를 입고 사는 것도 아니다. 그렇다고 그 책들이 나에게 준 그 무엇으로 금방 세계가 확연히 달라져 보이고, 내가 바라는 세상으로 달라지는 것도 아니다. 그런데 하루라도 어떤 책을 읽지 않는다면 내 눈빛이 맑아지는 느낌이 없고, 내 영혼이 맑아지고 안정된 느낌이 없는 것은 사실이다. 그래서 읽는가?

2013. 8. 25.

사람이 사람답게 살려면

개인 사정이 그러했기 때문에 그렇게 됐다고 할 수도 있을는지 모르지만, 최근에 서울 송파구에서 세 모녀가 나란히 자살한 사건은 우리에게 큰 충격을 주었다. 60대 초반과 30대를 넘긴 세 모녀는 한때 능력(?)이 있어서 스스로 생활하던 사람들이었다. 그런데 취업할 수 없는 병을 앓게 되고, 일할 수 없이 몸에 문제가 생겼을 때, 일하던 곳에서 받아주지 않게 되었다. 그리하여 더 이상 살고 있는 집의 세도 낼 수 없고, 공과금도 낼 수 없는 처지에서 극단의 길을 선택하면서 '죄송합니다'란 말 한마디와 함께 세상을 떠났다. 누가 누구에게 죄송한 것이었을까? 그들은 그렇게 갔지만, 그들이 남긴 근본 문제는 우리에게 커다란 과제요 짐이 되었다.

우리가 모여서 살고 한 나라를 구성하면서 산다는 것은 한 사람의 삶이 전체의 삶과 밀접한 관계가 있다는 것을 의미한다. 한 이웃은 다른 이웃과 긴밀한 관계 속에 있고, 한 지역은 다른 지역과 또한 그런 관계 안에 있다. 헌법에서도 말하고 있듯이 모든 국민은 국가의 보호를 받아 품위를 손상당하지 않는, 사람다운 삶을 누릴 권리를 가진다. 그 '사람다운 삶'이라는 것이 무엇일까? 사람으로 태어나서 '사람다움'을 인정받지 못하고 손상될 때 그 상실감은 보통 큰 것이 아니다. 그런데 우리 사회에서 사람이면서 사람으로 취급받지 못하고 사는 사람들이 얼마나 많던가? 지금처럼 나라가 이렇게 나가면 파도가 밀려오듯이 위의 '세 모녀'의 사건은 그들로 끝나지 않고 끊임없이 와서 우리를 치고 갈 것이 분명하다. 어떻게 할 것인가?

선거 때만 되면 보편 복지니, 선택 복지니 하는 복지 논쟁이 아주 심하다. 조금 지나면 그 말이 다시 불 일듯이 일어날 것이다. 또 이번 '세 모녀' 사건으로 '복지제도의 사각지대'란 말이 많이 나온다. 제도 자체가 이미 그러하면 아무리 관리를 철저히 한다고 할지라도 사각지대를 없앨 수는 없다. 그렇다면 제도로 사각지대를 없애는 것이 중요하다. 여러 해 전부터 언급된 '기본소득' 또는 '근본소득'이란 제도를 아주 심각하게 논의하고, 그리고 빠른 속도로 도입할 것을 결의하는 것이 옳을 것이다. 이 제도는 이미 브라질과 나미비아에서 실험하고 있고, 스위스에서는 지난해 10월에 126,000명의 서명으로 헌법사항으로 넣을 것을 요청하는 일이 일어났다. 선택하거나 배제해서가 아니라, 일단 국민으로 등록된 모든 사람에게 똑같이 일정한 소득을 보장하여 주고 지급하는 제도다. 사람을 모두 평등하게 대한다는 철학에 입각한다. 이것은 물론 이제까지 우리에게 익숙한 '일하지 않는 놈은 먹지도 말라'는 논리에는 전혀 맞지 않는 제도다. 그러나 사람이라면 일을 하건 쉬건 다 똑같이 먹고 자고 사랑하고 놀 권리가 있다. 또 일을 어떻게 규정하는가 하는 문제도 남아있다. 백만장자에게도, 실업자나 노숙자에게도 이 권리는 똑같다. 이것을 보장하고 실현하자는 제도다. 대통령 선거 때 한 '모든 노인에게 20만원을 지급하겠다'는 약속은 여기로 가는 아주 작은 첫걸음이 될 수도 있었다.

거기에 따른 부작용은 연구하면 방책이 나올 것이다. 먼저 할 일은 앞으로 우리가 갈 길을 이렇게 정하는 일이다. 모든 국민에게 기본소득을 보장한다는 결의를 함께하는 일이다. 그렇게 되면 모든 사람이 다 자기가 하고 싶은 일을 하게 될 것이다. 지금처럼 죽지 못해 일을 한다거나, 전혀 자기가 할 수 있는 일이 아닌데도 '목구멍이 포도청이기에 한다'는 불행한 노동은 사라질 것이다. 그렇게 되면 일터가 얼마나 재미가 있을 것인가? 이것이 보장된다면 지금처럼 유치원이나 초등학교 때부터 경쟁 체제에 무방비 상태로 내던져져서 어린이다운 삶을 살지 못하는 일이 사라질 것이다. 그때 어린이들이 얼마나 활기차게 자기의 생생한 생명력을 발휘하여 온 사회에 힘차고 밝은 기운을 줄 것인가? 그렇게 되면 상급학교에 가려고 자기에게 맞지도 않는 과목과 학교에 매달리는 일도 없을 것이며, 좋은 자리를 찾기 위하여 온갖 스펙을 쌓고 공부를 하기 위한 비용을 지출하지 않아도 될 것이다. 사람을 어떻게 믿을 수 있는가 하고 의문을 제기할 수도 있다. 물론 믿지 못할 만한 행동을 한 사람들이 참으로 많았다. 그러나 그것은 근본에서부터 불신을 깔고 있는 사회제도 아래에서 일어났던 일들이다. 이제는 사람을 그냥 신뢰하는 제도를 만들자는 것이다. 사람은 자기에게 책임이 있다고 느끼고, 인정받음을 알면 스스로 책임 존재로 활동하는 속성을 가지고 있다. 그것을 믿어주면 모든 인간은 스스로 알아서, 서로 맞추어 살아가게 돼있다.

2014. 3. 8.

낭독의 인문학

요사이 우리 사회에 '인문학'이란 말이 장마철 강물 넘치듯 자주 쓰인다. CEO 인문학, 기업 인문학, 과학·기술의 인문학, 예술 인문학, 생활 인문학, 육아 인문학, 연애 인문학, 결별 인문학, 상담 인문학, 입시 인문학, 취업 인문학, 죽음과 애도의 인문학, 정치 인문학, 청소년 인문학, 노년 인문학, 가정주부 인문학, 젊은 부부의 인문학, 학교 인문학, 직장 생활 인문학 따위처럼 온갖 곳에 그 말을 붙일 수 있을 만큼 아주 차고 넘친다. 그러고 보면 대통령 인문학, 국회의원 인문학, 도지사·시장 인문학, 장·차관 인문학, 장군 인문학, 장·사병 인문학, 공무원 인문학, 회사원 인문학, 남북 관계 인문학, 국제 관계 인문학, 여행 인문학과 같은 말들도 붙일 만하다. 그래서 그런지 한동안 열풍처럼 유행하던 '힐링'이라거나 '영성'이란 말과 강좌들처럼 지금은 온갖 곳에서 인문학 강좌들이 열린다. 대학에서도, 시청이나 구청에서도, 문화원에서, 교회에서, 절에서, 종합복지관에서도 열린다. 그렇게 사회 전체가 마치 돌림 열병을 앓듯이 야단인데, 각 대학들은 인문학 관련 학과들이 이상야릇한 논리와 셈법으로 없어지거나 다른 학과들과 합하여진다. 그러면서도 거기에서 또 인문학이 살아나야 한다고 법석이다. 이러한 흐름에 비추어 볼 때, 흔히 말하듯이 하는 인문학을 문학, 사학, 철학이란 학문 분야로 규정하는 아주 천박한 생각은 절대로 맞지가 않다.

옛날 내가 살던 시골에는 닷새에 한 번씩 장이 섰다. 그날이 되면 옷을 깨끗이 갈아입고 장을 보러 갔다. 농산물을 조금씩 가지고 나갔고, 돌아올 때는 필요한 것들을 조금씩 손에 들거나 짊어지고 왔다. 그때 이상한 장사 마당이 있었고, 그것을 찾는 사람들도 더러 있었다. 이른바 책 장사다. 도서관도, 책방도 없던 그 시골에 매번 서는 장날이면 꼭 찾아오는 책 장사. 그는 얇고 낡은 책들을 싸가지고 와서 흙으로 된 장바닥에 멍석이나 어떤 돗자리 같은 것을 펴고 그 위에 쭉 책을 펴놓았다. 그러면 어떤 사람은 그 옆에 쪼그리고 앉아서 책장을 넘기면서 읽다가 가기도 하였고, 어떤 사람은 그중 한두 권을 사 가지고 갔다. 읽고 싶은 것은 있는데, 읽을 수 없는 사람들이 너무 많았다. 그때 그 사람은 책을 사서 동네로 돌아와 어느 집 책을 읽을 수 있는 사람에게 가지고 가서 읽어달라고 하였다. 사발통문을 돌렸다. 아무 날 아무 시에 누구네 집에서 이러저러한 책을 읽는다는 소문을 돌린다. 일종의 초청장이다. 일이 끝났고, 여유가 있는 사람들이 그 집에 모였다. 전깃불도 없었을 때 초롱불 밑에서 목청 좋고 낭독 잘하는 한 사람이 구성지게 그 책을 읽는다. 그러면 조는 사람, 열심히 듣는 사람, 듣다가 맞장구를 치는 사람, 때때로 혀를 차고 무릎을 치면서 탄식하던 사람들도 있었다. 그렇게 그날 그 낭독의 밤은 깊어가기도 하였다. 이른바 오늘 말하고자 하는 '낭독의 인문학'의 저녁이다. 요사이 많이 알려진 말로 하면 낭독의 향연이요, 더 심한 말로 하면 '북콘서트'다. 책도, 읽을 사람도, 읽을 장소도 없던 그때 그 깊고 아름다운 모습은 성스러운 한 폭의 그림이다.

그런데 그 전통이 깡그리 없어졌다. 말짱 사라졌다. 책도 많아졌고, 읽을 줄 아는 사람들이 줄로 서있고, 모여서 읽을 장소 역시 지천으로 깔려 있는데, 그런 일이 없어졌다. 그러더니 언젠가부터 '스펙'이란 것을 쌓기 위하여 사이비 북콘서트가 열리기 시작하였다. 그것을 지원하는 제도도 생겼다. 그 전문가라는 사람들도 날뛴다. 그때 틈새시장을 공략해야 한다는 전략으로 타고 나온 것이 '인문학강좌'다. 이름을 인문학으로 하였을 뿐, 그것은 그냥 옛날식의 '교양강좌'에 지나지 않는다. 전국의 이렇다 하는 명사들을 불러서 현란한 강의를 듣는다. 그 강의만을 골라서 듣는 '전문인'이 또 생겼다. 우쭐대면서 자랑한다. 그것을 하면 곧 인문학을 하고 있다고 여기게 되었다. 역시 변종이다. 거기에는 굉장한 돈이 들어간다. '돈의 인문학'을 찾아야 할 판이다.

이때 나는 옛날 동네 낭독의 전통을 살릴 필요가 있음을 느꼈다. 책을 읽자고 하면, 그렇게 많은 책들이 있는데도 우선 겁부터 먹는 사람들이 많다. 그런데 그 책에 대한 내용을 알고 싶고, 그 속 감동을 느끼고 싶은 사람들은 또 많다. 읽어주는 사람과 듣는 사람들이 하나가 될 수 있는 길이 열리면 좋겠다고 생각하였다. 그래서 은행동에 있는 우리가 모이는 공간 '옹달샘터'에서 그 일을 시작하였다. 처음 시작할 때 그런 낭독을 하려고 하니 함께하자는 말을 듣고 한 분은 "아, 낭독! 가슴 떨리는 일이지요" 하였다. 정말 가슴 떨리는 감동이 있었다. '힐링'이 있었다. 거기에는 누구인가 아주 감동스럽게 읽은 책을 직접 골라서 감동스러웠던 장면을 읽기 때문에, 그 감동이 듣는 사람에게 전달이 되기 때문이었을 것이다. 몇십 명이 참여하든, 한두 사람이 오든 그 낭독회는 그렇게 두 주에 한 번씩 열린다. 이제 3년이 넘었다. 그것을 통하여 인문 정신이 우리 몸속에 퍼진다. 이런 일이 들에 풀처럼 번지면 좋겠다. 큰 강당이나 돈을 들여서 하는 대형 행사가 아니라, 사랑방이나 안방이나 골방에서 열리는 낭독의 모임이 퍼질 때, 그러니까 낭독 인문학의 열기가 퍼질 때, 우리 사회에 인문 정신은 새롭게 세워지지 않을까?

2014. 11. 9.

사람이 사람으로 사는 사회를 위하여

참으로 어려운 주제다. 누구든지 사람으로 태어났으면, 중간에 그가 갑자기 어떤 다른 동물로 변하거나 어떤 나무나 풀 또는 물고기로 변하지 않는 한 이렇게 사나 저렇게 사나 다 사람으로 살 것은 분명하다. 그런데 사람으로 태어나서 사람으로 살지 못하고 괴물처럼 사는 사람들이 참으로 많은 것이 또 우리 사회의 슬픈 현상이기도 하다. 다른 생명 존재들에 비하여 사람이라고 뭐 그리 특별한 존재라 할 수 있는 것은 아니지만, 그래도 이성을 가지고 탁월한 감성의 삶을 사는 사람으로서 갖추어야 할 덕목은 있을 것이다. 단순히 먹고 자고 입는 것만을 가장 큰 덕목으로 삼거나, 그것을 위하여 매진하는 것이 아주 바람직한 삶이라는 흐름이 강력하게 사회의 바닥을 훑어간다면 그것은 걷잡을 수 없는 슬픔의 근원이 될 수밖에 없을 것이다.

지금은 모든 학교들에서 졸업생을 내보낸다. 그 학교들은 졸업하는 학생들에게 각별한 염려를 가진다. 그중 대학들의 고민은 졸업한 학생들이 어떻게 안정적인 일자리를 찾고,

창조적으로 그 일을 수행해 나갈 수 있을 것인가에 있다. 이러한 고민 앞에서 학교와 졸업생은 마치 죄라도 지은 것처럼 주눅이 들어있다. 이는 우리 사회의 높은 양반들이, 대학과 학생들의 능력 부족이 청년들의 실업 문제를 야기한 것처럼 인식하도록 만들기 때문이다. 좋은 일자리가 없으면 아무리 탁월한 사람이라도 그 자리를 차지할 수 없을 것이다. 그런데 그런 일자리를 만드는 데 별 능력이 없으면서 왜 일자리를 잡지 않느냐고 닥달한다. 그래서 일자리를 아주 빠른 속도로 잡지 않으면 마치 사회의 저능아나 적응 불능자나 불량자처럼 바라보게 만든다.

사람이 사람답게 산다는 것은 서로가 원수처럼 인식하고 무한의 경쟁을 통하여 혼자서 탁월하게 성공하여 사는 것을 뜻하지 않는다. 서로가 도우면서 살아가는 것이 가장 아름다운 모습인 것을 모를 사람이 없다. 그런데 대통령으로부터 시작하여 각 부처 장관들이나 높은 지위를 가진 사람들이 똑같은 소리로 경쟁에서 살아남기 위하여 탁월한 방법으로 자기를 계발하고 좋은 일자리를 먼저 잡으라고 야단이다. 교육 환경과 학생 생활의 분위기를 그 방향으로 아주 무섭게 몰아간다. 마치 언덕을 내리닫는 바람처럼 우리 사회에 그런 혼탁한 기운이 휘몰아친다. 대학을 졸업한 뒤 졸업생들이 얼마나 빠른 시간 안에 제대로 된 일자리를 찾는가로 대학을 평가한다. 아주 천박한 책임 전가식의 가장 안일한 정책이다.

그런데 최근에 교육부장관이라는 사람이 여러 대학의 학생들과 만난 자리에서 일자리를 먼저 찾고 인문학을 하라는 말을 하였단다. 사람이 되는 것보다는 먼저 밥벌이 자리를 찾으라는 말로 들린다. 그러면서 인문 사범계 학과나 학생을 줄이는 정책을 펼칠 것을 내비치기도 하였다. 무엇이 됐든 밥 빌어먹을 일자리를 먼저 잡고 보라는 말이다. 사람이 되고자 하는 맘은 처음부터 가지지 말라는 말과 같다고 할까?! 그런데 대학을 졸업하는 학생들을 만나면 금방 일자리를 찾아서 나서기보다는 자신을 조금 더 여유롭게 갈고닦으면서 자기에게 맞는 일자리를 찾겠다고 말한다. 그 자세가 옳다고 본다. 어려서부터 쉼 없이 달려온 길이다. 어른들이나 사회 분위기가 만들어준 그 길을 따라서 자기 주체를 찾지 못하고 살아온 것이 전부였다. 이제 인생의 한 고갯마루를 넘어 깊은 숨을 내쉬려고 하는데, 그것을 허락하지 않겠다는 것이 지금의 사회 분위기다.

그런 사회는 참으로 위험한 곳으로 달리는 고장 난 차량과 같다. 국무총리 후보자나 장관 후보자들의 청문회에서 그들의 한결같은 성장 과정을 듣노라면, 매우 탁월한 출세의 길을 걸어왔다는 생각이 든다. 그런데 사람이 사람으로 사는 데 필요한 덕목이 지극히 부족하였던 것을 본다. 일찍이 일자리를 찾아서 그곳에서 아주 탁월한 책임을 지면서 승승장구하는 모습을 보였다고 할까? 많은 사람들이 부러워할 만큼 굉장한 삶을 살았다고 그렇게 자신감 있게 산 듯이 보인다. 그런데 그러한 삶의 뒷면에서 아주 나쁜 관행과 관습들이 그를 떠받치고 있었다는 사실이 드러난다. 일자리를 찾기 전에 먼저 사람됨의 공부와 삶을 소홀히 하였던 결과라고 할 수밖에 없다. 그래서 일찍이 예수도 '먼저 그 의를 구하라' 하였을 것이다. 사람이 먼저 구하여야 할 그 의, 그것은 지금 우리말로 하면 인문 정신이다. 사람은 입으로 들어가는 밥만으로 사는 것이 아니라, 하늘에서 내려오는 말씀으로 산다는 말도 같은 뜻이다. 일자리가 없으면 품위 있는 삶을 살기 어렵지만, 더욱 중요한 것은 그 입에서 나오고 맘에서 나오는 말씀, 즉 진리로 사는 것이다. 그것을 개인과 사회가 찾고 기르자는 것이 인문 정신이다. 그것은 어느 일정한 기간, 특정한 기관에서 가르치고 배우고 기르는 것이 아니라, 온 사회 전체의 분위기로, 어려서부터 죽는 날까지 찾고 갈고닦아야 할 덕목이다. 그것이 사람이 사람답게 살 수 있는 기초를 주는 인문 정신이다. 그것 먼저 찾고 그리고 일자리는 차차 그것 위에 세워야 한다. 졸업하는 학생들, 너무 서두르지 말자. 사람이 사람으로 살 수 있는 길이 어디에 있는가를 먼저 깊게 따져보고 생각하자. 그러면 살 길은 자연스럽게 열리리라.

2015. 2. 15.

세월호 침몰 사건 이듬해에

세월이 이렇게 무참하게, 무심하게 지나가는가? 세월호와 함께 '대한민국호'도 침몰할 것처럼 호들갑 떨던 민심은 '세월호 짜증'으로 변해 버린 듯한 한 해를 맞는다. '국가 개조'를 말한 대통령도 먹통으로 일관하였고, 여론에 밀린 듯, 이렇게 하면 정권에 이득이 있을 듯하여 마지못해 만든 세월호 특별법, 구성된 특별위원회, 그에 따른 시행령이라는 괴물. 이런 따위의 무늬만 조금 놓고는 전혀 진정성 있는 활동을 벌이지 못하고 어떤 해결의 실마리를 흐려버린 세월. 처음 세월호의 실질 주인이라고 지목된 유병언이라는 한 인물에 집중된 여론과 수사 방향이라는 것이 이미 이 사건을 다른 방향으로 돌리려는 의도를 깊게 가지고 있었기 때문에 제대로 된 세월호 사건 해결의 길이 있을 것 같다는 느낌은 전혀 없었지만, 이렇게 허무하게 한 해를 보내고 말 줄은 정말 몰랐다.

대통령의 입에서 어떤 말이 떨어질까를 바라보는 눈망울도 한심스럽고, 아주 긴 기간의 침묵 뒤에 이럴 수도 저럴 수도 있는, 분명한 의지와 철학을 담고 있지 않은 그의 말이 한심스럽고, 돈 몇 푼으로 해결하려는 정부의 행동과 그러면 되지 않았느냐는 식의 천박한 시민들의 의식과 말들이 한심스럽다. 그러할 때마다 사람들의 맘은 갈라지고, 세월이 가면 그에 대한 사람들의 철저한 기억이 흐려질 것이고, 그때는 자기들의 살길이 열릴 것이라는 맘으로 '세월호 침몰 사건의 유가족과 관련인들'의 가슴에 더 이상 치유가 불가능한 상처를 남기겠지. 그렇게 희생된 그 생명들의 존재 자체와 함께 생명 그 자체의 존엄이 완전히 말살되고 침몰되는 것이 안타깝다. 이제는 분노도 슬픔도 안타까움도 흐려졌지만, 무기력과 우울함과 집단 패배 의식이 바람이 되어 텅 빈 가슴을 휘젓고 다닌다.

세월호 침몰 사건으로, 안전을 전혀 생각하지 않던 우리 사회에 잠깐이나마 '안전'이라는 말이 많이 오고 갔다. 수명이 다하여 여러 가지 문제점들이 나타난 고리원자력발전소와 월성원자력발전소의 문제 원자로를 그대로 지속하여 가동하여도 된다는 결정에는 아연실색하지 않을 수 없다. 그러니까 세월호 침몰 하나로는 회심할 가능성이 전혀 없는 우리 사회의 일반 사항을 알려 주는 일이 바로 그 점이다. 이러한 문제에 대하여 정부는 새로운 길을 열기에 무관심하고, 여당도 그에 대한 깊은 관심이 없다. 그리고 야당은 상당한 숫자의 국회의원을 가지고 있지만 분명한 관점이 없어서 갈팡질팡하는 사이 세월은 또다시 더 큰 세월호 사건을 준비하고 있는 것은 아닌지?

물론 나 자신도 믿을 존재가 못 되기는 마찬가지지만, 별로 신뢰가 가지 않는 정부, 국회, 전문 집단, 행정과 법률 그리고 언론 등이 적극 나서서 해결로 가는 길을 찾으려 하지 않을 때 할 일이 무엇일까? 모든 시민이 다 함께 깨어서 일어날 수는 없는 일이다. 그러할 때 깨어있는 일부의 시민들이, 양은 냄비에 물 끓듯 하는 얕은 심성이 아니라, 진지하고 지루하리만큼 긴 세월을 깊은 철학 속에서 움직여야 할 것이다. 세계의 어느 정권도 권력이 알아서 깊은 철학을 실천하려는 경우는 없었다. 그들은 언제나 여론을 먹고 사는 존재들이기 때문에, 여론이 죽 끓듯 요동하면 그들은 그에 따라 춤을 추며 자신들의 춤사위를 맞출 뿐이다. 정권은 언제나 요동치는 바다 물결 위에 떠가는 가랑잎과 같은 존재다. 여론이 잔잔하면 잔잔하게 흘러갈 것이고, 여론의 물결이 심하면 심하게 흔들리면서 엎어지지 않고 갈 길을 찾을 것이다.

이때 중요한 것은 여론이 무엇인가를 살피는 일이다. 가만히 보면, 학력 수준이 높아지고 생활 수준도 옛날에 비하여 나아졌지만, 모든 사람이 높은 인지능력을 가지게 되어 역사와 사회를 보는 판단 능력이 향상된 것은 아니다. 원래 모든 인간은 보수 성향을 가진다. 때때로 나 자신이 편안하면 그것으로 만족하고자 하는 속성을 가진다. 그러다가 자신이 아프면 세상 모두가 다 자신의 아픔에 동참하여 줄 것을 기대한다. 이것이 좁은 생각이지만, 그것이 현실이기도 하다. 바로 이 점이 극복되어야 할 사안이다.

사람은 누구나 다 촘촘히 짜여진 그물에 얽혀서 산다. 제가 아프면 내가 아프고, 내가 기쁘면 저가 또한 기쁜 일이다. 그래서 이제는 인생은 얽힘 없이는 살 수 없다는 것을 어느 때보다 더 강조하고 느낄 때다. 내 한 행동과 생각이 전체 사회와 역사의 생각과 행동을 연결하는 일이라는 것, 그래서 내가 한 일은 곧 전체 역사와 사회를 이끄는 데 이러저러한 상황으로 작용한다는 것을 깊게 인식해야 한다. 그러고 보면 어느 누구도 한 생각, 한 행동을 섣불리 할 수 있지는 않을 것이다. 그러니까 세월호 침몰 사건으로 사라진 생명이나 아픔을 겪는 유가족들의 문제는 그들만의 문제가 아니란 말이다. 그 일들은 곧 내 일이라는 것, 역사를 지나가면서도 그 일은 내 일로 남아있다는 의식에 도달하는 일이 중요하다. 그것을 위하여 우리는 이제 새로운 시민운동이 필요하다. 새로운 철학과 의식을 창출하는 시민운동, 내 개인은 전체 사회와 역사를 외면하고는 있을 수 없다는 의식 운동에 들어갈 때다. 모든 시민이 자기가 서있는 곳에서 운동에 참여할 길을 찾아야 할 때다. 대통령이나 장관이나 국회의원이 무엇을 해줄 것이란 낡은 생각을 버리고, 내가 주체가 되지 않으면 안 된다는 새로운 맘을 집단으로 가져야 할 때다.

2015. 4. 12.

정신문화의 숨구멍을 찾아서

사람이 살 때 언제나 나타나는 아주 중요한 문제 중에 하나가 공간이다. 어느 곳 어느 때는 공간이 남아 돌아가서 문제요, 어느 때 어느 곳에서는 공간이 태부족하여 야단이다. 여기는 공간이 남는데 저기는 부족하여 한숨을 쉰다. 그런데 또 더 큰 문제는 남아도는 공간이 많은데도 다른 용도를 위하여 또 다른 공간을 확보하려 한다는 것이다. 그것이 문제라고 지적하지만 또 그렇게 하지 않을 수 없는 사정이 있는 것도 사실이다. 사람도 물론 적절한 사람을 적절한 자리에 두어야 하는 것이지만, 장소도 역시 적절한 곳을 적절하게 이용할 수 있는 길이 열려야 한다. 이때 이용한다는 것은 그냥 그것을 어떤 목적으로, 일반으로 생각하는 일에 그대로 사용하려고 다 꽉 차게 써버려야 한다는 것을 뜻하는 것은 아니다. 어떤 곳은 써서 소용이 있는 것이지만, 어떤 곳은 쓰지 않고 그냥 두어서 소용이 있는 것이 참 많다. 또 어떤 곳은 쓰되 일반이 생각하거나 유행처럼 시대의 흐름만을 따라서 쓰는 것도 문제가 된다. 작은 공간이든 넓고 큰 장소든 그것을 사용할 때는 깊은 철학과 방향이 결정된 다음에 그것에 따라서 이렇게 저렇게 쓰도록 하는 것이 좋을 것이다.

모든 것이 돈으로 환산되다 보니, 우선 당장 실적이 눈에 보이는 장소 사용이 가장 훌륭한 것이라고 판단하는 수가 참으로 많다. 특히 모든 것을 돈으로 계산하는 자본주의사회에서는 더욱 그러하다. 그러나 말 그대로 장소는 공간개념이다. 빈자리가 충분히 있어야 한다. 그렇지 않고 무엇인가로 꽉 차 있다면 답답하기 짝이 없다. 빌 곳은 비게 두고, 쓸 곳은 채워서 쓰되, 또 무엇으로 채워 어떻게 쓰는가가 너무나 중요하다. 그런 의미에서 대전시 구도심에 자리잡은 옛 충남도청 자리를 어떻게 사용할 것인가를 두고 논란이 이는 것은 지극히 당연한 일이다. 그러나 우선 당장 돈이 되고, 겉으로 나타나는 것을 중심으로 논의할 일은 아니다. 특히 이곳의 사용과 관련하여서는, 긴 시간을 두고 보면 아주 훌륭한 결정이라는 판단이 나도록 하여야 할 것이다. 충남도청이 옮겨가서 그 용도로는 더 이상 쓸모가 없게 된 건물, 그러나 어떤 것으로도 사용이 가능한 아주 훌륭한 건물을 자기 입맛대로 사용하고 싶은 욕망은 누구에게나 있을 것이다. 그러나 이때 좀 더 엉뚱한 것으로 사용할 수 있도록 맘을 돌려보는 것이 매우 의미가 클 것이라고 본다.

장미의 도시라 불리는 독일의 작은 도시 바트 랑엔잘차 Bad Langensalza에 가본 적이 있다. 오래된 작은 시골 도시였다.

그런데 시골이지만 복잡한 현대의 삶을 보여 주는 곳이었다. 산책하다가 우연히 발견한 곳이 있었다. 이름하여 '일본정원' 이었다. 높은 담으로 둘러쳐져 있는 곳으로 일단 그 문을 들어서는 순간 도시의 시끄러움과 복잡함이 완전히 사라지고, 아주 고요한 적막 같은 것이 흐르는 곳이었다. 여러 사람들이 그곳을 찾는 모습을 보았다. 그들은 한결같이 그 정원의 고요를 그대로 누리는 자세로 넓은 뜰을 즐기고 있었다. 사람들은 잠시 그렇게 왔다가 자기 자리로 떠나갔다. 이상하게 그곳은 도시의 소음이 매우 적었다. 소음들이 아련히 멀리에서 들려오는 듯하였다. 그때 나는 아, 이것이 바로 여기 시민들의 쉼터로구나 생각했다. 쉼터는 바로 숨터, 허파와 같은 곳이었다. 신선한 삶의 공기, 삶의 기운을 잔뜩 마셔 담는 곳이었다.

또 한 곳 대학 도시로 유명한 괴팅겐Göttingen이라는 도시에, 옛 도심을 경계 짓는 성곽과 대학 캠퍼스 사이에 식물원(Botanisches Garten)이 있다. 살짝 시민들의 눈을 피해 자리 잡은 이곳은 복잡한 도시 생활과 공부와 연구에서 잠깐 벗어나 머리를 식히고 맘을 안정시킬 수 있는 아주 훌륭한 숨터다. 큰 나무와 희귀한 꽃들과 여러 가지 식물들이 자라고 있는 곳이다. 그곳에 들어가면 잠깐 현대성의 도시를 잊고 고요히 자신에게로 돌아갈 수 있는 맛을 느낀다. 물론 어느 한 곳만이 아니라, 우리 삶에는 이렇게 저렇게 그런 숨터가 있을 때 살맛을 느낀다.

대전의 경우 한밭수목원이 그런 곳이고 공원이라고 하기에 민망한 작고 큰 공원들이 그런 장소이기도 하다. 특히 수목원과 문화예술의 전당, 시립미술관, 이응노미술관, 예술가의 집, 평송청소년수련원과 이동식 공연장이 있는 그 지역과 3대 하천은 매우 귀한 숨터이기도 하다. 그런 숨터는 언제나 시민들의 발길이 쉽게 닿을 수 있는 곳에 있는 것이 원칙이면서 실제 생활에 유익하다.

그런 차원으로 옛 충남도청과 경찰청 자리를 활용할 수 있으면 좋겠다. 우리 대전의 정신문화를 꽃피울 수 있는 공간으로 그 지역이 활용되도록 의견이 모아지면 좋겠다. 구도심을 신도시처럼 현대화한 고층 건물이나 상가로 꾸미는 것은 오래도록 만들어진 귀한 자산을 망가트리는 것이라고 본다. 그 대신 가능한 한 대전 시민이 정신문화를 찾고 기르고 다지고 또 만들어나가는 품위 공간으로 사용되면 좋겠다. 돈과 실적과 경쟁과 살벌한 현대화의 흐름이 아니라, 고전을 찾고 예술을 즐기며 인간 본질을 깊게 생각하여 정신문화의 기초를 다지는 품위 공간으로 만들면 좋겠다. 그렇게 되면 쓸모없는 듯 아주 귀한 쓸모 있음이 될 것이다. 정신없는 지금, 그곳을 정신을 찾는 곳으로 만들면 좋겠다. 그래서 아마도 옛 충남도청 자리를 어떻게 쓰기로 결정하는가 하는 문제는 우리의 교양과 철학과 인문정신의 지위가 어떠함을 가늠하는 시험대가 될 것이다.

2015. 6. 21.

화평한 맘 하나 먹고 사는 것

나이가 들어 잘 늙는다면 '이야기 할아버지'가 되고 싶다는 희망을 가졌었다. 물론 이것은 지금도 유효하다. 지난 6월 15일에 대전에 있는 한 초등학교 5학년생 약 150명 정도 되는 많은 사람들 앞에 서게 되었다. 원래는 20~30명 정도 되는 학생들과 내 직업에 관한 것, 그러니까 대학교수가 어떤 직업이라는 것을 어린 학생들에게 말하여 주라는 요청을 받고 간 것이었다. 한번도 그렇게 많은 어린아이들 앞에 서 본 적이 없어 참 난감하였다. 무엇을 말해 줄까 몹시 오래 생각하였고, 어떻게 말하는 것이 좋은지를 몇 분에게 알아보기도 하였다. 그러나 그냥 막막했다.

그런데도 내가 그들 앞에 서는 데 용기를 준 것은 두 가지 일이었다. 하나는 내가 초등학교 때 외부에서 오신 어떤 이야기 선생님으로부터 강당에 모여서 들었던 것이 오래도록 내 기억 속에 남아있는 것을 찾아냈다. 안시성에서 양만춘 장군이 당태종을 상대로 싸우던 이야기나 '정강말' 이야기를 재미있게 듣던 기억이었다. 아주 열악한 상황이었지만 그분의 이야기가 내 귀에 들려왔다. 어떤 상황에서도 듣는 이는 들을 수 있다는 것이었다. 둘은 홍성의 풀무학교를 시작하던 때 중학교에 들어갈 나이가 된 8명의 아이들에게 세계정세와 교육과 한국의 미래를 깊이 있게 말씀하던 이찬갑 선생님의 어려운 글을 읽은 기억이 또 되살아났다. 그의 말씀은 매우 크고 어려웠다. 그것이 바로 어린아이들 앞에서 힘주어 말씀하신 것임을 되살려 냈을 때, 너무나 지나치게 듣는 사람의 수준을 생각하고 준비하고 말하는 것은 옳지 않다는 것을 깨달았다. 내 말을 하면 되겠다 싶었다.

강당 바닥에 줄을 맞추어 앉아있는 어린아이들은 모두 다 참으로 예쁘고 씩씩해 보였다. 매우 역동성이 넘치는 아이들, 한두 가지에 오래도록 집중하거나 가만히 앉아서 듣는 것에 익숙하지 않은 아이들. 그러나 똘망똘망한 눈을 가진 참 아름다운 아이들. 약간만 무엇을 말하려고 하여도 여기저기에서 자기들의 말을 하는 아이들. 무엇을 읽으라면 악머구리처럼 목이 찢어져라 외쳐대는 아이들. 어른의 말이 말같이 전달될 기미를 전혀 주지 않는 듯한 아이들. 이런 아이들 앞에 서있는 나에게 40분이란 시간은 너무 길게 느껴졌다.

내가 어렸을 때 가졌던 꿈 같지 않은 꿈부터 시작하여 지금 간절히 바라고 있는 것을 말하였다. "옛날, 여러분에게는 옛날, 그러나 나에게는 어렸을 때 생생하던 일상생활 이야기를 하겠어요. 우리 동네는 시골, 산골 마을이었어요. 그런데 어느 날 밤에 갑자기 온 동네가 울음바다가 되었어요. 간장을 찢어내는 듯한 아픔을 토해 내는 울음이 갑자기 온 동네를 뒤흔들었어요. 이 집에서도 저 집에서도 이렇게 여러 집에서 울음이 막 터져 나오는 것이에요. 왜 그렇게 많은 집에서 큰 슬픔이 동시에 일어났던 것일까요? 그때는 우리나라가 일본의 압제로부터 해방된 뒤의 일이에요. 6 · 25 전쟁을 전후하여 좌우익으로 갈라져서 갈등하던 때지요. 어느 날 똑똑한 젊은이들이 여러 사람 붙잡혀 갔어요. 모두가 장래에 좋은 일을 하고 훌륭한 사람으로 클 것이라고 믿고 있었지요. 그런데 그들은 영영 되돌아오지 못하였어요. 어느 골짜기에서 처형당한 것이에요. 그날 그 울음은 바로 그들이 그렇게 끌려가서 돌아오지 못하게 된 것을 슬퍼하는 울음이었어요. 매년 그날만 되면 바로 그들 젊은이들을 위한 제사가 있었고, 아들, 아버지, 동생, 오빠를 잃은 설움에 그렇게 슬프고 아프게 울었던 것이에요. 그때 나는 어떻게 하면 저들 가슴에 맺혀 있는 저 슬픈 응어리를 풀어줄 수 있을까 생각하였어요. 그러던 어느 날, 이런 생각이 떠올랐어요. 우리 동네 앞산 작은 소나무들이 많은 그곳에 작은 풍금 하나를 숨겨 두고, 그곳으로 살짝 올라가서 아름다운 곡을 연주하는 것이에요. 그러면 그 아름다운 선율이 바람을 타고 우리 동네에 사는 사람들, 슬퍼하는 사람들의 귀를 통하여 가슴으로 스며들어 그분들의 슬픔을 위로하고 분노와 격분을 부드럽게 하고,

원망과 원한이 풀어지게 하는 소리를 내면 좋겠다는 생각이 들었어요. 그것은 아직까지도 이루어지지 않고 있지만, 그 맘은 그대로 가지고 있어요. 언젠가부터 저는 어떻게 하면 잘 사는 것일까를 생각하여 보았어요. 대통령이 되고, 장관이 되고, 국회의원이나 판사가 되고, 유엔 사무총장이 되는 것도 좋겠지만, 그것들보다 더 훌륭한 일이 무엇일까를 생각하여 보았어요. 아, 그것은 바로 내 맘속에 원망과 질투와 증오가 아니라, 아주 평안한 맘을 먹고, 평화롭게 살도록 노력하는 것이라고 봤어요. 그때 훌륭한 함석헌 선생님의 좋은 글을 읽다가 이런 문구를 발견하였지요. '화평한 맘 하나 먹고 살아가는 것, 세상을 위한 큰 공헌'이라는 것. 바로 이것이라고 생각했어요. 우리 한번 모두 맘속에 이 맘을 품고 살았으면 좋겠어요. 그러면 우리 사회는 아주 평화로운, 아름다운 세상이 될 것이라 믿어요. 여러분의 맑은 눈이 바로 그것을 말해 주고 있군요". 이렇게만 산다면 우리 사회에는 거대한 혁명이 일어날 것이라 확신한다.

2012. 6. 20.

되새김질하는 책 읽기

오래도록 내 강의도 듣고, 이야기도 나누고, 함께 책을 읽는 모임에서 교류도 하였던 아주 신실한 젊은이가 나에게 물었다. "선생님, 항상 생각하면서 책을 읽으라 하셨는데, 어떻게 하는 것이 생각하면서 책을 읽는 것입니까?" 허어! 어려운 질문. 그는 던졌고, 나는 받았다. 내가 평상시에 그렇게 말하였지만, 그에 대하여 그렇게 질문하는 사람도 없었다. 처음 받은 질문이다. 곰곰이 생각하여 보았다. 그리고 지금 그에게 줄 답을 쓰고 있다. 갑자기 어렸을 때 소에게 풀을 뜯기고 꼴을 먹이던 때가 떠올랐다.

소는 풀을 뜯어 먹을 때, 자기가 먹을 풀인지 아닌지를 용케도 잘 알아맞힌다. 콧구멍을 실룩거리면서 예민하게 냄새로 판단하는 듯이 보였다. 넙죽하고 뭉툭한 입술과 긴 혀로 풀을 감아서 입속으로 긁어 넣고 무딘 이빨로 끊고 갈듯 씹어 삼킨다. 외양간에 들어가서 여물을 먹거나 쇠죽을 먹을 때도 똑같은 방법으로 먹는다. 혀를 이용하여 입속으로 끌어 들인 여물을 씹어 먹을 때는 언제나 이를 갈듯이 입을 양옆으로 움직이면서 씹는 모습을 볼 수 있다. 내가 본 소들은 잠잘 때 빼고는 언제나 입을 놀려 무엇인가를 씹고 이빨로 갈았다. 큼직한 눈을 끔벅거리면서, 초점을 맞추어 무엇인가를 뚫어지게 보지는 않지만 아무런 것도 보지 않는 듯한 눈치로 멀건히 눈을 뜨고는 계속하여 입을 놀려 이로 여물을 갈아 먹는다. 그러할 때 그 눈은 참으로 천진난만하게 보인다. 큰 눈을 끔벅거리고 여기저기를 보지만 째려보는 것도 아니고 훑어보는 것도 아닌, 바쁠 것도 없지만 그러나 조금도 쉬지 않는 모습으로 아주 평안히 선한 눈을 뜨고 씹고 또 씹어 삼킨다. 나중에 그것이 소가 되새김질을 하는 것이라는 것을 알게 되었다. 책을 읽되 생각하면서 읽으라는 것은 바로 이 소들이 먹이를 되새김질하는 것처럼 하라는 말이 아닐까 스스로 생각해 본다.

엄밀히 따지면 생각 없이 책을 쓰는 사람도 없지만 또 생각 없이 책을 읽는 사람도 없을 것이다. 그런데도 왜 '생각하면서 책을 읽으라'고 꼭 말하고 싶고, 그 말을 듣는 사람은 그것을 두고두고 씹고 또 씹으면서 되새길까? 사실 나는 사람이 사람답게 살려면 책을 잘 읽어야 한다는 것을 믿고 또 주장한다. 할 수만 있다면 죽는 날까지 쓰고 읽고 생각하고 말하여야 한다고 믿는다. 그런데 문맹의 숫자는 줄어들고 책 읽을 능력을 가진 사람의 숫자는 굉장히 많이 늘었는데 책을 읽는 사람들의 수는 아주 현격하게 줄어든다고 야단이다. 이 추세에 의하면 내가 알고 있는 사람답게 사는 사람도 줄어들 것이고, 그런 사람들이 사람답게 사는 세상이 만들어질 것 같지도 않다. 그런데도 책은 끊임없이 써지고 출판된다. 출판사는 많아졌는데, 책방은 아주 많이 없어졌고, 있는 것들도 별로 장사가 되지 않는다고 야단이다. 그런데 읽고자 하는 사람들은 어떤 책들을 어떻게 읽어야 할지 궁금해한다.

일단 자기에게서 가장 가까이 있는 책부터 읽기 시작하는 것이 좋다. 구하기 쉬운 것부터 읽는 것이 좋다. 자기 눈에 제목이 들어오는 책부터 손에 잡으면 좋다. 눈에 들어오고 손에 잡히는 그때가 곧 읽기 시작할 때다. 이렇게 읽다 보면 자연스럽게 그다음에 읽을 것들이 생기고 알게 되고 또 나타나 눈에 띈다. 그렇게 읽는 것은 읽을 책에 대한 눈이 뜨이는 것이고, 귀가 열리는 일이다. 그러면서 자연스럽게 생각이 된다. 생각에는 '나는 생각'과 '하는 생각'이 있다고 유영모 선생과 함석헌 선생은 평상시에 말씀하셨지만, 생각을 하다 보면 생각이 나고, 생각이 나는 것을 따라가다 보면 자연스럽게 깊게 생각하게 된다. 그렇게 하여 나는 생각과 하는 생각이 일치될 때가 있다. 이때 생각이 참 생각이라고 할 수 있을까? 주시는 생각과 내가 하는 생각이 한 점에서 만나고, 주시는 말씀과 하는 말씀이 또 한 점에서 만난다. 생각한다는 것은 바로 이 한 점, 나는 생각과 하는 생각이 하나로 만나는 그 점을 찾자는 일이다. 이것이 진정한 만남이요 대화다.

어떤 훌륭한 책도, 심지어는 종교들의 경전이라고 신성

시하는 책들도 일점일획도 틀리지 않고 그대로 다 받아먹을 수 있는 책은 어디에도 없다. 그것들은 그것들이 쓰여지던 당시의 상황과 문화와 인지능력을 바닥에 깔고 쓰여졌다. 문자가 품고 있는 뜻은 보편성을 가지고 있을지 몰라도, 표현 방법은 언제나 한계 안에 있다. 그래서 읽을 때는 언제나 내가 읽는 것이지만, 저자와 시대의 눈으로, 맘으로, 그 상황 안에서 읽고, 읽고 있는 내가 처한 시대와 문화와 정치 경제 상황과 내가 그 안에 어떤 모습으로 있는가를 염두에 두면서 읽을 필요가 있다. 그렇게 하여 문자 그대로 읽는 것이 아니라, 상징으로 표현되는 문자와 문장 뒤에 들어있는 뜻을 찾으려고 애를 쓸 필요가 있다. 준다고 책이 말하는 모든 것을 그대로 받아들일 필요는 없다. 그것을 '정말 그럴까' 하고 되물어 보고 되새김질하여 보면 자연스럽게 본래의 뜻이 드러난다. 이렇게 책을 읽다 보면 자연스럽게 자기 본연의 모습을 되찾게 되고, 자기가 세워야 할 자신과 자기가 살고 있는 사회가 어떠해야 하는가가 눈에 훤히 보일 것이다. 그것에 따라서 또 생활하려고 노력하면 자연스럽게 그에 맞는 책 읽기도 발견될 것이다. 씹고 또 씹어서 내게 양분이 되게 하는 생각하는 책 읽기는 언제나 있었고, 지금도 있고, 앞으로도 있을 것이다. 그렇게 읽을 때 사람은 사람이 되고, 사회는 사회가 될 것이다. 책과 직면하여 깊게 대화하면서 읽는 것이 생각하면서 읽는 것이지 않을까?

2015. 12. 13.

주인과 노예, 달라진 세계

요 며칠 사이 바둑 명인 이세돌 씨와 영국 구글 회사 딥마인드Deep Mind가 개발한 프로그램, 인공지능이라고 부르는 알파고AlphaGo가 승부를 겨루었다. 첫판부터 인공지능이라는 컴퓨터 프로그램이 이세돌을 이겼다. 아주 쉽게 이겼단다. 이것을 두고 인공지능이 스스로 생각하고 배워나가는 능력이 인간의 지능을 능가하는 힘을 가졌다고 야단이다. 사람들의 이성과 지능의 무한성을 믿고 인간에 대하여 자부심을 가졌던 사람들은 매우 씁쓸한 표정을 지었다. 과학과 기계의 능력을 칭찬하는 사람들, 그리고 구글이라는 회사는 아주 신이 나서 야단이다. 그들로서는 한판의 대결로 어마어마한 선전과 상업성을 확보하였기 때문이다.

그런데 그렇게 허겁지겁하면서 사람과 기계의 대결에 대하여 열광하고 놀라워할 필요가 있는 것일까? 물결에 배워서 물결을 가르고 물속을 헤엄치는 물고기에 열광하지 않듯이, 바람에 배워 바람을 타고 하늘을 나는 새들을 보고 열광하지 않듯이, 그 새들이 나는 것을 보고 배워 만든 비행기가 높은 하늘 바람을 타고 나는 것에 감탄하지 않듯이, 인간의 지능을 따라 기계(도구)를 만들어 사용하는 인간이 그 기계의 놀라운 작용에 새삼 놀라워할 필요가 있는 것일까? 원래 그렇게 될 것이며, 또 그렇게 되기를 바라는 맘에서 개발한 기계가 아니던가? 사실 인간은 기계의 도움 없이는 전혀 꼼짝달싹을 할 수 없을 만큼 허약한 존재다. 그 부족함을 채우기 위해 인간 지능을 이용하여 고안하고 만들어낸 것이 기계다. 그렇게 해서 만든 기계 때문에 인간은 육체노동의 질곡으로부터 해방될 수 있었고, 인간으로서는 도저히 상상도 할 수 없는 노동량을 삽시간에 치러내는 놀라운 일을 만들어내곤 하였다. 물론 정신 작용에도 많은 도움을 받았다.

그런데 그 결과 인간은 도저히 기계 없이는 살 수 없는 더욱 허약한 존재가 되고 말았다. 주인으로 떳떳이 살기 위하여 기계를 만든 인간은 기계에 종속되고 급기야는 그 기계가 어떻게 하는가에 충실히 따라가며 살아가야 하는 존재로 떨어지고 말았다. 그런 놀라운 도구는 언제나 양면성을 가지고 있었다. 그 기계는 인간을 해방하는 동시에 인간을 새로운 노예로 구속하는 마력을 가지고 있었다. 그런 상황은 이미 2,200여 년 전 장자 같은 사람이 통찰하고 경고한 바다. 『장자』라는 책에서 우리는 이런 이야기를 들을 수 있다. 어느 농부가 크고 넓은 밭에 심은 농작물에 아주 힘겹게, 그러나 별 효과가 있는 것 같지 않은 방법으로 물을 주고 있었다. 지나가던 사람이 그것을 보고 안타깝게 생각했다. "여보시오, 농부님! 내가 듣기에 저 너머에 가면 물을 손쉽게 큰 밭에 대 주는 방법을 개발하여 사용하는 사람이 있다고 합디다. 그에게 배워서 쉽게 물을 주지 왜 이렇게 어렵게 하시오?" "예, 고맙습니다. 저도 그에 대한 소식을 듣고 알고 있습니다. 그런데 제 스승께서 말씀하시기를 사람이 한번 도구를 쓰고 나면 더 이상 그 도구로부터 벗어날 수가 없다고 가르쳐주셨습니다. 그래서 저는 좀 힘들지만 도구에 매이지 않으려고 이렇게 유치한 방법으로 물을 주고 있습니다". 이 이야기는 매우 유명하다.

인간은 문명을 발전시켰다. 아주 편리하게 그것을 사용하고 행복하게 지내게 되었다. 한두 번 그것을 사용하는 중에 그만 인간은 완전히 그 문명의 이기의 노예가 되고 말았다. 노예가 되었을 뿐만 아니라, 그 기계의 반란이나 공격에 속수무책으로 당하고 만다. 현대사회에서 우리는 2차대전이 끝날 무렵에 만들어 폭발시킨 핵폭탄의 위력을 경험하였다. 인간 사회는 그것이 놀랍도록 위험한 힘을 가졌다는 것을 알면서도, 더욱더 치밀하게 연구하고 발전시켜 오늘날 수소폭탄과 중성자탄을 가지게 되었다. 그것을 개발하고 만들고 보유하는 데는 어마어마한 경비와 노력과 주의가 필요하지만 아주 힘을 들여서 그렇게 하였다. 몇 나라들은 그것을 스스로 개발하려고 발버둥을 친다. 그러나 그렇게 만든 그것은 인간에게 큰 재앙을 몰고 올 애물단지 이상의 괴물이 되어있다. 그것과 함께 핵발전소의 폐기물 처리 문제도 마찬가지다. 그것들은 다 인간 지능이 만든 놀라운 결과지만 작동은 인공지능이 한다. 지금은 인간보다 더 철저하게 생각하고 배우고 연구하는 인공지능을 가진 기계를 만들었다고 놀라워한다. 그들은 그것이 인류의 행복을 위하여 선하고 평화롭게 사용하게 될 것이라고 말하고 그렇게 생각하는 듯하다. 그러나 인간의 호기심은 언제나 선한 방향으로만 뻗치지는 않는다. 또 인간 이상의 지능을 가진 기계가 생각하고 배운다면, 오로지 인간을 위하여 봉사할 선한 방향으로만 자신들이 사용되기를 희망할 것인가?

문명이 밝고 화려한 만큼 반문명의 작용은 더 크고 어둡다. 이제까지 인류의 문명사를 볼 때, 문명이 가장 화려하게 발달하였다고 하는 그 시점에 가장 악랄하고 잔악한 사건이 그 문명 때문에 일어났다. 2차대전 때의 핵폭탄과 히틀러 나치와 스탈린의 강력한 철권통치는 바로 그런 최고 지능의 결실이었다. 그 뒤 경쟁하듯이 발전한 핵무기와 전자통신은 인간을 전혀 자유롭게 내버려 두지 않는다. 모든 인간은 이미 인간으로 태어난 순간 온갖 인공지능의 감시와 통제 체제에서 벗어날 수 없게 되었다. 그런 것은 더 말할 것 없이 탁월한 인공지능을 가진 기계의 통치 결과다. 그렇다고 그러한 인공지능의 개발과 발전을 막을 수는 없을 것이다. 그것은 갈 데로 갈 것이며, 갈 때까지 갈 것이다. 다만 인간이 인공지능을 가진 기계보다 나은 존재가 되려면, 그 기계의 능력보다 못한 지능을 가진 인간들이 연대하여 새로운 계몽의 길을 가지 않으면 안 될 것이다. 계몽의 결과로 오는 문명에 대한 새로운 깨달음을 극명하게 하는 일이다. 컴퓨터가 온갖 정보를 다 모아 인간을 뛰어넘는 지능을 확보하듯이, 살아있는 인간들은 살아있는 지능을 모아 연대하여 새로운 길로 나가는 계몽의 길을 찾아야 할 것이다. 그렇지 않으면 영원히 기계의 노예 상태에서 벗어날 길은 없을 것이다. 다만 치열하게 인공지능으로부터 해방되는 운동을 벌이는 것만이 인간을 인간답게 살 수 있게 할 것이다.

2016. 3. 12.

기본소득제를 다시 생각한다

지난 6월 초 스위스에서는 모든 국민에게 기본소득을 지급하는 법을 헌법에 넣자는 의견에 대한 국민투표를 실시하였다. 반대가 77%요 찬성이 23%로 부결되었다. 그러나 그에 대한 관심과 대화의 열기는 매우 높아졌다. 유럽에서뿐만 아니라 다른 여러 나라들에서도 이 문제를 심각하게 다루고자 연구하는 곳도 매우 많아졌다. 앞으로 이 문제에 대한 논의는 더욱 많이 일어나고 넓어질 것이 분명하다.

어떤 이들은 스위스 사람들이 그렇게 결정한 것을 두고 그 국민들의 양심과 높은 수준과 판단력의 결과라고 말하기도 한다. 일하지 않고 '공짜'로 생활비를 받으려는 것을 거부한 그 양심이 됐다는 뜻에서다. 그러나 어떤 이들은 그것을 찬성한 23%라는 숫자가 참으로 놀라운 미래를 미리 내다본 현명한 판단의 근거를 제시하였다고 하기도 한다.

기본소득제를 만들어서 모든 국민에게 일정한 양의 소득을 보장해 주어야 한다는 주장을 단순히 일하지 않고 생활비를 얻겠다는 양심에 털 난 사람들의 주장이라고 간단히 판단할 수 있는 것일까? 왜 그것에 찬성하는 사람들은 그런 비난을 받으면서도 계속하여 그렇게 되어야 한다고 주장하는 것일까? 그것을 주장하는 사람들은 다 일하지 않고 놀고 싶어서 그런 것일까? 또 지금 그 주장의 핵심에 서있는 사람들은 그냥 놀고먹는 사람들일까?

정치가들이나 언론이나 일반 사람들 모두가 다 청년들이나 장년들에게 일자리를 만들어주어야 한다고 주장한다. 심지어는 노인들의 일자리도 만들어야 한다고 하기도 한다. 일, 일, 일의 시대다. 일하지 않고는 사람답게 살 수 없는 사회 분위기다. 그래서 '논다는 것'을 일로 삼아서 사는 일자리도 많아진다. 어떻게 되었든 일자리를 만드는 것을 아주 중요한 자신들의 정책으로 책정하여 크게 발표하고, 그것을 기초로 표를 얻어 정권을 장악하려고 한다. 어느 정치인, 어느 정당이나 정부도 이런 것을 말하지 않은 때가 없었다. 그런데도 한결같이 실업인구가 늘고, 일자리가 없어지며, 안정된 모습으로 일을 해나가는 경우가 충분히 있다고 할 수가 없다. 일자리를 만들었다고 주장하는 것과 그것을 뒷받침하는 통계치를 보면 숫자만 화려하게 나열하였을 뿐, 실제는 헛무늬라는 것이 금방 밝혀진다.

이런 뒷면이나 바닥에는 '사람은 일을 해야 한다'는 생각이 버티고 있다. 사람은 일을 통하여 자기를 실현한다는 것이 우리 인류의 오랜 전통이었다. 사람이라면 당연히 일을 하여야 하고, 땀을 흘리지 않고 먹으려는 자는 도적이요 불한당이란 생각이 우리 인류의 역사와 문화를 장식하였다. 일은 자기실현을 위한 기본을 만들기 위한 도구 이상이기도 하다. 그래서 일자리를 찾고 일거리를 만들어내기도 하였다. 그런데도 사람들은 일하지 않고 사는 것에 대한 깊은 기대가 있다. 물론 시대가 달라지면서 일하는 모습도 달라지지만 일자리 자체도 변한다. 있다가 없어지고 새로 나타나기도 한다. 그렇게 되는 주기가 몹시 짧아지고 빨라진다. 그래서 점점 더 안정된 직업이 없어진다. 그 대신 비정규직이 늘고, 임시 일자리가 는다. 그런 것들의 이면에는 인류가 창출하는 과학 · 기술로 상징되는 문명 발달이 함께한다. 사람들이 희망하는 일은 언제나 단순노동에서 고급스러운 노동으로 변하였다. 사람들은 점점 더 고급스러운 노동으로 살아가기를 바란다. 물론 여기에서 노동 자체에 고급이라거나 저급이란 말을 쓸 수는 없다. 그러나 즐겨 하는 것을 고급이라고 하고, 싫어하는 것을 저급이라고 일단 생각하여 보자. 인간이 싫어하는 분야는 노예들이나 단순노동자들이 하다가 차차 기계가 대신하게 되었다. 그리고 기계가 할 수 없는 고급스러운 일은 사람이 직접 수행하도록 하였다. 그런데 놀랍게도 기계의 반란이 일어났다. 기계 역시 고급스러운 노동까지 차지하겠다는 선언이다. 그것이 컴퓨터요, 최근 많이 논란이 된 인공지능에 의하여 움직이는 기계다. 기계는 단순노동만을 대신한다고 하는 통념을 깨고, 인간 이상의 탁월한 지능을 가진 인공지능의 노동 시대가 다가왔다는 것이다. 여기에서 인간은 고급스러운 일에서나 저급스러운 일에서 모두 쫓겨날 위기에 도달하였다고 판단하는 경우도 참으로 많다. 그러니까 인간이 설 자리가 몹시 빠른 속도로 줄어든다는 것이다. 그렇지만 인간으로서 품위 있게 살고 싶은 욕망은 사라지지 않고, 자기를 실현할 방편 찾기를 중단하지 않는다. 공교롭게도 그 방법이나 도구는 소득이라는 묘한 물건이다. 그것이 이제까지 일반 사람에게는 노동을 통하여 얻어졌다. 그런데 일거리가 없어진다. 그렇다고 사람이 사람답게 살 수 있는 물질의 기초를 포기할 수는 없다. 이것이 놀랍게도 우리 시대 이후에 새롭게 등장하는 고민거리다.

바로 여기에서 기본소득제가 나타나게 되는 한 국면을 우리는 맞닥뜨리게 된다. 기본소득제는 일하고 싶지 않은 존재들이 남의 일을 통하여 살고자 한다는 생각을 버리고, 아주 진지하게 살펴보아야 할 사항이다. 사람이 꼭 일을 하여야 하는 것인가? 일을 한다면 얼마 정도 하여야 하는 것일까? 지금처럼 일에 치이고, 온갖 스트레스 때문에 피로한 모습으로 살아가는 것이 과연 인간답게 사는 모습인가? 이 부분이 고민의 대상이 돼야 한다. 일이 많아 일에 치이거나 일이 없어 돈이 없다면, 사람이 품위 있게 살기 어렵다. 그것들을 어떻게 적당히 분배하고 나누는 것이 옳은 것인지를 아주 진지하게 따지고 실험하여 볼 때다. 우선 여러 분야에서 이 문제에 대하여 깊이 논의하고 연구하여 실험한 결과로 우리의 소득 생활에 대한 정책과 문화가 만들어지기를 희망한다.

2016. 6. 21.

겸손한 사회와 사람들

지금 우리 사회는 겸손한 사람들이 제대로 어깨를 펴고 살 수 있는 사회일까? 겸손이란 삶의 전략일까? 그냥 삶 자체일까? 우리들의 위대한 스승들은 겸손하라고 언제나 가르쳤고, 가까운 부모님이나 선생님들도 언제나 겸손하라고 가르치셨다. 한 사람도 우리에게 교만하라고 가르친 것을 본 적이 없다. 그래서 그런가? 선거철만 되면 온 천지가 겸손으로 가득하다. 천하에 불한당 같은 놈도, 교만덩어리라고 손가락질을 받던 놈도 선거철이 되어 어떤 자리를 차지하려고 나선 다음에는 천하에 더없는 겸손이로 행세한다. 속에 들어있는 온갖 교만을 다 꾹 눌러버리고 아주 낮고 천한 듯이 겸손해한다. 똑똑하더라도 겸손하게 보여야 하고, 잘났어도 겸손하게 보여야 한다. 능력이 하늘을 찌를 듯해도 겸손해야 한다. 그런데 그렇게 하여 일단 당선되어 그 자리를 차지하면 아주 교만하기 짝이 없는 사람들이 굉장히 많다. 이때 겸손은 절대 전략이다. 그러다 보니 이제는 겸손한 태도나 겸손한 사람을 의심하게 된다. 저 겸손이 정말로 그 사람의 삶일까? 아니면 전략일까를 따지게 만든다. 그런데도 철저한 가림막 속에서 사람들은 속는다. 겸손하다는 그것을 믿고 싶고, 믿어준다. 특히 자기가 좀 지지하는 사람의 그런 가식의 행위는 눈에 들어오지 않는다. 그래서 겸손한 사람의 겸손한 행위라고 인정하고 싶어 한다.

권력을 잡은 사람들은 겸손하면 안 되는 모양이다. 대통령으로부터 국회의원 장관 따위로 지칭되는 권력기관에서 어떤 자리를 잡은 사람들은 마치 그 자리가 나면서부터 자기에게 그렇게 주어진 것처럼 아주 교만하게 지낸다. 제가 잘나고 노력하여 그 자리가 그에게 주어진 것처럼 행세한다. 물론 겸손한 척하며 겉표정에까지 교만을 드러내지는 않는다. 그러나 속에는 교만으로 가득하다. 그래서 시대의 소리, 역사의 흐름, 사회 전체의 보편 상황을 받아들이지 않고, 자기의 옹졸한 생각의 테두리를 벗어나려고 하지 않고, 그 늪에 빠져 허덕인다. 특히 주민이 주인이라는 민주주의 사회에서도 일단 권력을 잡은 사람들은 교만으로 가득한 정책을 펴거나 행동을 한다. 안하무인이다. 아주 무시한다. 그러면서 교만을 넘어 겁을 주고 눌러버린다. 자기만이 나라를 가장 깊이 사랑하고 모든 책임을 다 지고 있을 뿐만 아니라, 자기의 일거수일투족은 모두 나라와 국민의 안위를 위한다는 투로 말하고 명령한다. 그러면서 전체 국민은 자기 명령이나 생각에 겸손히 따르란다. 이것은 큰 착각이다.

모든 것은 흘러간다. 살같이 아주 빠르게 흘러간다. 긴 세월 아무리 열심히 많은 것을 한다고 노력하여도 아주 작고 작은 것에 한 점을 보탠 것뿐이다. 그것도 아주 짧은 순간만이다. 그리고 그 자리를 떠나면 허전하다. 허무하다. 삶의 의미를 잃고 의욕도 잃는 수가 참으로 많다. 영원한 줄 알았더니 순간으로 끝나고, 무한한 권력인 줄 알았더니 지극히 좁은 한계 상황에 부딪치고, 모두가 다 우러러보는 줄 알았더니 이웃집 개만도 못하게 무관심하게 된다는 것을 느낀 순간 허무하기 짝이 없어진다. 그때 다시 겸손한 모습을 보인다. 그런데 그것은 겸손이 아니라 허무상이다. 무력감과 좌절감으로 나타나는 분노의 다른 얼굴이다.

놀라운 일은 대통령이 겸손하게 국민들의 의견을 듣고 따르면 무력한 사람처럼 생각하는 점이다. 나라를 위한다고 하면서 그 많은 문제들에 대하여 진실을 밝히기를 매우 꺼려한다. 두려워한다. 그래서 그냥 모르쇠로 일관한다. 자기의 절대 권력에 도전하는 자들을 용납하려고 하지 않는다. 서슬퍼런 명령을 계속하여 내리고, 그것을 잘 지키나 안 지키나를 무섭게 광선을 쏘는 눈으로 바라본다. 그런데 영이 서지 않는다. 겸손한 듯 그 광선이 지나가기를 바라면서 납작 엎드린 것뿐, 순종하거나 수행한 것이 아니라는 것을 느낀다. 거기에서 새로운 분노가 치밀어 오른다. 대개 어느 정권이든, 권력이든 그것이 마지막에 다다랐다고 할 때 더 공격스러운 말과 행동을 내쏟는다. 그렇게 하지 않으면 질서가 잡히지 않는다고 보기 때문이다. 그러나 아무리 그렇게 애를 써도 지나가는 때를 막을 수는 없다. 시커멓게 솟아오르는 풀들도 선들바람 한번 맞으면 풀빛을 달리하고 겸손한 자리로 돌아가지 않으면 안 된다. 세월이 그렇게 명령하는 것을 어기고 나갈 수가 없기 때문이다.

지난 몇 년간 우리 사회는 품격이 매우 낮아진 면이 있다. 청문회에 나온 총리나 장관 후보들은 한결같이 겸손한 자세를 취하였지만, 일단 그 자리를 떠나 정식으로 임명된 다음에는 자신들의 비리는 선으로 둔갑하고, 국민을 '개돼지'로 보는 사람들이 얼마나 많았던가? 한순간에 우리 사회는 품격을 잃고 비인격 비인간 사회가 되고 만다. 슬픈 일이다.

나는 여기에서 간절히 바라는 것이 있다. 대통령이 참 겸손하면 좋겠다는 점이다. 대통령이라 할 때 통은 통치한다는 뜻의 통統이 아니라 소통한다는 뜻의 통通으로 인식하면 좋겠다. 측근과 소통하는 것이 아니라, 시대와 소통하고, 역사와 소통하고, 시민과 소통하고, 흐름과 소통하는 대통령의 모습을 보면 참 좋겠다. 대통령은 언제나 크고 깊게 소통해야 하며, 그런 권력을 가졌다는 사실을 자각해야 한다. 그러면 모든 시민을 사람으로, 인격으로 대하는 매우 겸손한 대통령이 되고 그렇게 기억될 것이다. 그때 우리 사회도 좀 겸손한 품격으로 채워지고, 권력을 가진 사람들도 겸손한 자세로 돌아갈 수 있지 않을까? 그러면 사회의 품격은 상당히 높아지지 않을까?

2016. 10. 9.

'죽어야 산다'

—불쌍한 대통령 박근혜 씨와 말을 잃은 사람들에게

나는 애국, 충성, 민족, 국가, 국민, 희생 봉사, 멸사봉공 따위의 말들을 좋아하지 않는다. 그런 말들을 즐겨 쓰는 사람들을 또 별로 높게 평가하지도 않는다. 그런 말은 충분히 성숙되어 있는 우리 시대에 어울리지 않는다. 또 그런 말을 즐겨 쓰는 사람들치고 별로 그 말에 맞는 행동이나 생각을 하지 않는 것을 너무 많이 보아왔기 때문이다. 지금 사회나 나라가 어지러우니 그런 말들이 더 많이 나돌아 다닌다. 거기에 속지 말아야 한다.

나는 요사이 여러 날 동안 박근혜 씨를 많이 생각했다. 그리고 무척 불쌍하게 느껴졌다. 어떻게 한 인생이 저렇게 자기를 모르거나 잃고 살 수 있을까? 성숙되지 못한 사람으로 일생을 살아온 그가 매우 안타깝게 느껴졌다. 원래 사람은 당당하게 유아독존하는 존재라는 자존감으로 산다. 그것은 자기 발로 서고, 자기 머리로 생각하며, 자기 가슴으로 느끼고, 자기 말로 말하고, 자기 발로 걸으며, 자기 생각으로 행동할 수 있는 독립된 존재로 살되 다른 사람도 그러한 존재라는 것을 온 몸으로 존경하며 사는 것을 뜻한다. 그런데 그에게는 일생 동안 그런 시절이 있었는가를 묻고 싶어졌다. '나'라는 존재가 어떤 것인지를 깊게 고뇌하면서 살아보았는지가 참 궁금했다. 다시 말하면 생활이 없었던 것이 아닐까? 그런 사람이 대통령이 되겠다고 나서고, 그런 사람을 또 찍어서 그 자리에 앉게 한 것은 피차 비극이었다. 그 결과는 그와 온 나라가 된서리를 맞은 모양새다. 된서리 내린 가을 들판에 나가 보면 알맹이가 제대로 든 것과 쭉정이로 남은 것들의 모습이 판이하게 다르게 나타나는 풍경을 본다.

사실 대통령이 되는 데까지는 아버지나 어머니가 밀어주는 빛이나 넋 빠진 주변 사람들의 도움으로 될 수도 있다. 그러나 그렇게 된 다음에는 '자기 정치'를 해야 한다. 그런데 그렇게 하지 못했다. 나는 원래 그가 대통령에 입후보할 때부터 왜 그렇게 하려고 하는지 도무지 이해되지가 않았지만, 그 뒤로도 한번도 '국민'들에게 따뜻하고, 아름답고, 평안스러우며, 희망과 위로를 주면서 '내가 이 땅에 저이와 함께 있는 것이 참 좋다'는 느낌을 가지게 하지를 못하였다. 오히려 명령하고 원망하고 분열시키고 질책만 하였다. 총리나 장관이나 비서들도 도덕성이 일반 사람들보다 훨씬 더 낮은 자들만을 고르듯이 하여, 부도덕함을 사회 문화요 도덕으로 정상화하려고 하였다. 그러다 보니 비정상의 일들이 마치 정상이 된 듯이 착각하면서 살게 만들었다. 공식으로 임명된 비서관이나 각료들이나 정당의 동료들과 공개하여 일상으로 소통하지 않고, 한 여인과 사사롭게 국정을 논의한 것은 참으로 비정상의 일을 정상화하려고 한 어리석은 짓의 끝이다. 하기는 '친박연대'라는 정당의 이름을 달고 국회에 진입한 것은 우리 정치사에서 가장 더럽고 부끄러운 사건이기도 하지만, 그것이 정상으로 인정되는 문화는 참으로 슬픈 일이다.

원래 공과 사는 떼려야 뗄 수 없는 것이지만 아주 날카롭게 구별이 되어야 하며, 몸과 맘, 물질과 정신도 떨어질 수 없는 것이지만 확연히 구별되어야 한다. 또한 이성과 감성도 떨어질 수 없는 것이지만 분명하게 나뉘어 작용되게 하여야 한다. 사사로운 생활에서 공과 사를 예민하게 구별할 수 없을 때, 그러한 사람이 공직에 있게 되면 자연스럽게 공사를 혼돈하여 어지러움에 이르게 한다. 그러할 때 그 폐해는 범위와 깊이에서 계산할 수 없이 큰 것이 사실이다. 공공함을 버리고 사사로움을 취했기 때문에 그녀는 대통령으로서 전체 국민을 배신했다고 할 수 있다. 그런 도덕성과 권위를 잃은 사람은 그 자리에 더 이상 앉아있어서는 안 된다. 그러니 아주 속히 그 자리를 떠나야 한다. 조금이라도 살아보겠다고 구차하게 꼼수를 쓰면 더욱 비참해지는 것이 생명의 원리다. 원래 생명은 깔끔함에 묘미가 있다. 그것은 깊은 성찰로 나타난다.

그렇게 순리를 따라 결단할 때 실망과 허탈과 분노가 너무 커서 할 말을 잃은 사람들이 조금이라도 위로를 받고, 생각을 되돌리며, 미운 사람을 용서할 수 있는 여유가 생긴다. 더 이상 전국이 분노로 들끓게 하지 않게 하기 위하여 그녀는 모든 것을 내려놓고 시대와 역사가 흐르는 대로 따라가면 된다. 철벽같이 그를 지지하던 층들도 실망하여 그에게 등을 돌렸다는 것은, 두 가지 맘, 즉 믿었던 그에 대한 실망과 판단이 정확하지 못했던 자신에 대한 큰 부끄러움과 뉘우침이 있었기 때문이었을 것이다.

지금 우리에게는 매우 좋은 기회가 왔다. 모두가 다 깨어나는 시기다. 대통령이 실세가 아니고 권세가 아니라는 것, 권력이란 천심이라고 하는 인심 앞에 된서리 맞은 풀잎처럼 허무하다는 것, 국민이, 일반 사람이 깨어있지 못하면 언제나 도적떼들에게 온전히 모든 것을 다 빼앗긴다는 것을 알아가는 때다. 무엇인가를 하겠다고 나서는 것들에 대하여는 크게 의심의 맘을 가지고 철저하게 조사해야 한다. 보라, 대통령이 되고 국회의원이 되겠다는 것들 중에는 검은 맘을 품은 자들이 그동안 얼마나 많았던가? 나라와 사회는 대통령이나 그들이 아니라, 깨어있는 민중, 깨어있는 씨ᄋᆞᆯ이 아니고는 온전히 세워지지 않는다. 깨어나는 민중 앞에서, 그 민중을 믿고 그녀는 겸손히 그만두는 것이 좋다. 모든 것을 버리고 자연인으로 돌아가, 좋은 친구를 사귀면서 살려고 노력할 때, 그때 민중은 그를 용서하고 위로하고 외롭지 않게 해줄 수 있을 것이다.

2016. 11. 6.

작음을 장점으로 살릴 수 있는 길을 찾자

문제는 맘을 어떻게 먹느냐에 달려 있다. 어느 방향으로 정책을 펼칠 것인가, 살릴 것인가 죽일 것인가의 어느 편에 맘을 두고 길을 찾는가가 문제다. 얼마만큼 진정성을 가지고 갈 것인가. 쉽게 갈 것인가, 좀 어렵더라도 고민과 생각을 거듭하면서 풀어볼 것인가를 심각하게 따져보아야 한다. 교육정신과 원칙을 철저히 따를 것인가, 행정편의를 택할 것인가 하는 문제다. 문제를 해결하되 자율에 따를 것이냐, 상급 기관의 지시대로 할 것인가를 분별하는 일이다.

지금 여기에서 논의하는 것은 대전에 있는 작은 학교들, 그러니까 전교생이 100명에 아주 크게 못 미치는 학교들을 통폐합하여 운영하겠다는 교육청의 입법 예시로 인해 갈등이 깊어지고 있는 문제에 대한 것이다. 특히 최근에 기성초등학교 길헌분교를 내년부터 본교에 통합하여 운영하겠다는 법을 예시하면서 문제가 심각하여졌다. 그다음은 동명초, 산흥초, 세천초, 장동초, 남선초 들이 차례로 그 대상이 될 것이라고 한다. 교육감이나 교육청에 근무하는 공무원들이나,

해당 학교의 학생들과 학부모들, 동문들과 교사들 그리고 그 지역의 주민들 모두 다 올바르고 좋은 교육에 대하여 생각하고 고민하면서 이 문제를 풀고자 노력할 것을 나는 의심하지 않는다. 다만 문제는 그 해결 방법이 다르다는 데 있다. 물론 생각과 방법은 각각 서있는 자리에 따라서 다를 수 있다. 그러나 서있는 위치는 영원히 서로 넘지 못하거나 만날 수 없는 장애 요인은 아니다. 그것들 사이에는 얼마든지 넘나들 수 있는 훌륭한 길이 열려 있다. 공통점을 찾고, 일방통행식이 아니라, 서로 이길 수 있는 길로 가자는 노력만 하면 금방 찾아질 것이라 믿는다. 다만 누구든지 자기 방식이 절대로 옳다는 망상에서 벗어나기만 하면 된다.

경제 사정이나 관리의 문제, 또는 교육 효과의 문제와 효율성 때문에, 상급 부서의 지시 때문에 작은 학교들을 가까이 있는, 좀 더 큰 학교에 통합하여 운영하겠다는 것을 충분히 이해할 수 있다. 그럼에도 나는 지금 있는 작은 학교들을 최대한으로 잘 살려서 새롭고 독특한 교육의 길을 찾는 노력이 있어야 한다고 생각한다. 그래서 일단 지금 논의가 진행되고 있는, 곧 입법 절차를 밟는 길헌분교의 통폐합 문제에 대한 최종 결정을 뒤로 미루고, 모두가 이길 수 있는 방법을 찾아보는 것이 좋겠다고 생각한다. 분명한 것은 모든 사람이 갈등으로 상처를 주고받지 않고 해결되는 것이리라. 슬픔과 원한을 가지지 않게 해결되는 것이 매우 아름다운 것이리라. 교육청은 교육 행정에 무겁고 깊은 책임을 지고 있지만, 지침을 주고 명령하는 것만이 임무는 아닐 것이다. 그런 의미에서 '교육지원청'이라고 이름을 지은 것은 매우 좋다고 본다. 지원자는 문제의 핵심자도 그 당사자도 아니다. 다만 당사자들이 제대로 결정하고 해결할 수 있는 길을 여는 데 도움을 최대한으로 주는 자세를 가져야 할 것이다.

우리 모두가 너무나 잘 알듯이 규모가 크고 복잡한 곳으로 학생들이 몰리고 단순하고 작은 곳에서는 빠져나가 텅 빈 곳이 많다. 학생 인구를 억지로 고르게 분산시킬 수 있는 것도 아니다. 그렇다고 지금 흘러가는 대로 그냥 내버려 둘 수 있는 것도 아니다. 그러나 내 판단에 의하면 지금처럼 작은 학교들을 통폐합하는 방향으로 간다면 그와 같은 현상은 끊임없이 반복되면서, 작은 학교를 통해 창의성을 발휘할 수 있는 탁월한 해법은 사라질 것이다. 그래서 일단 그 작은 학교들을 계속하여 살리겠다는 데 맘을 두고 정책을 찾는 것이 바람직할 것이다. 우리는 학교의 규모가 작기 때문에 가지는 장점이 굉장히 많다는 것을 너무 잘 알고 있다. 그래서 나는 다음과 같이 제안한다.

1. 일단 학생과 학부모, 동문과 주민, 그리고 교육청 담당관들과 교육 전문가들 그리고 교사들이 한자리에 앉아서 서로가 허심탄회하게 여러 번 대화하면 좋겠다. 이것은 단순히 그렇게 만났다는 형식 요건을 갖추기 위한 것이 아니라 진

정으로 서로 이해하면서 좋은 해결점을 찾으려는 자세로 나가야 할 것이다. 그렇게 하여 다른 지역에서 작은 학교 살리기를 이미 실험하고 실현한 사례를 찾아 함께 견학하고 이 지역에 맞는 길이 무엇인지를 찾는 것이 좋겠다.

2. 이때 중요한 것은 헌신하는 좋은 교사와 지역 주민과 이 학교에 학생을 보낼 부모를 찾는 일이다. 특히 이 학교를 통하여 자기의 교육 이념을 실험하고자 하는 교사들이 자원하도록 하고, 이들을 그 학교에서 길게 근무할 수 있게 정하여 참교육자로 활동할 수 있게 하는 것이 좋겠다.

3. 동시에 학구를 공동 학구제로 하여 구획 제한을 풀어놓는 것이 중요하다. 다시 말하면 생활 형편상 다른 지역에 사는 이들도 특성에 따라서 그 학교로 학생들을 보낼 수 있는 제도를 만드는 일이다. 물론 학생들의 순회 교육 또는 교류 교육을 일상화하는 것도 매우 중요할 것이다. 이렇게 하여 삶의 공동체를 살려야 한다.

작은 학교의 폐쇄는 지역공동체의 급속한 해체를 가지고 올 것이다. 너무 작으면 문제가 되겠지만, 교육은 적절히 작은 단위로 운영하는 것이 매우 효과가 크다는 것은 이미 증명된 일이다. 그러므로 작다고 없애는 것이 아니라, 작음을 장점으로 살릴 수 있는 길을 찾는 것이 중요하다고 본다.

2017. 1. 15.

진짜 새해!?

한동안 우리 사회에서는 설을 두 번 쇠기도 하였다. 행정 차원의 설과 민속 차원의 설, 하나는 하는 시늉의 설과 하나는 진지하게 쇠는 설이었다. 이러다 보니 설을 두 번 쇠는 아주 번거롭고 우스운 일이 벌어졌다. 더 우스운 것은 이렇게 두 번 쇠는 것을 별로 처리하는 일이었다. 세계와 함께 가야 한다는 의미로 양력설을 주장하던 정부의 방침은 오래도록 내려온 전통을 이기지 못하고, 지금은 음력설을 진짜 설로 치게 됐다. 차례를 지내거나 성묘를 하는 것은 옛날에 비하여 현격하게 줄어들었고, 세배를 하는 관습은 집안에서만 있을 뿐 어른이나 스승을 찾는 것은 지극히 드물어졌다. 그런데도 설을 두 번 지내는 풍속은 아직도 남아있다. 특히 '송구영신'이란 말을 많이 하는 것은 양력설 때다. 연하장을 보내고, 새해에 복을 많이 받으라는 인사 따위는 양력설 때 많이 하는 듯이 보인다. 그러나 명절로 지내는 것은 음력으로 돌아갔다. 이런데도 좀 어정쩡한 것이 있다. 어느 때 사람들에게 축복하고, 덕담을 나누고, 인사를 하여야 할까? 좀 인색한 맘으로는 한번에 끝냈으면 좋겠고, 좀 넉넉한 맘이라면 두 번 다 덕담 선물을 보내기도 한다. 물론 새해맞이는 양력설에 한다. 아마도 그때는 차례를 지내는 것이 적기 때문인지도 모른다. 그러고 보면 양력설은 해맞이를 하는 때, 음력설은 식구들이 함께 하면서 차례를 지내는 것으로 정리된 듯이 보인다. 어느 것이 진짜 설일까? 형식 논리는 참 답답하다.

어려서나 지금이나 내게는 이 설이라거나 어떤 날이라는 것을 기념하고 즐기는 것이 매우 낯설다. 그것을 진지하게 맞이하기가 매우 어색하다. 특히나 새해라는 것에 이르면 더하다. 몇억 년 전부터 그렇게 뜨고 지는 해요 그날인데, 거기에다가 한 날을 잡아 '새해' '새날'이라고 하니 참 어이가 없단 말이다. 그런데 그런 것이 없다면 내 삶이 더 풍부하고 아름다웠을까? 결코 그럴 것 같지도 않다. 매년 찾아오고 또 찾아오는 그날이지만, 나 자신은 또 매년 달라진다. 그래서 어느 날인가부터는 정말로 낡은 것은 잘 보내고, 새것은 잘 맞이해야겠다는 생각을 하게 됐다. 그날이요 그해이지만, 거기에 어떤 의미를 주면 되는 것이 아닌가 싶었기 때문이다. 모두가 다 그럴 것이다. 아마도 새날 새 아침에 새로운 어떤 각오 같은 것을 하지 않는 사람은 거의 없을 것이다. 꼭 집어서 말하지 않더라도, 또 표 나게 아주 단단히 나타내지는 않더라도 분명히 어떤 결심을 하거나 간절히 바라는 것을 가지기는 할 것이다. 나도 그렇다.

이상스럽게 이번 설에 나에게는 몇 가지 그림이나 조각이나 얼굴이나 노래가 떠올랐다. 미켈란젤로가 조각한 골리앗과 대결하던 〈다윗상〉과 〈반항하는 노예〉, 로댕의 〈생각하는 사람〉과 〈갈보였던 여인〉, 여러 곳에 세워진 〈평화의 소녀상〉과 세월호 침몰 참사자들을 생각하는 종합 사진과 천막들, 파도처럼 출렁이는 촛불과 그 너머로 보이는 청와대, 아무런 감정 없이 거짓말을 숨 쉬듯이 하는 얼굴과 약삭빠르게 눈 돌리면서 온갖 계산에 여념이 없는 군상들의 얼굴, '억울하다'고 소리치는, 나라를 뒤흔들고 어지럽게 했던 여인의 얼굴과 억울하다는 말도 제대로 펼치지 못하고 정말로 억울하게 죽어갔거나 폐인이 되어 어려운 삶을 살아야 했던 사람들의 얼굴, 그것들을 다 덮는 저 멀리 철썩거리는 파도 너머, 아니 '수평선 너머'를 바라보는 처연한 얼굴 얼굴 얼굴들.

거기에 더하여 더 많은 얼굴들이 떠오른다. 트럼프, 시진핑, 푸틴, 아베, 김정은, 박근혜 따위들. 사드, 핵 실험, 군사위성, 브렉시트, 무역 장벽과 이동 장벽. 오로지 내 나라 사람들만을 위하여 정책을 펼치겠다는 시대에 거꾸로 가는 정책에 환호하는 군상들. 이것들은 모든 것을 경쟁으로, 돈으로, 무력으로, 좁은 이기주의로 풀어보겠다는 탁한 공기가 가득한 그림을 나에게 보여 준다. 그 결과는 전쟁이라도 하겠다는 발광으로 보인다. 그런데 이것들이 사람들을 홀린다.

이때 우리가 할 일이 무엇일까를 생각하여 본다. 우리

모두가 희망하고 끊임없이 실천하여 볼 것이 무엇인지를 생각하여 본다. 분명히 헌재에서 대통령 탄핵이 인용이 되든 기각이 되든 우리 사회에는 어떤 소용돌이가 휘몰아칠 것이다. 다만 그것이 어떤 방향으로 갈 것인가가 문제다. 그러나 위대했던 것은, 감추어지면 큰일 날 뻔한 것들이 낱낱이 밝혀지면서 거짓의 세계로는 안 된다는 분위기가 살아난다는 사실이다. 대통령을 중심으로 생각 없이 일어난 그 거짓들이 그냥 그대로 감추어진 상태로 세월이 지나갔다면 얼마나 끔찍할 뻔했을까? 그만큼 역사는 진전되고, 민중은 깨어나 간다고 할 수 있다. 대권을 쥐겠다고 불철주야 날뛰는 사람들과 그 주변의 인물들, 그리고 그것들을 뒷받침하여 주는 무리들. 그들은 결코 주인이 아니라는 것을 지금까지의 일들이 알려 준다. 그래서 '법 따위, 정치 따위는 없어도' 평화롭게 살아갈 평범하지만 성숙한 씨ᄋᆞᆯ(민중)들이 의연하게 버티고 서서 저 멀리 수평선을 바라보는 모습의 우리 사회가 되면 좋겠다. 그러려면 역시 생각하는 것밖에는 없다. 생각은 사람을 성숙하게 하고 혁명하며, 그런 사람만이 생각하는 사회와 품격 있는 사회를 만들 수 있을 것이다. 나는 그런 사람 그런 사회를 꿈꾼다. 그것이 나에게는 새해다. 오늘도 그 생각, 내일도 그 생각이다. 그것이 새날의 생각이다. 속을 태우는 촛불 같은 자기 혁명 없는 날은 새해도 새날도 아니다.

2017. 1. 30.

예禮와 권權, 체體와 용用 사이에서

우리는 언제나 이상과 현실, 원칙과 실제 생활, 진리와 일상생활 사이에서 일어나는 갈등 때문에 고민하고 힘들어 한다. 어느 누구도 이상을 싫어할 사람도 없고, 진리를 그대로 현실에 적용할 길을 찾지 않는 사람도 없다. 그런데 언제나 우리가 그것들을 실제 생활에 적용할 때는 지독히 어려운 점이 곳곳에 있는 것을 발견한다. 그것이 커다란 갈등을 불러오기도 하고, 이러지도 저러지도 못하는 위기 상황에 부딪히게도 한다. 지금 우리 사회에서 일어나고 있는 일들도 마찬가지다.

우리 모두가 잘 알듯이 동양의 고전 중 하나『맹자』에 이런 대목이 있다. 제7편 이루편에 순우곤淳于髡이라는 사람과 맹자가 대화하는 장면이다.

순우곤 남녀 간에 물건을 주고받을 때 직접 손으로 하지 않는 것은 예도이지 않습니까?

맹자 예, 그렇습니다.

순우곤 그런데 형수가 물에 빠졌을 때 손을 잡아 건져줘야 합니까?

맹자 형수가 물에 빠졌는데 손을 잡아 금방 건져주지 않는다면 그것은 승냥이나 늑대지요. 남자와 여자가 직접 손으로 무엇인가를 주고받지 않는 것은 예도禮道지만, 물에 빠진 형수를 손으로 건져주는 것은 권도權道예요.

순우곤 그렇다면 지금 세상이 물에 빠졌는데, 왜 선생은 그 세상을 건지지 않으십니까?

맹자 형수가 물에 빠진 것은 손으로 건지는 것이지만, 세상이 물에 빠진 것은 도道로 건지는 것이지요. 선생은 물에 빠진 세상을 손으로 건질 수 있겠습니까?

이런 이야기다. 여기에서 중요하게 나타나는 말이 예와 권이라는 부분이다. 이것은 체와 용의 문제이기도 하다.

이러한 예는 예수의 행적에서도 상당히 많이 발견할 수가 있다. 간음 현장에서 잡혀 온 여인을 돌로 치는 것이 좋으냐고 묻는 사람들에게 '죄 없는 자가 먼저 그 여인에게 돌을 던지시오' 한 것이 그 한 예다. 규정에는 그런 사람을 돌로 치어 징치하라고 돼있다. 또 안식일은 거룩하게 지켜야 하는 날이다. 그런데 예수의 제자들이 길을 가다가 배가 고파서 길가에 있는 보리 이삭을 따서 손으로 비벼 먹었다. 그에 대하여 법도를 매우 중요하게 여기는 사람들이 아주 강력하게 항의하였다. 그때 예수는 '안식일의 주인은 누구요? 안식일의 주인은 사람이지 않아요?' 배고픈 사람이 길가에 있는 먹을거리를 먹는 것과 안식일을 거룩하게 지키라는 법조문 사이의 갈등을 어떻게 해결할 것인가 하는 문제다.

이것은 바로 이상과 현실의 문제요, 진리와 실제 생활의 문제면서 규칙과 실행의 문제다. 이 둘을 각각 다른 것으로 이분화하고 흑백으로 보아 판단할 일은 아니다. 현실이 없다면 이상도 필요 없을 것이요, 이상이 없다면 현실 생활은 참으로 혼란스러울 것이다. 이상이나 진리 또는 예도만을 아주 강력히 주장한다면 사람 사는 세상은 참으로 숨 막힐 정도로 답답하고 어두울 것이다. 그렇다고 항상 다르게 나타나는 현실 부분만을 앞세운다면 혼란만이 가득할 것이다. 그러니까 이 둘은 항상 함께 있어서 조화하면서 매우 유연하게 적용되어야 할 사항이다.

나는 문재인 대통령이 후보 시절 고위공직자의 임명 원칙 5가지를 내세운 것은 잘했다고 본다. 그러나 그 원칙이라는 망에 걸리지 않을 사람을 지금 찾는 것은 매우 어려운 실정이다. 그렇다고 그 약속을 없는 것으로 처리할 수도 없다. 여기에서 우리는 그렇게 주장한 근본 뜻이 어디에 있는가를 살필 필요가 있다고 본다. 꼭 고위공직자만 그렇게 흠결이 없어야 한다는 것인지? 아니면 우리 사회 전체에 일상의 사회문화로 뿌리를 내리고 있는 적폐 자체를 없애겠다는 것인지? 한동안 우리 사회에는 부동산을 매매할 때 이른바 다운계약을 하는 것이 일상이었다. 그것이 옳지 않다는 것을 느끼고 알면서도 그렇게 했다. 그것을 고치겠다고 주장한 뒤에도 끊임없이 그런 일들이 있어났다. 심지어는 다운계약을 한 사람이 그것을 없애도록 행정을 추진하는 책임자가 될 수밖에 없는 처지에 있었다. 그것이 그 당시 우리 사회문화의 공기였기 때문이다. 그러나 지금은 허락되지 않는다. 이렇게 되기까지는 상당한 시간이 걸렸다.

여기에서 생각할 것은 바로 법도, 예도, 체라는 이상과 진리라는 원칙과 그것을 일상 문화로 정착시키기 위한 권도와 실용의 현실을 일치시키기 위한 전체의 노력이 어떠해야 할 것인가를 따지는 일이다. 사회문화가 그 모양이었으니 그 이상과 어긋나는 것을 무조건 양해해 달라는 것도 우습지만, 그 원칙을 지키라고 주장하는 사람들이 저지른 똑같은 비리를 파헤쳐서 말을 못하게 하는 것도 우습다. 문제는 그러한 잘못된 관행을 우리 사회에서 없어지게 하는 데 함께 노력할 길이 어디에 있는지를 살필 일이다. 다시 말하면 잘못을 덮어주는 것이 아니면서, 그것 때문에 무조건 임명을 거부하는 것도 아닌, 그러니까 한편으로 잘못을 철저히, 거짓 없이 뉘우치고 양해를 구하면서, 다른 한편으로는 전체 사회가 그 원칙에 맞는 사회로 갈 수 있는 길을 찾아 국회 청문회가 진행되고, 사회 전체의 흐름이 나가면 좋겠다. 너는 깨끗하냐 하고 반박하는 것도 우습지만, 지나간 일이니 덮어주면 좋겠다는 것도 옳지 않다. 이 둘을 다 인정하고 따지면서 공기처럼 쫙 깔려 있는 적폐의 관행을 어떻게 함께 극복할 것인가를 찾을 일이다. 여야라는 입장 때문에 무조건 찬성하고 반대해서는 안 된다. 공동의 원칙을 전체로 확산시킬 수 있는 방법이 마련될 때 성숙한 자리로 갈 수 있다. 이번 일이 관행으로 돼있던 적폐 중 하나를 극복하는 공론장이 되고 함께 노력하는 길을 찾는 계기가 되면 참 좋겠다.

2017. 6. 5.

홀로 그리고 함께

인간은 홀로 살면서 동시에 함께 산다. 원래 인간은 고립되고 독립된 존재이면서 다른 존재와 함께 사는 유적 존재다. 아무리 개인의 속성상 혼자이기를 즐기는 사람도 일정한 정도는 다른 사람이나 다른 것들과 함께하지 않으면 외로워서 힘들어한다. 그래서 끊임없이 홀로와 함께를 넘나든다. 고립되고 고독하지 않으면 깊은 명상과 성찰에 들어갈 수도 없고, 어떤 창작 활동에 몰입할 수도 없다. 그러나 오랜 시간 그렇게만은 살 수가 없어서 스스로 그것을 깨고 공동의 마당으로 나온다. 이렇게 되는 것은 지극히 정상이다. 그러니까 홀로와 함께는 어느 것이 정상이고 어느 것이 비정상이란 말로 판단하거나 평가할 수 있는 일은 아니다.

그런데 최근에 많은 사람들은 '홀로사회'란 사회현상에 큰 우려를 나타내는 듯이 보인다. 쉽게 하는 말로 '혼밥' '혼술' '혼잠' '혼영'이란 말들을 만들어 쓰면서 혼자 사는 것을 마치 문제가 있는 것처럼 평가하는 것을 볼 수가 있다. 한동안 우리 사회에서는 '미혼'이 비정상인 것으로 인정되기도 하였고, '이혼'이 문제가 되는 것으로 평가되기도 하였다. 어느 때는 너무 일찍 혼인하는 것을 바꾸려고 하다가 지금은 너무 늦게 혼인하는 것을 걱정한다. 농어촌 지역에서나 가난한 사람들 사이에서는 남성이 홀로 사는 경향이 더 높고, 도시에서나 경제력이 있거나 학력이 높은 사람들 사이에서는 여성이 홀로 사는 경향이 높다는 통계가 발표되기도 한다. 더욱이 남녀를 막론하고 늦게 결혼하거나 결혼하지 않은 비혼상태로 사는 경향이 전에 비하여 상당히 높아진 것이 지금의 사회현상이다. 결혼한 뒤에도 자녀를 낳지 않고 사는 경우도 있지만, 혼인하지 않은 상태에서 아이를 낳는 경우도 있다. 앞의 경우는 주변 사람들이 염려하는 듯이 보이지만, 뒤의 경우에는 사회에서 어떤 부정의 평가를 받는다. 이른바 '비혼 부모'라는 딱지가 붙어서 고운 눈으로 보려고 하지 않는다. 이러한 과정을 통하여 '가족'이란 고정된 그림과 평가가 달라진다. 좀 심하게는 이런 현상을 두고 사회 구성의 기초였던 '가족'의 해체라고 말하기도 한다. 심하게는 '가족 해체'의 위기 상황이라고도 한다. 그러나 가족은 끊임없이 해체되어 왔고, 새로 구성되었다. 이것은 해체 위기가 아니라 가족의 변동이요 변화라고 해야 옳을 것이다.

다시 말하면 결혼을 통한 가족 형성은 언제나 변하여 왔다. 결혼 제도 역시 끊임없이 변하였으며, 자녀 생산이나 양육 방식 또한 달라졌다. 혼인을 통하여 가정이란 것을 형성하든, 그냥 혼자 살든, 혼인이라는 절차 없이 남녀가 함께 살든 이혼이라는 과정을 거쳐 헤어져 살든, 그렇게 하여 다시 다른 이와 인연을 맺어 살든, 아니면 그냥 혼자 살든 그 자체로서는 어떤 가치판단을 할 수 있는 것이 아니다. 당사자들이 처한 형편에 따라서 그런 삶의 양상을 따를 뿐이기 때문이다. 어느 것이 옳고 그르다는 판단을 할 수 없는 것이 그 부분이다. 물론 자기가 어느 삶의 모양을 선택할 것인가에 대한 것, 어느 삶의 모습을 더 좋아하는가 하는 문제는 개인의 몫이면서 동시에 사회의 몫이기도 하다. '홀로사회'라고 표현하여 염려하는 것은 바로 그런 점에 있는 것이 아닐 것이다. '홀로'라는 것의 좋고 나쁨, 옳고 그름의 문제가 아니라, '홀로' 살기 때문에 나타나는 어떤 '부정'의 요소들 때문일 것이다. '부정'이란 말로 표현하는 것이 옳을는지 모르지만, 아예 처음부터 홀로 사는 사람들, 함께 살다가 형편에 따라서 도로 홀로 살게 된 '돌싱' 상태의 사람들에 대한 사회 인식이나 사회의식의 문제가 아닌가 싶다. 그 염려라는 것이 무엇일까? 그리고 그 염려 상황이란 무엇일까?

홀로 사는 것과 함께 사는 것 그 자체가 문제가 아니라, 그러한 삶의 형태를 가진 다음의 행복과 불행의 문제에 있는 것이지 않을까? 상당히 많은 경우 잘못된 결연 때문에 불행한 삶을 살고 있지만, 헤어져 홀로 사는 것이 두려워 어쩔 수 없이 함께하기도 한다. 또 어떤 경우는 아주 간절히 함께 사는 것을 바라지만 자신의 성향이나 주변의 형편 때문에 홀로 살 수밖에 없는 상황도 있다. 이것을 어느 누가 대신하여 해결하여 줄 수는 없다. 정부나 단체가 나서서 해결할 수 있는 것도 아니다. 다만 한 가지 좀 달라지고 계몽되어야 할 것이 있지 않을까? 그것은 바로 그러한 삶의 형태에 대한 고정된 인식의 변환이요 의식의 전환이다.

모든 삶의 형태는 끊임없이 달라진다. 진화한다고 할 수도 있다. 그 말속에는 고정된 정당한 제도와 그에 대한 판단은 없단 말이다. 다른 사람에게 해를 끼치지 않으면서, 자신을 괴롭히지 않는 범위에서 행복을 추구하는 삶의 형태의 다양성이 인정되는 것이 좋겠다. 사회의 눈이 무서워서 억지로 '홀로'나 '함께'를 유지하는 일은 사라져야 한다. 농담처럼 던지는 말이라고 하겠지만, '지금 100세 시대에 어떻게 한 사람과 만나 70년 가까이를 함께 살아!' 하는 말이 쉽게 오고가는 것은 이 시대의 반영이라 할 수 있다. 그 말을 바꾸면 '이 긴 삶의 여정을 어떻게 외롭게 홀로 걸어갈 수가 있어!' 하는 것과 같다. 그렇다면 '홀로'와 '함께'를 유연하게 넘나들 수 있는 사회 인식이 나타나면 좋겠다. 그러니까, 동성 간의 함께 삶, 비혼 상태로 함께 삶, 그렇게 하여 태어난 아이 사람에 대한 평가, 함께 삶의 다양한 계약 관계 따위를 폭넓게 인정하는 것이 바람직할 것이다. 왜냐하면 홀로이기에 심리 · 사회상, 건강상에서 나타나는 문제들이 많기 때문이다. 그러니까 개인과 사회의 건강과 행복을 위하여 '홀로'와 '함께' 사는 형태 변화를 유연하게 받아들이고 정리하는 것이 좋겠다.

2017. 7. 3.

정신과 사상(활동)을 가둘 수 있을까?

독일의 시인 하인리히 하이네Heinrich Heine는 '책을 불태우는 곳에서는 결국 사람도 불살라 버린다'는 말을 남겼다. 약간 다르게 바꾸어 말한다면, 책을 금지시키고 지하실이나 광 속에 가두어 두는 곳에서는 결국 사람도 가두고 억압하게 된다. 그러나 불에 타서 재가 된 책은 되살아서 활동하고, 갇혔던 사람은 (정신과 육체가) 해방되어 자유를 누리면서 영향을 주지만, 책을 불사르고 사람을 감금한 그들은 결국 자기의 목숨을 지불하지 않으면 안 되는 역사를 맞이한다. 그에 대한 아주 대표되는 역사상의 예는 중국의 진시황이 저지른 분서갱유焚書坑儒다. 자기들이 필요로 하는 사상 체계의 책만 남겨 두고 나머지는 다 불태우고, 그에 반하는 사상 체계를 연구하고 계발하고 펼치는 사람들을 죽이거나 땅속에 묻어 버린 사건이 바로 그것이다. 가깝게는 조선시대의 사문난적 사건이 있다. 당시 국가 통치의 이데올로기로 삼던 성리학과 대치되는 모든 사상 체계를 금지하고 그러한 책들이 퍼지는 것을 막았다. 그러나 그러한 조치를 취한 자들 스스로 자기들의 위치가 달라질 때는 언제나 금지한 그 사상 체계와 책으로 몰래 빠져들기도 하였다.

더 가깝게, 우리나라 군사독재 시대에는 왜 그리 금서 조치가 많았던지!? 그러한 책을 소유하기만 하여도 감옥에 가고 심각한 형을 받고 고난을 받으며 아주 심한 경우에는 사형을 받은 적도 있다. 지난 정권에서는 이른바 '문화계 블랙리스트'라는 것을 작성하여 자신들의 정권을 평안하게 유지하려고 하였다. 그러나 역사의 흐름은 그렇게 녹록지가 않다. 그렇게 잔머리를 굴리며 좁은 맘으로 이끄는 대로 역사는 흘러가지 않는다. 그들이 그러한 권력의 자리에서 떠나기도 전에 매몰찬 역사의 흐름과 반란은 아주 엄혹하게 내려진다. 그래서 대통령을 자리에서 몰아내고, 그와 함께 사악한 일을 도모했던 자들은 재판에 회부된다. 그러한 일을 지금 우리 사회에서 일상으로 볼 수 있게 되었다. 왜 이러한 일이 일어날까? 그러한 일이 바로 우리에게서만 일어나는 특수한 현상일까?

지금 독일의 도시 카셀Kassel에서는 〈도큐멘타Dokumenta〉라는 예술 작품 전시회가 열린다. 이 전시회는 14회째로, 1955년 처음 시작되었다. 그때는 독일이 2차대전에 패배하여 온갖 곳이 다 파괴되고 아직 회복되지 않았을 때다. 새로 건설하고 고치고 먹을 것을 많이 구하며 생산하고 찾아야 했던 때다. 이때 아놀드 보데Arnold Bode는, 이렇게 피폐하고 삭막한 세상일수록 예술혼으로 사람들을 치유하고 새로운 삶의 힘을 줘야 한다고 강조하면서, 온갖 비판을 극복하고 전시회를 성립시켰다. 그렇게 하여 4년마다, 지금은 5년마다, 이 전시회를 연다. 국제 예술품 전시장이 되어 수십만의 관람객을 끌어들인다. 그런데 이번 전시회에서 아주 놀라운 작품 하나가 주 전시장 앞 광장에 조성되었다. 〈책의 파르테논〉이라는 작품이 그것이다. 카셀대학의 문학과와 예술학과에서 주관하여 금세기 전 세계의 금서들 25,000권을 모아서 조성한 것이다. 독재와 억압의 상징인 '금서'들을 모아서 민주주의의 상징인 고대 그리스의 파르테논 신전을 꾸민 것이다.

이러한 일은 1983년 아르헨티나의 독재정권이 무너질 당시, 마르타 미누힌Marta Minujin이 〈El Partenon de libros(The Parthenon of Books)〉라는 이름을 붙여 부에노스 아이레스 광장에 금서 25,000권으로 작품을 만들었던 것에서 시작되었다. 독재정권에 의하여 금지되었던, 그래서 읽거나 소유하기에 매우 위험하였던, 그래서 창고나 땅속에 숨기거나 독재권력에 의하여 압수되어 보관되었던 곳에서 찾아낸 것들이었다. 그러므로 이 작품은 시대의 변화를 상징하는 것이었다.

금서, 그것은 사상의 자유, 생각의 자유, 소통의 자유, 사람으로 살아가고자 하는 기본 권리를 억압하는 것이다. 억압할 수 없는 것, 눌러서는 안 되는 것을 독재자들은 왜 끊임없이 억압하려고 시도하고 또 할까? 얼마나 어리석은 일인가? 생각하지 말라고 명령하고 지시한다고 생각이 끊어질까? 사람들에게 생각이 있고 글이 있는 한 글을 쓰지 말란다고 쓰지 않고 지나갈 수 있을까? 종이가 없으면 땅바닥에 쓰고, 연필이 없으면 나무 꼬챙이로도 쓴다. 나치 때 강제수용소나 강제 노역장에서 언제 어떻게 자신들의 운명이 결정될지 모르는 상황에 있던 감금된 사람들이 어두운 벽에 기록한 것들은 또 무엇을 말하는가? 그것은 곧 예루살렘에 있는 '통곡의 벽'에 새겨진 손톱자국이며 생명의 흔적이다. 그것은 온 존재로 역사에, 하늘에, 자연에, 인류사회 전체를 향해 부르짖는 호소요 절규다. 그것을 막을 수는 없다. 책을 읽지 못하게 하는 것은 숨을 쉬지 못하게 하는 것과 같다. 곧 생명을 끊는 작태다.

그런데 왜 권력자들은 그렇게 어리석은 일들을 계속하고 있는 것일까? 금서 현상은 왜 어디에서 언제 어떻게 일어나는 것일까? 그러한 일은 한계가 없는 듯이 보인다. 어느 특정한 시대, 특정한 장소, 특정한 사람들에 의하여서만 일어나는 것은 아닌 듯이 보인다. 개명했다는 지금은 금서 조치가 없을까? 금서에 속하는 책들과 그들이 품고 있는 내용은 특별한 것일까? 지나고 보면 모든 것은 아주 지극히 평범한 것들이다. 그런데 왜 금서가 됐을까? 그 책들의 운명도 참 얄궂은 것이지만, 그것을 시도하려는 그 인간의 작태가 또한 우스운 것을 지나 슬픈 일이다. 어떤 사상 체계, 어떤 표현,

어떤 논의도 감추거나 금지될 수는 없다. 다만 그것들을 밝은 하늘에 드러나게 하여, 서로 논쟁할 수 있을 뿐이다. 그러면 사람들은 밝고 맑고 자유롭게 행복한 사회를 스스로 만들면서 살 것이다.

2017. 8. 11.

긴 문화 진화 과정으로 본 적폐 청산 그리고 혁명

2016년 가을 깨어있는 시민이 촛불을 들어 '국정 농단'과 '적폐 청산'을 외치기 시작한 날이 꼭 한 해가 지났다. 많은 일들이 일어났다. 한 정권이 지나가고 새로운 정권이 태어났다. 구정권은 폐족이 되다시피 몰락하는 형상이고, 새로운 정권은 마치 날개를 단 듯이 올라간다. 그러한 상황에서 자기가 어디에 서있는가에 따라서 한 해를 맞이하는 분위기는 매우 다르다. 억울함을 호소하고 분노를 폭발시키려는 분위기가 있는가 하면 그 촛불을 귀하게 승화시켜야 한다는 축제의 흐름도 있다. 그러면서 똑같이 상대방을 '국정 농단'이라거나 '적폐 청산'이란 말로 비판하고 공격한다. 진실을 밝힌다는 말들이 끊임없이 오염된 상태로 등장한다. 아닌 것도 자꾸 기라고 하면 나중에는 긴 것으로 둔갑하고, 긴 것을 아니라고 우기고 나가면 나중에는 정말로 아닌 것으로 인식되고 뇌리에 박혀 버리는 일이 너무도 많다. 그렇게 말들이 섞이고 사람들이 얽히다 보면 진실이 무엇인지 알 수 없도록 놀랍게 혼돈스러워진다. 거기에서 분별 능력이 작동하지 않기도 한다. 마치 짙은 안개 속에 있듯이 분명하지 않게 된다. 이러한 때일수록 밝고 맑은 정신이 필요하다.

날마다 깜짝깜짝 놀라게 할 만한 적폐들이 드러난다. 어쩌면 있을 수도 있겠다고 의심해 보던 것들이 아주 치밀하고 철저하게 계획된 고급스러운 비밀 정책을 통해 벌어졌다는 것이 놀랍고 서럽다. 식민 통치와 철통같은 독재체제를 지나오면서 첩첩이 쌓인 관행과 인습들이 민주화된 시대에서도 태연히 이루어지고 있었다는 것에 놀라움을 금할 수가 없다. 그것을 밝히고 고치는 것이 이른바 적폐 청산이지만, 그 일을 통하여 문제가 드러날 수 있는 측면에서 '정치 보복' 이라는 말로 이를 흐리는 행위는 또 따른 청산의 대상이다. 물론 이러한 일들은 어느 특정한 사람이나 집단에 속한 이들에게만 있는 것은 아니다. 몇몇 특정한 사람들에게 벌을 주고, 그러한 집단을 바꾸거나 갈아치운다고 사라질 일은 아니다. 우리 정신과 삶과 마음속에 마치 씨앗처럼 오래도록 뿌려져 자라고 있던 것들이라고 보아야 하기 때문이다. 그것들은 바람으로 쓸어가고, 불로 태워버리며, 큰물로 훑어나가게 할 일도 아니다. 이미 우리 삶에, 사회에, 역사에 씨로 뿌려진 그것들, 그것들이 상당히 자라서 뿌리를 박고, 새로운 열매를 맺어 널리 흩뿌려진 상태에서 우리가 할 일은 무엇일까? 근본부터 달라져야 할 일이기 때문에 혁명을 말한다. 무력이나, 법률 제정과 재판, 또는 행정 명령이나 인사 이동으로 될 일도 아니다. 그 혁명은 오래 걸려 씨갈이가 돼야 하기 때문이다.

지난해 가을부터 올봄까지 타올랐던 촛불은 그래서 자기 수련 과정이었고, 꺼질 듯 가냘픈 듯 손에 든 촛불로 밝힌 얼굴들은 모두가 다 경건한 기도의 모습이었다. 자기 자신 속에 있는 적폐, 자기 맘속에서 자라는 적폐, 자기가 뿌려 자라고 있는 적폐를 작은 촛불로 밝혀 쓸어버리자는 수련장이었다. 물론 그 장소에 나갔다고 적폐의 언저리에서 놀지 않았다는 것도 아니며, 한두 번 촛불을 밝혔다고 자기 몸을 감싸고 있는 적폐를 쓸어낸 것도 아니다. 일생, 역사를 통틀어 내려오는 적폐 속에 몸을 담고 있는 자신을 새로운 통 속으로 옮기는 거대한 작업이다. 정권이 바뀌었다고 금방 되는 것도 아니고, 자리가 달라졌다고 사라지는 것도 아니다. 오랜 기간 몸에 쌓인 독기를 서서히 씻어내는 작업이요, 핏줄에 쌓인 어혈을 뽑아내는 작업이다. 오로지 거기에만 매달려 치료한다고 해도 매우 어려운 일일 것인데, 무수히 많은 일들이 새로 나타나서 그것을 방해한다.

그 새로운 상황들이란 물론 항상 있었지만 새로운 물결을 타고 강력하게 달려든다는 말이다. 미국과 북한 사이에 벌이는 핵폭탄 갈등, 새로운 강력한 국가로 패권을 다투는 미국과 중국의 경쟁 관계, 전쟁을 일으키는 것이 가능한 나라로 가는 길을 열어 새로운 패자로 군림하고자 하는 일본의 욕망 체계의 실현 노력이 그것이다. 이것들에 대한 대항은 강력한 정부가 할 수 있는 일도 아니고, 어느 탁월한 식견을 가진 외교술에 능한 사람이 해결할 일도 아니다. 각 나라 모든 사회에 있는 깨어있는 씨올(민중)들의 연대가 새로운 사회를 밝히지 않을까? 이렇게 속을 맑혀 맑은 힘을 새로 쌓기도 전에 강력한 바람이 불어닥쳐 오면 어찌해야 할까?

큰 나무가 없으면 작은 나무들을 모아 묶어서 기둥으로 쓸 것이고, 큰 산이 없으면 작은 언덕에 나무들을 심어 바람막이로 삼을 일이고, 큰 물이 없으면 옹달샘들을 치고 씻어서 끊임없이 샘물이 솟아나 흐르게 할 일이다. 우리 모두 맘을 모을 때다. 적폐는 어느 특정한 사람과 집단의 일이 아니라는 것, 그 물에 아직 담기지 않은 이들에게도 그 씨앗은 뿌려져 때가 되면 싹이 나고 뿌리를 내려 거목으로 자랄 수 있다는 것, 깨끗한 놈이나 더러운 놈이나 함께 씻어내야 한다는 것을 알아야 한다. 그리고 우리에게 적폐 청산은 모두를 밝히고 새로운 기운으로 살아가게 하는 공동 작업이라는 것을 인식해야 한다. 그러니까 적폐 청산은 새로운 맑은 사회 분위기, 사회문화를 만드는 혁명 과정이다. 그러기 위하여 내 자신 속에서 조금이라도 자라난 싹을 도려내는 작업을 철저히 하면서, 이미 암처럼 퍼진 것들을 뽑는 작업을 할 일이다. 끊임없이 철저하게 오래도록, 그러나 전체를 살리자는 간절한 맘으로 할 일이다. 반성과 규명과 용서로써 모두가 새로 탄생하는 자리로 갈 수 있는 길을 함께 찾아야 한다. 그것이 촛불의 의미일 것이다.

2017. 10. 30.

참의 문화, 참의 사회

가끔 찾아가는 바닷가에 서면 맘이 처연해진다. 신선한 바람과 끝없는 망망한 넓음에 마음이 한없이 확 터지는 기분을 느낀다. 일상에 매여 복닥거리며 살던 모든 찌꺼기들이 파도 소리와 바람과 물결에 다 씻겨 나가는 느낌이다. 끝없이 밀려오는 파도의 행렬들이 바닷가에 가까이 와서 흰 거품을 일으키며 높은 파도를 이룰 때 몰려오는 감동들. 그것에 취하여 있는 동안 나도 모르게 바닷가 한 바위 언덕에 선다. 그 바위를 찰싹거리고 때리는 잔파도와 굵은 파도를 보면서 감동하다가 갑자기 무척 지루하기까지 한 답답함을 느낀다. 왜 파도는 한번 크게 몰려와서 후려치고 말지 줄 듯 말 듯 감질나게 찰싹거리며 어루만지고 때리듯이 스치는 걸까? 그렇게 생각하고 바라볼 때 파도는 늘 그 모양 그 모습이다. 얼핏 내가 딛고 서있는 바위를 자세히 본다. 호오. 얼마나 긴 세월을 저 파도에 갈리고 닦이었으면 이렇게 오묘한 모습으로 만들어졌을까? 그것을 느끼는 순간 내 마음은 다시 서늘해진다.

그러다 발길을 돌려 모래 위를 걷는다. 나도 모르는 사이에 그 모래 위에 여기저기 흩어져 있는 작은 돌들을 찾는다. 아름답고 매끄럽게 생긴 돌들을 찾는다. 어느 것 하나도 모난 것이 없다. 크든 작든 둥그렇게 또는 동그랗게 갈려서 내 손에 착 달라붙는다. 이것보다 저것이 더 낫지 하고 주웠다가 던지고 다시 다른 것 하나를 손에 잡고 좋아한다. 그러는 사이 한 조약돌을 손에 놓고 가만히 들여다본다. 그 순간 내 맘이 또다시 꿈틀거리는 것을 느낀다. 아, 이 작은 조약돌의 역사. 어디서부터 시작된 것인지 모르는, 그러면서도 파도에 쓸리고 밀리면서 여기 이 바닷가까지 온 조약돌. 처음 그것은 얼마만 한 크기의 돌이었을까? 그것이 얼마나 물결에 부대꼈으면 이렇게 작은 조약돌이 되어있을까? 그 조약돌에는 그것이 가지고 있지 않은, 멀리 사라져간 역사가 있다. 읽지 못하고 찾지 못하는 조약돌을 갈고 닦은 역사. 아, 이 조약돌 하나가 일러주는 위대하고 거룩한 닦임의 역사를 상상하게 한다. 그래서 내 맘에 와 닿는 소리. 아, 이렇게 여기에 와있구나. 그것을 보면서 다른 어떤 말이 더 이상 떠오르지 않는다. 나도 모르는 사이에 내 양 볼을 타고 흐르는 눈물을 느낀다. 손바닥 안에 든 조약돌과 역사와 인생이 이상스럽게 겹쳐서 내 맘속으로 들어오는 것을 느낀다. 이렇게 되기까지 참고 견디고 함께해야 했던 기나긴 세월. 거기에는 좋고 나쁨도 없고, 기쁘고 슬픔도 없으며, 밝고 어둠이 사라지고, 강고하고 부드럽고가 없는 그냥 동그스름한 조약돌만이 있을 뿐이다. 그것을 스친 온갖 것들은 내 상상과 느낌의 세계에만 있을 뿐이다.

우리 삶을 이끄는 하나의 문화도 이러한 것이지 않을까? 우리 역사는 굉장히 긴 세월을 갈리고 닦이는 역사였다. 어느 것 하나도 한순간에 이루어진 것이 없고, 어느 것 하나도 한쪽 주장이나 이끎에 의하여 이루어진 것이 없다. 어느 권력도 혼자서 몇백 몇천 년을 이끌어나간 적이 없다. 어느 것도 오래도록 혼자서 선하거나 거룩한 적이 없었지만 또 악하고 더럽기만 한 적도 없었다. 어느 순간 선하다는 것이 나타나서 악하다는 것을 밀어붙이다가도 그것이 어느 순간 악하고 더러운 것으로 변하여 또 다른 것에 의하여 밀려나고 밀려났다. 모든 권력은 한계가 있었고, 새로운 권력은 언제나 그 지난 권력의 흔적을 청소하기에 바빴다. 그때 나오는 온갖 쓰레기들 속에서 가장 많이 더러운 것으로 냄새를 풍기면서 나타난 것이 무엇이었던가? 부정과 부패. 부당한 권력 행사.

4 · 19 혁명 때도 온갖 권력자와 재산가들이 줄줄이 부정과 부패의 연결 고리에 엮여 있었다. 그 뒤 5 · 16 군사정변. 그때도 가장 크게 울린 것은 부정과 부패를 없애겠다는 소리였다. 그러다가 얼마 가지 않아 그놈들도 역시 썩기는 마찬가지구나 하고 판단하게 되었다. 그렇게 몇 번 정권이 바뀌고, 소위 권력의 핵심에 앉았던 사람들이 바뀔 때마다 부정

과 부패, 권력의 부당한 행사에 대한 단죄들이 마치 연례행사처럼 계속되었다. 뇌물과 착취로 나타나는 없어지지 않는 부정과 부패. 왜 그럴까? 쓸려 나가지 않는 쓰레기, 뽑히지 않는 뿌리다. 그렇다면 그것은 우리의 유전인자인가? 관행이요 일상생활이며 문화인가?

지금 정부도 다른 어느 정부와 마찬가지로 부정과 부패를 고치겠다고 나섰다. 몇 달 그렇게 하여 과거 정부에서 일어났던 것들을 파헤치는 작업을 하는데, 상당히 많은 사람들은 벌써 지루하단다. 물론 날마다 새롭지도 않은 듯이 터져 나오는 참신하지 못한 뉴스를 듣는 것은 기분 나쁜 일이다. 이제 그만 덮어두자는 마음들을 나타내기도 한다. 너희는 별다르겠냐는 맘도 나타낸다. 물론 이 정부 이 정권이라고 하여 산뜻하고 깔끔하게만 할 수 없을 것이다. 그들도 상당히 오랜 기간 그런 문화의 공기를 마시고 살았기 때문에, 우리 속에 있는 유전인자와 같은 부정과 부패, 부당한 권력 행사의 문화가 있음을 인정한다. 그러므로 그 문화를 바꾸기 위하여는 한순간, 한 정권으로 될 수는 없다. 칼끝은 언제나 그들 자신에게로 돌아온다는 사실을 잊지 않고 일해야 한다.

지금 정부가 하는 부정과 부패에 대한 조사와 심판은 하나의 상징 행위에 불과하다. 그들이 깨끗하기 때문에 하는 것이 아니라, 그것을 고쳐야 한다는 역사의 지상명령을 수행하는 위치에 있기 때문이다. 물론 그들이 떠난 다음에는 또 다른 명령 수행자들이 나타나서 그 일을 하게 될 것이다. 어리석지 않다면 조심스럽게 갈 것이다. 그런 발걸음이 오래 지속되다 보면 깔끔한 삶의 문화가 이 땅에 뿌리를 내리고 씨로 뿌려질 수 있지 않을까? 그러므로 나는 부정과 부패, 또는 권력의 부당한 행사에 대한 조사는 항상 있어야 한다고 본다. 그러려면 역시 권력 구조의 변혁과 일반 사람들의 교육과 수련이 함께 이루어져야 할 것이다. 그러나 시작은 지금 체제에서 부정과 부패의 고리로 갈 수 있었던 것들을 찾고, 그 제도를 바꾸고, 사람들을 교정하는, 문화 혁명과 인간 혁명으로 가는 길을 닦아야 할 것이다. 그것은 참의 문화, 참의 삶을 만들자는 몸부림이다.

2018. 1. 15.

'밤숨'[夜氣]; 깨끗한 맘을 찾아

일찍이 함석헌 선생은 맹자의 '고자告子' 편의 말씀을 빌려 '밤숨을 끊지 말라'는 글을 쓴 적이 있다. 모든 사물과 생물은 일하고 쉬는 것이 순조롭게 번갈아 가면서 이루어져야 산다. 사람은 더욱이나 그러하고, 우리가 사는 나라나 사회도 마찬가지다. 상당히 오래전부터 우리 사회에는 오로지 일만이 좋은 덕목이라고 부르짖고, 심지어는 국가정책으로 모든 사람을 일터로, 오로지 일만 하는 동물처럼 몰아낸 적이 있다. 그 당시에는 마치 일만이 사람답게 살아가는 유일한 방법인 것처럼 사람을 휘몰아쳤던 때다. 그래서 '월화수목금금금월'이라고 요일을 부를 만큼 쉼 없는 기계 사회를 만들었다. 이러다 보니 사람이라고 하면서 사람답게 살지 못하고, 시대의 낌새를 알아차릴 겨를도 없이 굴러가는 수레바퀴에 한 발을 올리고는 정신없이 따라서 굴러가는 것을 바람직한 것이라고 여기기도 하였다. 그런데 여기서 '일'이라고 하는 것은 사람이 자기 존재를 확인하는 과정인 자기 실현의 행동이 아니라, 오로지 소유만을 위한 도구스러운 몸부림으로 읽힐 수밖에 없었다. 소유는 권력과 재력과 출세욕과 욕망 충족의 기계로 만족해야만 하는 삶으로 타락하게 만들었다. 오로지 앞과 위만 보고 짧게 설정한 목표물만을 향해 달리게 했을 뿐, 함께 살아가는 사람이나 다른 생명체를 느끼면서 살지 못하게 하였다. 의미, 뜻을 찾는 것은 무모한 짓이라고 여기게 했다. 그때는 가난했기 때문에 그렇게 할 수밖에 없었다고 항변한다면 그것은 어설프고 거짓스러운 천박한 주장일 수밖에 없다. 사람이 가지고 또 가져야 하는 품위는 권력이나 물질의 소유에서 나오는 것이 아니다. 어떤 삶을 살든 삶 그 자체에서 나오는 것이다. 그런데 오로지 물화된 것에서 그것을 찾으려고 하였던 데서 나온 것이 바로 비뚤어진 삶이다. 사람들 사이에서 일어나는 부정과 부패와 폭력과 억압이 거기에서 나타나 마치 원래부터 그랬던 것 같은 사회문화로 자리를 잡게 만들었다. 그것들이 이미 오래전에 사라져가고 있는 것을 눈치채지 못하고 낡은 틀거리 속에서 사는 이른바 잘나가는 인간들은 옛날의 못된 관행을 그대로 좋은 것으로 알고 살았다. 그것이 오래도록 쌓여 내려오는 폐해다. 그것은 바로 밤숨을 찾지 못하였기 때문에 일어나는 일이었다. 밤숨을 틀어막을 때, 그것은 죽음밖에 맞이할 것이 없다.

밤숨[夜氣]은 쉼을 의미한다. 쉰다는 것은 단순히 일손을 놓고 몸을 누이는 것이 아니다. 그것은 생명의 근원을 찾아 길을 따라가 보는 일이다. 고요히 물러나서 성찰하여 보는 일이다. 깨끗한 맘을 찾아보는 일이다. 양심을 찾고 기르며 그 양심의 소리에 귀를 기울여 보는 일이다. 가만히 자기 자신으로 돌아오는 것이며, 궁극의 존재와 자신의 관계를 돌아보는 일이요, 하고 있는 일과 참의 관계를 살펴보는 일이다. 뜻과 보람을 찾는 일이다. 그렇게 보면 사람은 자기 혼자만을 위하여 사는 것이 아니라, 다른 이들과 함께 살아가는 존재라는 사실에 다다른다. 그러할 때 아주 지극히 깊은 속에서 솟아오르는 맘이 있다. '측은히 여기며, 부끄러워하고, 공경하며, 옳고 그름을 가릴 줄 아는 맘'을 만지게 된다. '차마 어떻게 하지 못하는 돌아보는 맘'이 생긴다. 여기에서 비로소 사람은 사람됨의 자리, 그러니까 혼자서 고립되게 살아가는 것이 아니라, 다른 존재와 어울려 함께 사는 존재라는 것을 확인하게 된다. 내가 귀한 존재이듯이 남이나 다른 것 속에서도 똑같은 귀한 존재를 발견하게 된다. 이렇게 하여 알은 아귀를 틔우고, 상처는 아물게 된다. 이것이 쉼, 밤숨을 살려야 하는 이유다.

그런데 밤숨은 그냥 있는 그대로 성숙되거나 발휘되지 않는다. 모든 생명체에는 스스로 자신을 갈무리하는 능력인 밤숨의 기능을 가지고 있다. 그러나 그것은 겉으로부터 오는 온갖 억압으로 어려서부터 변질되기 시작한다. 공부해야 한다는 압력, 출세해야 한다는 강박관념, 남들보다 좀 뛰어나게 살아야 한다는 경쟁심, 세월은 빨리 지나가니 좋은 자리에 있을 때 한몫 크게 잡아야 한다는 짧은 악한 생각들을 어려서부터 맘속에 품거나 기르면서 살게 만든 우리 사회의 풍토 때문에 변질되기 시작한다. 그래서 대통령을 했던 사람들이 감옥에 들어가면서도 거짓말로 전체 삶을 맥질하고, 국회의원이라는 사람들이 변절과 말 바꾸기를 숨 쉬듯이 하는 사이에 사람들이 가지고 있던 깔끔하고 깨끗한 맘이 더러워진다. 여기에서 온갖 추잡한 주장과 편 가름으로 원망과 분노와 공격과 반보복의 충돌 상황이 일상처럼 나타난다. 주말이 되면 수없이 많은 사람들이 광화문광장, 청계광장, 서울광장, 서울역광장에 모여서 온갖 욕설과 섬뜩한 거짓 주장으로 천지를 진동시키듯이 활발하다. 그것을 볼 때 우리 사회는 참으로 역동적이로구나 하는 생각이 든다. 그런데 한 가지가 참으로 부족하구나 하는 느낌도 든다. 밤숨. 한 발짝 물러나 자신을 돌아보고, 시대의 낌새를 조용히 살피고, 양심을 때리는 소리가 어떻게 울리는가 아주 민감하게 따져보는 맘 하나가 없구나 하는 생각이 든다. 시대는 저만큼 흘러가는데, 기존 세력들은 이 자리에서 버둥거리면서 낡은 것들을 부여잡고 허우적거리는 것을 느낀다. 우리 시대 밑을 관통하는 역사의 소리를 듣기 위하여, 개인이나 집단, 일반인이나 관료 모두가 다 밤숨을 찾는 운동을 벌여야 하겠다. 그렇게 할 때 촛불혁명과 지금 이어지고 있는 'me too' 운동이 올바른 길을 찾아 바른 사회문화가 조성될 가능성이 열릴 것이다. 사이비 언론과 거짓 뉴스와 정치 패거리 주장을 걸러낼 수 있는 판단 능력을 기르기 위하여 우리 속에 있는 밤숨을 찾아 기르고 옹골지게 만드는 운동을 벌이는 것이 좋겠다. 나 개인의 삶과 사회의 생명을 살리기 위한 밤숨 운동을 제창한다.

2018. 3. 26.

맑고 낮은 목소리

맑고 낮은 목소리

2012년 임진년도 다른 때와 마찬가지로 무척 시끄럽게 시작되고 마감할 것이다. 이른바 용의 해라고 하여 미꾸라지가 됐든 이무기가 됐든, 아니면 고래가 됐든 멸치가 됐든 모두가 다 자기가 용이라고 춤추고 소리 지르면서 출반주할 것이다. 온갖 쥐새끼, 돼지 새끼, 강아지 들이 얼굴에 사자나 호랑이의 상을 그려 붙이고 자기가 산과 골짜기를 휘어잡을 맹수라고 거드름을 피울 것이 분명하다. 또 어떤 화상들은 오로지 자기만이 이 세상을 구하고 민생을 해결할 것이라고 큰소리치며 자기만족감에 도취되어 혼란스러운 세상을 만들어놓고는 혼자서 즐길는지 모른다. 그래서 소리, 소리, 온갖 잡소리는 끊임없이 들려오는데, 귀만 시끄러울 뿐 소음을 씻어낼 귀이개는 주지 않을는지 모른다.

국회의원을 선출하고 또 대통령을 뽑는 해가 되니 일 년 내내, 해가 뜨고 질 때까지 얼마나 시끄럽고 어지러울 것인가? 어찌 보면 풍운조화를 일으키면서 하늘 위를 날아다닌다는 (진짜) 용이 너무 많은 잠룡(잡룡)들이 날뛰는 이 땅의 전쟁터가 무서워서 저 멀리 다른 곳으로 도망쳐 버릴는지도 모른다. 정말로 용이 그렇게 겉으로 나타나 보이던가? 큰소리치고, 큰 몸짓으로 그렇게 나타나던가? 모를 일이다. 그런데 어떤 덜떨어진 화상들은 그런 거짓 용들의 몸부림에 온몸과 맘을 바쳐서 충성하기도 한다. 자기가 서있는 자리가 어디인지도 모르고 죽을 둥 살 둥 이리저리 바람에 날리는 가랑잎처럼 휘몰려 다닐는지 모른다. 그렇다면 참으로 한심한 일이다. 제 속에 참 용이 들어있는 것을 모르고 겉에서 날뛰는 거짓 용을 따라다니는 어리석은 군상들이 그 거짓 용들보다 더 높고 또 더 멀리 날뛰어 다닐는지 모른다. 그래서 자칫 올 한 해는 우리 사회 전체가 온통 시끄럽고 들떠 있을 가능성이 너무 크다. 그렇게 하여 해가 질 때 허무하고 허전한 뫔(몸과 맘)으로 신세를 한탄할는지 모른다.

문제는 그것들이 용들도 아니고 사자도 아니며 호랑이도 아니란 데 있다. 그 모든 것들이 허깨비일 수도 있단 말이다. 용은 바로 내 속에 있고, 들어야 할 소리 역시 내 속에 있다. 진정으로 보고 들어야 할 것들이 다 내 속에 있단 말이다. 물론 내 속에도 온갖 잡것들에 찌들리고 물들어서 겉으로 나타나는 것들보다 더 심각한 문제를 만들어낼 것이 가득할 수도 있다. 온갖 기계음에 길들여진 우리들의 귀는 산골짝에서 흐르는 물소리를 구별할 능력을 잃어버렸는지도 모른다. 아니, 그보다 더 깊은 물길 속을 흐르는 물소리를 들을 능력을 상실하였는지 모른다. 그래서 문제는 바로 거기에 있다.

모든 사람은 누구나 다 그 속 깊은 곳에 거룩한 빛을 가지고 있다고 나는 믿는다. 이 빛은 때에 따라서 하느님이라 불리기도 하고, 부처라 불리기도 하며, 그리스도라 불리기도 하고, 거룩한 영혼이라고 하기도 한다. 그것이 바로 우리에게 간절히 그리고 간결히 말씀한다고 믿는다. 그래서 사람은 누구나 다 그 소리, 그것이 바로 지극히 작고 낮은 소리인데, 그것을 듣도록 되어있다. 다만 나면서부터 지금까지 살아오는 동안에 쌓이고 쌓인 오염들 때문에 그 소리를 들을 수 없게 되었다는 것을 깨달을 필요가 있다. 심지어는 굳게 둘러싸고 있는 오염의 껍질들이 부딪치는 소리를 마치 내면의 소리로 착각할 때가 참으로 많다. 양심의 소리를 듣는다고 하면서 바로 이렇게 욕심과 거짓과 껍질로 가득한 소리의 유혹에 넘어가는 수가 많기 때문이다. 버릇으로, 교육으로, 삶으로 만들어진 그것들은 내면의 빛 바로 그 곁에 진을 굳게 치고 있는지도 모른다. 그래서 고요한 밤중에, 깊은 산속에 있을 때 들려오는 소리는 모두가 다 내면의 소리, 그 빛의 비춤으로 착각할 수도 있다는 말이다. 그런데 그것을 구별하여 보아야 할 의무가 우리 자신에게 있다. 어떻게 할 수 있을까?

속이는 자는 감쪽같이 속이는 것이 자기 의무라 생각하겠지만, 그것에 속은 것은 어리석은 일이다. 때때로 스스로 속기 때문에 속는다. 스스로 맑은 소리를 듣는 귀를 막았기 때문에 맑고 작은 소리, 내면 깊숙이에서 오는 참소리를 듣지 못한다. 이때 남을 탓할 수도 있지만, 더욱 깊은 데서 보면 내가 스스로 나를 속였기에 남에게 내가 속아 넘어간다. 그러므로 할 일이 있다면 밖에서 들어오는 온갖 소리와 빛을 일단은 거부하여야 한다. 거부할 수 없는 마지막까지 가서야 들리는 그 소리를 들어야 한다. 그 소리는 언제나 맑고 나지막하다. 그 소리를 듣는 사람과 사회는 파릇하게 살아날 것이다.

2011. 12. 24.

핵으로부터 벗어나는 길

바로 일 년 전 2011년 3월 11일 일본 동북부에 큰 지진이 일어났다. 곧 어마어마한 쓰나미가 동북 해안을 덮쳤다. 불행하게도 그 자리에는 원자력발전소가 있었다. 폭파됐다. 방사능이 유출되고, 계속하여 연속 폭발이 일어났다. 복구는 거의 불가능하게 되었다. 모든 사람들이 피신했다. 다시는 돌아가지 못한 채 자기 땅을 저버릴 수밖에 없었다. 이때 내 친구 한 가족은 일본 도쿄에 자리한 주일 독일대사관에 근무하고 있었다. 여러 날 동안 아무런 연락이 되지 않았다. 가까스로 연락이 된 그 친구들은 한국으로 피신성 휴가를 왔다. 사고가 난 후쿠시마에서 도쿄는 멀리 떨어졌으니 괜찮을 것이란 말도 많았지만, 일단 그들은 피신하였다. 그리고 오랜 시간이 지난 뒤 업무에 복귀하였고, 학교도 다시 열었다. 최근에 보도된 바에 의하면 그 당시 일본 정부에서는 도쿄도 포기해야 하지 않을까 하는 논란이 많았단다. 지금 사고 지역 주변의 먼 곳에서는 피해를 복구하면서 살아가는 사람들도 있다. 어느 누구도 안전을 보장하지 않지만, 그렇게 할 수밖에 없기 때문에 그렇게 산다. 모든 위험을 스스로 감수하겠다는 각오를 가지고 산다. 그 폐해는 앞으로 무수히 긴 기간 동안 그들과 후손들과 다른 생명체에게 지속될 것이다.

인류 문명은 몇 가지의 신화를 남겼다. 그러면서 또 그 신화가 인류의 행복한 삶을 보장하여 주지 않는다는 것도 알려 주었다. 많은 사람들은 과학기술이 발달하면 그것을 통하여 인간이 매우 행복하게 인간다운 삶을 살 것이라고 점쳤으며 그렇게 꿈꾸었다. 그 꿈은 상당한 부분 현실로 이루어졌다. 그 지긋지긋한 육체노동으로부터 인간을 해방하였으며, 수천 년 대를 물려 내려오던 가난으로부터 해방된 곳도 참으로 많다. 답답한 생활을 벗어나서 훨훨 멀리까지 쉽게 갔다가 올 수 있는 길도 열렸다. 세계의 모든 정보를 안방에 앉아서 쉽게 얻어들을 수 있는 가능성도 열렸다. 온갖 사람들과 다 소통할 수 있는 길도 열렸다. 그러한 것들은 매우 탁월한 인류 문명의 결과다. 물론 그것 때문에 더욱더 행복한 삶을 산다고 할 수 있는지는 모를 일이다.

그런데 그중 가장 큰 신화는 원자력이다. 1938~9년경 원자폭탄의 원리를 발견한 독일의 물리화학자 오토 한Otto Hahn은 너무도 어마어마한 그 위력에 놀랐다. 왜 이런 것을 연구하게 되었는지 스스로 반성하면서 자살하려고 하였단다. 주변의 만류로 그냥 살았지만, 그 후 5년이 지난 뒤 히로시마와 나가사키에 원자폭탄이 투하되었다는 소식을 듣고 그는 영국 전쟁포로수용소에서 졸도하였다. 자신의 연구 결과가 그러한 엄청난 피해를 가져왔다는 것에 양심의 가책을 느꼈기 때문이란다. 그러한 무서움이 있는데도 온 세계의 국가주의에 경도된 사람들은 다투어 핵 개발에 온 힘을 쏟았다. 지금도 그것에 힘을 쏟는 경쟁은 마찬가지다. 그것이 몹시 위험하다는 것을 주장하고 다 알지만, 동시에 그래도 안전한 장치가 있기에 불안해할 필요가 없다고 항변한다. 어느 것이 진실이고 어느 것이 거짓일까?

많은 찬성자들은 원자력은 안전하고, 깨끗하며, 값이 싸고, 평화롭게 오래도록 사용할 수 있다고 말한다. 그러나 1979년 미국 펜실베이니아주 해리스버그 스리마일섬의 핵발전소에서 핵연료가 누출된 사건과 1986년 4월 26일에 일어난 옛 소련의 체르노빌 원자력발전소 폭발 사고, 그리고 자연재해에 의해 원자력발전소가 폭발한 일본의 후쿠시마의 사건은 원자력발전이 결코 안전하지 않다는 것을 증명하고도 남는다. 깨끗하다는 것은 무엇을 의미하는 것인가? 방사능에 의해 모든 생명에 치명적인 문제를 주는 것은 위험한 일임이 분명하다. 원자력발전소를 건설하고, 보강하고, 폐기물을 처리하는 과정에 드는 비용은 이미 오랜 시간을 두고 천문학적 숫자라는 것이 밝혀졌다. 원료가 되는 우라늄의 사용량이 제한되어 있음은 더 말할 필요가 없다. 그중 가장 큰 문제는 장기간에 걸쳐 모든 생명체를 거대한 위험에 빠지게 할 가능성이 무한대로 열려 있다는 점이다.

원자력을 대체할 기술은 충분히 개발돼 있다. 다만 정책을 어떻게 변경하여 추진하는가 하는 문제만 남아있다. 그러므로 몇 가지를 제안한다. 일단 4 · 11 총선에 모든 정당과 기타 후보자들은 원자력으로부터 벗어나는 것을 정책 공약으로 채택하는 일이다. 동시에 모든 시민은 에너지를 최대한으로 절약하고 지금보다는 조금 더 불편함을 감수할 각오를 할 필요가 있다. 지역 단위의 생태 에너지 개발로 에너지 정책을 바꾸는 운동을 민 · 관 · 기업 · 학계가 합동하여 벌였으면 좋겠다.

2012. 3. 3.

다시, 핵 없는 세상을 꿈꾸며

지난 3월 26일과 27일 이틀 동안 서울 코엑스 건물에서 세계 54개국과 네 기관의 '정상'들이 모인 '세계핵안보정상회의'가 진행되었다. 이 모임에서 가장 많이 나온 말들은 '핵 테러' '핵무기 확산' '평화' '안전' 따위의 것들이었다. "인류의 평화와 안전을 지키고 유지해 나가는 것은 우리 모두의 엄숙한 책임입니다. 그러나 잘 아시는 바와 같이 핵무기 확산과 핵 테러 위협은 이러한 평화와 안전에 중대한 도전이 되고 있습니다. 핵무기 없는 세상과 핵 테러 위협에서 자유로운 세상을 구현하는 것은 평화를 사랑하는 모든 이들의 간절한 염원이라고 할 수 있습니다. …(중략)… 위험한 핵물질이 테러범들의 손에 들어간다면 우리 인류는 맞서기 어려운 위협과 도전에 직면할 수밖에 없습니다. …(중략)… 세계 도처에는 아직도 약 1,600톤 고농축우라늄과 500톤의 플루토늄이 존재하고 있습니다. 이는 핵무기를 10만 개 이상 만들 수 있는 양에 해당합니다. 이렇듯 과도하게 존재하는 핵물질을 신속히 최소화하고 궁극적으로 모두 폐기해 나가는 것이 핵 테러를 막을 수 있는 근본적이고 이상적인 해결책이라고 하겠습니다. 다만, 그때까지는 핵물질이 테러단체나 범죄단체의 수중에 들어가지 않도록 안전하게 방호해야 하며, 불법 거래가 되지 않도록 해야 합니다”(이명박 대통령의 인사말 중에서).

말인 즉슨 얼마나 타당한가? 그런데 아쉬움이 많다. 이번에 핵안보회의에 북한의 정상이 왜 참석하지 않았을까? 정식으로 초청되었는가? 아니면 배제되었는가? 어찌 되었든 그곳이 빠진 것은 안타까운 일이다. 회의가 진행되는 동안 내내 걱정하고 보도된 것은 북한의 미사일 ‘광명성’ 발사 계획에 대한 문제였다. 그 지역에 핵 테러의 위험 가능성이 높다는 인식에서 나온 것들이었기 때문이다. 그렇다면 언제나 함께 논의의 자리에 초청되고 참여할 수 있어야 하지 않았을까?

누가 핵 테러를 할 수 있는 단체이며 집단일까? 그것은 어떤 개별 집단일 수는 없을 것이다. 거대한 국가권력이 아니고는 쉽게 접근할 수 없는 것이 핵무기이기 때문이다. 그렇다면 핵을 보유한 국가들은 언제나 핵 테러를 수행할 수 있는 상황으로 전환될 가능성이 높은 것은 아닐까? 어떤 나라들이 핵무기를 가장 많이 보유하고 있으며, 핵을 소유하고 있는가? 그들이 모여서 핵 제한에 대한 논의를 한다고 할 때 그 실효성이 얼마나 높을까? 이제까지 무수히 많은 강력한 국가들이 모여서 ‘군비축소회의’를 진행하였다. 그런데 실제로는 그 회의가 진행되는 동안에도 군비는 확산되었고, 그 뒤에도 계속하여 군비 확산이 진행되었다. 그러니까 그 당시 군비축소회의는 군비 확산을 공식으로 인정해 주는 회의로 끝나는 때가 많지 않았던가? 이번 핵안보회의는 어떠했는가?

27일에 발표된 '세계핵안보정상회의 공동성명'에는 상당히 많은 내용들이 포함되어 있다. 특히 핵무기로 쉽게 전환이 가능한 고농축우라늄(HEU)을 제거하거나 비군사용으로 전환한다는 것과 플루토늄(Pu)을 제거하고 안전하게 관리한다는 것을 약속하고 있다. 그러면서 각 나라들은 2013년까지 다음 회의 의장에게 시행 계획을 스스로 알아서 제시하도록 되어있다. 강제 사항이 아니다. 나는 이것을 믿지 못한다. 지금 국가주의에 몰입된 전 세계는 모두가 다 핵을 보유하고 강화하려는 유혹을 가지고 있다. 그것으로부터 자유로운 국가는 없다. 이러한 상황에서 핵 없는 세상을 어떻게 실현할 수 있을까?

핵안보는 '핵무기로부터의 안보'만이 아니다. 핵 자체로부터 자유로워야 한다. 핵안보회의가 진행되는 동안 우리나라 고리원전과 신월성원전은 안전한 상태가 아니었다. 정전사고가 있었지만, 그것에 대한 보안이 철저하여 보고도 되지 않았고, 철저하게 점검되지 않았으며 그냥 안전불감증과 무책임감만이 강화되었을 뿐이다. '핵안보'는 핵이 없을 때만이 가능하다. 핵이 있는 한 어떤 철통같은 안보 정책이 나온다 하여도 핵안보는 불가능하다. 원자력연구소가 있는 대전은 안전한가? 후쿠시마의 원자력발전소 폭발은 안전장치가 부족하였거나 사람이 실수한 것이 아니었다. 자연의 힘에 의하여 일어난 것이었으며, 인간의 능력으로는 그것으로부터 안전할 수 없다는 것을 실증한 것이다. 다시, 우리는 핵으로부터 빠른 시간 안에 벗어나는 길을 찾아야 한다. 그러기 위하여 핵에너지 개발에 쏟는 정성과 비용을 대체에너지 개발에 쏟고, 무제한으로 사용하는 에너지를 최대한으로 제한하고 축소하는 생활을 습관화해야 한다. 불야성을 이루는 에너지 낭비로는 핵안보는 없다. 동시에 핵 없는 세상을 꿈꾸는 일반 시민의 운동이 아주 간절히 그리고 강하게 일어나야 한다.

2012. 3. 30.

긍정과 부정 사이에서

내게 종종 전화를 하는 친구가 있다. 그냥 내 목소리를 듣고 싶고, 나에게 무엇인가를 말하고 싶어서 전화를 한다. 그런 때 그는 매우 착잡하고 답답하여 어디에다인가 맘을 풀어내고 싶었을 것이다. 그런데 그는 술이 취하지 않은 상태에서 나에게 전화한 적이 매우 적다. 거나하게 취하여 자기 집으로 가던 길목, 어느 술집에 들러 혼자 마시다가 참고 참은 뒤 한밤중에 나에게 전화를 한다. 내용은 언제나 똑같다. 자기 비하요 자기 부정이요 달라지지 않는 자신을 학대하는 말이다. 그런 전화를 받는 것은 쉬운 일은 아니다. 그래도 '오죽하면 나에게 이 시간에 전화하랴!'는 맘으로 부담을 주지 않으려는 대화를 한다. 맘으로는 '저 친구가 저렇게 답답하여 나에게 전화하지 않아도 되도록 되면 좋겠다' 싶지만, 어느 때 오래도록 전화가 오지 않으면 섭섭하고 궁금하다.

며칠 전에도 늦은 밤 전화기가 울렸다. 그날은 자기 집에서 혼자 술을 마시다가 전화하는 것이란다. 또 자기 슬픔에 대한 이야기요, 깊이 모를 외로움 타령이다. '외로워, 괴로워, 재미가 없어, 슬퍼, 답답해, 내가 왜 이런지 몰라' 하면서 또 푸념이다. 그래서 한마디 쏘아붙였다.

"너는 사치스러운 놈이야! 몸을 치장하고 돈을 마구 쓰고 화려하게 차려서가 아니라, 네 말과 맘에 진정성이 없이 괴롭고 슬프다는 말을 쏟아내기 때문에 사치스럽다고 하는 거야. 그런 것들이 있다면 다른 한 면, 그보다 더 깊고 높은 곳에 즐겁고, 기쁘고, 놀랍고, 행복한 것이 없겠냐! 한쪽 날개로 나는 새 봤냐? 한 다리로만 걸어가는 사람 봤어? 시소처럼 올라가고 내려가는 것이 같이 있는 것이 인생이요 생명의 속성 아니더냐! 네가 괴롭고 힘들다고 하지만, 사실은 네가 말하고 느끼지 않은 그 깊음 속에 긍정의 요소들이 있어서 지금 이렇게 푸념하면서 살아가는 것이 아닐까? 그런데 그것을 보지 않고, 마치 부정 요소만 있는 것처럼 말하는 것이 사치스럽단 말이야. 아직 그런 말도 할 수 없는 깊은 부정에까지 못 가서 그런 것이라고 생각해 본 적은 없냐? 그리고 나를 친구라고 생각해 이 시간에 전화했다면, 적어도 친구인 나에게 예의를 갖추어야 하지 않을까? 오늘 하루 종일 살면서 지금같이 그런 투정거리만 경험한 것은 아니잖냐? 그중 새롭고 놀랍고 산뜻하고 깔깔거릴 만한 그런 것이 없었더란 말이야? 없었다면 거짓말이겠지. 몸이 내려갈 때 올라가는 시원한 맘을 경험하는 것이고, 몸이 쳐질 때 깊게 한숨 내쉬어 악한 기운을 내뿜은 뒤 찾아드는 신선함이 없었냐 말이야! 그 이야기를 나에게 왜 못 해주냐? 친구인 나에게 예의를 차리란 말은 내 귀에 네 입에서 나오는 신선한 말 한마디 정도도 왜 해주지 않느냐는 말이다. 무엇이든지 짝이 있는 법. 네가 괴로워한다면 그것으로 끝나는 것이 아니라, 그 뒤나 밑에 도사리고 있는 반대의 요소들이 있기에 그렇게 되는 것 아닐까? 네가 스스로 자신을 비하하고 괴로워하는 것은 교만해서 그런 것 아닐까? 네가 뭔데 지금보다 더 다른 것이 될 수 있다고 생각하냐? 그냥 다 제 모양 생긴 그대로가 자신 아닐까? '적어도 나는 이 정도 가지고 만족할 존재가 아닐 것인데' 하는 교만한 맘이 있어서 그런 것 아닐까? 우리 인생이 뭐 그리 대단한 것일까? 그냥 있는 그 모습 그대로 보면 거기에 온갖 것이 다 들어있지 않을까? 세상에 올라가기만 하는 인생이 어디 있으며, 내려가기만 하는 인생이 어디 있냐? 내려감이 올라감이요, 올라감이 내려감이지 않던가? 그러니 제발 네 모습의 양면을 다 볼 수 있으면 좋겠어. 이렇게 긴 시간 이야기하면서 나에게 산뜻한 말 한마디 안 해준다면 그것은 얌체지. 너희 시골 동네 앞에 있던 큰 느티나무, 몇백 년 되었는지 모르는 그 늙은 느티나무, 그게 그냥 늙기만 하였냐? 철마다 움트고 잎 피고 그늘 드리우고 잎 떨어지고 앙상한 가지만 남으면서도 무엇인가를 너희 동네 사람들에게 말하지 않았던가? 우리 삶은 안 그럴까? 그런데 뭐 그리 괴롬 타령이냐? 나에게 선물 좀 주라. 다음번 전화할 때, '야, 오늘 이런 멋진 생각을 했다', 아니면 '아, 오늘 이런 대목을 읽었는데 기분이 좋더라' 뭐 이런 말로 시작되면 좋겠어. 너, 요새 책 좀 읽냐? 한두 줄이라도 매일 읽어서 그것 좀 나에게 알려 주면 안 되겠냐? 이제 그만 사치하고 교만 떨지 마! 괴로우면 기쁨을 찾고 만들어 봐. 못났다고 말하지 말고 잘나 보려고 한 발짝 나가 봐!"

"야, 너, 이제까지 모든 전화보다 오늘 저녁 전화가 제일 시원하다. 좋다. 그래서 내가 너에게 전화하는 거야 임마. 고향 같거든!"

2013. 9. 22.

"먼저 의를 구하라"

해가 넘어갈 때나 뜰 때, 한 해가 지나가거나 새해를 맞이할 때 우리는 여러 가지 깊은 생각에 빠진다. 그래서 밤을 새워 반성하고 무엇인가를 계획하기도 하고, 바닷가나 산 위에 올라 떠오르는 첫날의 해를 맞이하며 소원을 빌기도 한다. 성당이나 예배당 또는 대웅전을 찾아 깊고 거룩한 경배를 드리고 간절히 기원한다. 또 어떤 사람들은 며칠씩 굶으면서 비우고 비워 청명한 몸과 맘을 만들기도 한다. 참으로 간절한 소망이요, 갸륵한 일이다. 온 나라 사람들이 다 그러할 것이다. 다만 무엇을 얼마나 깊고 간절하게 하는가 하는 것과 그 내용을 어떻게 채우는가 하는 것이 다를 뿐이다. 구하면 얻고, 찾으면 찾아지고, 두드리면 열릴 것이라고 하지만, 무엇을 구하고 무엇을 찾으며 무엇을 두드리는가 하는 문제는 참으로 다양할 것이다.

그런데 처음 자기를 따르는 제자들 앞에 예수는 '먼저 그 의義를 구하라'고 말한다. 오늘 무엇을 먹고 내일 무엇을 입을까를 염려하지 말란다. 우리를 지극히 사랑하시는 하늘 아버지가 다 알아서 해주실 것이니 그런 염려를 하지 말란다. 들과 산에서 자라는 들풀들과 나무들을 보고 하늘을 나는 새를 보란다. 그것들이 어떤 염려를 하여 그렇게 근심과 걱정 없이 날아다니고 자라는가를 보란다. 다 그가 그렇게 먹여 살리신다는 것이다. 또 보잘것없이 뵈는 풀꽃 하나가 인류 역사에서 가장 영광스럽고 화려하게 살았다는 솔로몬 왕의 그것보다 더 귀하고 아름답고 영광스럽지 않냐고 묻는다. 그러니 결코 염려하지 말고 오로지 그 의만을 구하여 살라고 말한다.

이런 글을 읽고 듣고 생각하면서 나는 무엇을 바랐던가? 좋은 학교에 진학하고, 좋은 직장을 얻고, 멋있고 사랑스러운 사람을 만나고, 높은 자리를 차지하며, 굉장히 풍성한 부유함을 누리고, 아주 탁월한 건강을 얻어서 탄탄한 대로를 달리듯이 거침없이 살고, 자랑스러운 자녀들이 아름답게 사는 것을 보고 싶은 맘을 내가 가졌던가? 좋은 친구를 만나서 맛있는 것을 먹고 재미나는 이야기를 나누며 외로움을 달래는 것을 바랐던가? 내가 살고 있는 집값이 턱없이 치솟아서 하루아침에 굉장한 재산을 늘려 나온 배를 두드리면서 자랑하고 뻐기는 것을 바랐을까? 이번 초여름에 있을 선거에 어느 정당의 공천을 잘 받아 많은 지지표를 얻어 훌륭한 권력의 자리에 앉는 것을 은근히 바랐을까?

그런데 내 뇌리와 가슴에 와닿는 말, 그렇게 하여 떠나지 않는 한마디 말. '먼저 그 의를 구하라'는 것은 나에게 어떤 의미일까? 이제까지 생각하던 그것들, 건강, 명예, 권력, 재산, 좋은 지식과 권위 따위들이 이 의에 속하는 것일까? 아무리 생각하여도 그런 것 같지는 않다. 그것들은 다 지나가는 것들, 한없이 허망할 수밖에 없는 덧없는 것들임이 분명하다. 그런 티끌같이 덧없는 것을 구하라고 했을까? 아닐 것이 너무도 분명하다. 그렇다면 그가 말한, 내가 꼭 구해야 한다는 그 의란 무엇일까? 그는 그것이 무엇이라고 꼭 집어 말하지 않으면서 그것을 구하라고 한다. 그렇다면 나는 내 나름의 의를 해석하여 찾을 수밖에 없을 것이다. 그것은 한 번으로 찾아지고 말 것이 아님은 분명하다. 일생을 두고 찾고 또 찾아야 할 것임도 분명하다. 그것이 근본이요 시작이면서 마감일 것은 틀림이 없다. 욕심도 아닐 것이요, 그냥 무기력하게 흐느적임도 아닐 것이다. 파릇파릇 생생함일 것이지만 조작된 인위스러운 탱탱함은 아닐 것이다. 시대의 종, 내 성격의 종도 아닌, 그것들을 뛰어넘는 어떤 영원한 것, 거룩한 것, 참에 속하는 것이지 않을까? 그것이 무엇일까?

너 나 할 것 없이 우리가 다 나그네라는 것은 더 말할 필요도 없다. 내가 잠깐 앉아보고 가지고 노는 것도 그렇다면 나그네의 그것일 수밖에 없다. 내 것이란 아무 것도 없다. 잠깐, 아주 잠깐 빌려서 쓰고 돌려주는 것일 수밖에 없다. 그렇다면 내가 바라고 구할 것이 무엇일까? 이제까지 구하였던 모든 것들을 다 버리는 것밖에 더 있을까? 하나하나 그것들을 버리고 또 버려서 아무것도 가진 것이 없도록 할 때, 텅 빈 것 속에서 텅 빈 나는 살아가게 되는 것이지 않을까? 그러할 때 나그네 된 나는 아무것도 아닌 맨사람으로 맨날을 살아갈 수 있지 않을까? 그렇게 될 때 하늘은 나에게 어떤 심부름을 시키지 않을까? 그것을 맹자는 천작天爵이라고 하였다지. 이렇게 하늘이 준 자리를 잡아 살 때 나는 참 화평한 맘으로 사람들을 만나고 함께 살 수 있지 않을까? 이것을 바라는 것이 의를 구하는 것일까?

2014. 1. 12.

이 시대에 사회적 의를 구한다면

우리는 가끔 매우 재미있는 일을 본다. 그냥 연극 공연을 본다거나 음악회에 가서 감상한다거나 어떤 흥미진진한 운동경기를 볼 때도 가끔 손에 땀을 쥐는 듯한 짜릿함을 느끼기도 한다. 때때로 선거전을 볼 때도 그렇다. 돌아오는 2월 9일에 치르게 될 일본 도쿄도지사 선거 진행과 결과가 어떻게 될지 나에게는 매우 큰 관심사다. 지금 국내에서뿐만 아니라 국제사회에서도 문제로 등장하는 아베 신조 현 일본 수상의 정책에 정식으로 반기를 들고 입후보한 전 수상 호소카와 모리히로의 주장이 매우 흥미롭다. 도쿄도에서 핵발전소를 없애는 운동을 펼치겠다는 정책을 내세웠단다. 그에 전 수상 고이즈미 준이치로가 적극 지지하면서 상당히 큰 반향을 일으키고 있다. 2011년 3월에 일어난 후쿠시마 핵발전소의 폭발 사고가 속수무책으로 수습되지 않는 상황에서, 일본 정부가 발표하는 것마다 믿을 수 없는 것임이 증명되면서, 핵 공포로부터 완전히 벗어나기 위하여 핵발전소를 빠르게 폐쇄하여야 한다는 주장은 매우 신선하다. 조금이라도 이성이 제대로 작용하는 사람들이라면 그러한 주장은 지극히 당연한 것으로 볼 수밖에 없다. 그런데 그렇게 강력한 폐해를 보면서도 계속하여 핵발전소 개발을 주장하는 것이 먹혀 들어가는 것은 참으로 이해할 수 없는 불가사의한 일이다. 그의 주장이 얼마나 실현 가능하며 또 진정성이 있는가 하는 문제는 그 다음에 생각하여 볼 일이라 하더라도, 일단 영향력 있는 정치가들이 연합하여 탈핵을 선언하는 정책을 들고 선거에 나왔다는 것 자체가 의미가 있다. 나는 그가 선거를 잘 치러서 핵에 대한 공포 속에서 살고 있는 일본 시민들에게 새로운 희망을 주는 기회로 삼기를 바란다.

지난 1월 14일 우리나라 국무회의를 통과한 제2차 에너지 기본 계획은 2014년부터 2035년까지 할 일을 담고 있다. 그것에 의하면 지금 우리나라에 있는 23기의 핵발전소를 2035년까지 39기로 증설하겠다는 내용이다. 이것은 한마디로 참으로 나쁜, 정신 나간 사람들의 결정이다. 현재와 미래, 인류와 생명과 지구를 전혀 생각하지 않는 아주 나쁜 결정이다. 유럽이나 미국에서도 지난 10년간 핵발전소를 증설하지 않았다. 유럽에서는, 특히 독일의 경우에는 핵에너지로부터 완전히 해방될 것을 목적으로 재생, 대체에너지 정책을 펼치고 있다. 핵에너지는 결코 경제적으로도 유익하지 않은 것이며, 더욱이나 생명의 차원에서는 절대로 안전하지 않은 것을 너무나 잘 알기 때문이다. 핵발전의 핵심 원료인 우라

늄은 앞으로 50-60년이면 활용 가능성이 한계에 다다른다는 것이다. 우리의 경우에는 그것을 수입할 수밖에 없는 형편이다. 아직까지 핵발전소 운용에서 안전함이 보장되지 못하고 있으며, 방사능폐기물의 안전한 보관은 세계 어느 나라의 기술로도 불가능하다. 그렇게 되면서 온 세계는 방사능폐기물 처리장을 찾을 수가 없어 상당한 경우 그냥 방치하고 있는 형편이다. 그러한 상태에서 매년 폐기물은 생산된다. 가장 위험하다는 플루토늄 239의 반감기는 23,000년이 넘는다. 그것이 완전히 효력을 소멸하기까지는 몇십만 년이 걸린다. 인류의 역사보다도 더 긴 시간이다. 이러함에도 계속하여 핵발전소를 짓고, 운용하겠다는 에너지 기본 계획은 빠른 시간에 인류와 생명이 멸망으로 치닫도록 하겠다는 지극히 부도덕한 결정이다. 지금의 수준으로 보아도 우리나라의 핵발전소 설비용량은 세계 5위에 속하며, 원자로 수로도 그렇다. 국토면적 대비 설비용량은 세계 1위다. 그런데 더욱더 핵발전소를 짓겠다는 결정은 아주 무책임한 일이다.

핵발전 산업은 이미 낙후된 것이면서 사양 산업이다. 나는 간절히 바란다. 이번 6월에 있을 지방자치단체장 선거에 모든 정당, 입후보자들이 우리 사회에서 핵발전소를 폐기하기 위한 진지한 정책을 개발하고 추진하려는 후보들이 당선되면 참 좋겠다. 그것을 통하여 진지하게 우리 사회 전체에 공론의 장이 열리면 좋겠다. 고이데 히로아키 교토대 교수나

김익중 동국대 교수의 강의를 들어보고, 그들이 쓴 책을 읽으면 일본과 한국과 중국은 완전히 핵 불안 지대 속에 들어 있다. 이 지역은 크고 작은 지진이 항상 있는 곳이다. 인구밀도도 아주 높은 지역이다. 거기에 계속하여 불안한 핵발전소 운용이 이루어지고 있다. 이때 중앙정부와 지방정부는 정책으로, 일반 시민은 생활 실천으로 핵발전으로부터 벗어나기 위해 노력해야 한다. 그것이 우리가 세울 이 시대의 정의다.

2014. 1. 26.

친구와 쓰레기

나는 누구에게 친구가 돼있으며, 또 내가 친구라고 할 수 있는 사람은 누구이며 몇이나 될까? 흔히들 '진정한' 친구는 여럿일 수 없다고 말한다. 또 어떤 사람들은 자기에게 친구가 '많다'고 말하기도 한다. 가끔 나는 내가 누구에게 친구가 돼있으며 내 친구는 누구인가를 아주 곰곰이 생각하여 본다. 알 수가 없다. 말하고 단정할 자신이 없다. 나에게 좋은 친구가 있으면 좋겠다고 생각할 때가 많지만, 내가 누구에게 좋은 친구가 돼야 하겠다는 생각은 별로 많이 하는 것 같지가 않다.

가끔 나에게 밤늦게 전화하는 사람이 있다. 그는 나를 '친구'라고 부르면서 전화한다. 나도 그가 친구라고 생각한다. 그때마다 그는 술에 취해 있다. 무엇인가를 말하고 싶어서, 아니 그냥 전화를 하고는 미안해한다. 늦은 밤에 시시콜콜 별로 중요한 것도 아닌 말을 주저리주저리 쏟아내기 때문이다. 그러면서 '자네 목소리를 들으면 고향 같아' 한다. 세상에 태어나서 처음으로 자기의 삶의 터전이 되었던 고향. 기뻘 때도 생각이 나지만, 슬플 때나 힘이 들 때도 생각이 나는 고향. 그냥 마구잡이로 굴어도 받아줄 것이라고 생각하는 고향. 그런 느낌이 드는 것이 친구일 것인데 그에게 그런 말을 들을 때 나는 참으로 난감하다. 과연 내가 그에게 그렇게 푸근한 고향이 되어있는가? 자신 있게 그렇다고 말할 수가 없다. 그래서 미안하다.

그가 그렇게 길게 말하는 동안 나는 가만히 듣는다. 그러고는 한두 마디 툭툭 던진다. 그때 그는 그 말에 감동하고 좋아한다. 그 맛에 가끔 전화를 한단다. 그가 그렇게 감동하고 고마워하는 만큼 진정으로 그에게 말하고 시간을 내주었던가? 속으로 싫어하는 것 없이?! 건성으로 받은 것은 아니었겠지만, 진정으로 받았다고 하기도 어렵지 않을까?!

나도 가끔 맘이 답답하고 일이 풀리지 않을 때 친구를 만나거나 전화하여 내 속에 있는 단내 나는 쓰레기를 내쏟고 싶다. 때로는 아주 기쁜 일을 나누고 싶다. 그때 참으로 난감함을 느낀다. 금방 소식을 보내 만나자고 하거나 전화하여 길게 이야기를 나눌 사람이 떠오르지 않는다. 그래서 그만 둘 때가 얼마나 많던가? 이때 또다시 한탄한다. '아, 나에게는 그런 친구가 없구나!' 있는지 없는지는 모른다. 그렇게 처음으로 내가 그에게 손을 내밀고 다가갈 용기가 없을 뿐임을 알면서도 가벼운 맘으로 다가가지 못한다. 이러할 때 내 맘은 벌써 그 친구에게서 저만큼 떨어져 있는 것이지 않을까?

왜 친구를 찾고, 친구를 만들까? 살다 보니 굉장히 많은 삶의 쓰레기들이 생긴다. 그렇게 귀하게 여기던 것들이 시간이 지나면서 쓰레기가 된다. 그것을 잘 처리하지 않으면 안 된다는 것을 다 안다. 이때 친구는 나에게 쓰레기처리장이 된다. 내 삶의 온갖 것들을 그곳에 쏟아붓는다. 이때 그 쓰레기를 거부하는 느낌을 가지면 다시는 그곳에 쓰레기를 버리지 않는다. 그러나 받아주면 또다시 그곳에 쓰레기를 버린다. 내 삶의 쓰레기를 많이 받아주면 그는 좋은 친구라고 여긴다. 그것을 거부하면 친구가 아니라고 생각하고 떠난다. 거리를 둔다. 나도 친구에게 똑같을 것이다.

가만히 생각하니 쓰레기 종류도 참 많다. 그것을 처리하는 장소도 종류별로 참 많다. 내게도 그렇다. 쓰레기처리장으로서 여길 친구도 그렇다. 공부를 나눌 수 있는 친구, 게임을 나눌 수 있는 친구, 밥을 먹거나 술을 마실 수 있는 친구, 진지하게 삶의 고민을 나눌 수 있는 친구, 정치를 말하고 사업을 나눌 수 있는 친구가 각각 다르게 있다. 나도 누구에겐가 그런 처리장으로 나타나겠지. 그때 친구는 좀 만만해야 할 것이다. 너무 깨끗해도, 너무 문턱이 높아도, 너무 멀리 있어도, 너무 크거나 작아도 안 될 것이다. 내 쓰레기를 던져 넣으면 적당히 떨어져 받아들일 만큼 그렇게 만만한 친구라야 할 것이다. 나는 이때 엉뚱한 생각 하나를 한다. 남북한의 정치 책임자들, 군사 책임자들, 기업과 정책 책임자들이 서로 친구가 되면 좋겠다고. 자신들의 평화에 대한 고민, 국방에 대한 고민, 기업에 대한 고민, 민중과 인민에 대한 고민을 밤늦게라도 서로 전화하여 나눌 수 있는 친구 사이로 진전이 된다면 얼마나 좋을까? 아니, 대통령이 야당 국회의원이나 노동운동가, 하루 품팔이를 친구로 알고 고민을 털어 놓을 수 있다면 얼마나 좋을까? 깰 꿈일까? 실현될 꿈일까?

2014. 2. 23.

세 가지 불행

참으로 놀랍고 부러운 일들이 이 세상에는 많다. 그런 것을 볼 때 왜 나에게는 그런 행운이 없는 것일까 자책하거나 아쉬워하기도 한다. 왜 공평하지 않은가 불평이 나오기도 한다. 그러다가도 가만히 오래도록 생각하고 돌아보면 그것들이 꼭 그렇게 부러워할 것인가 의문이 들 때도 참 많다. 그러면서 왜 사람들은 그렇게 그런 문제에 대하여 열광하고 힘을 쏟는가 하는 의문이 들기도 한다. 그러니까 최연소 고시 합격자를 축하하고 자랑하는 현수막을 본다든지, 지능지수가 280을 넘는 세기의 천재가 탄생하였다든지, 25개의 다른 나라 말을 자유자재로 구사할 수 있다든지, 부모나 형제나 조상의 어떤 음덕으로 거대한 기업의 총수가 되거나 평생을 걱정하지 않고 살아갈 수 있는 가능성이 열려 있다든지, 또는 대를 물려가면서 그 지역에서 부모를 이어 국회의원에 당선된다든지 하는 소식을 들을 때 사람들은 대개 부러워하더란 말이다. 그러면서 아주 힘든 과정을 통과하여 놀라운 일을 한 사람들을 짠한 맘으로 바라보기도 한다.

재키 이뱅코라는 10세에 이름을 날리고 11세에 아주 훌륭한 음반을 남긴 소녀 가수의 노래를 나는 즐겨서 듣는다. 그 어린 나이에 그렇게 풍성한 음량과 감정과 정서를 가진 그 소녀 가수의 노래는 나에게 많은 감동을 준다. 그런데 그 노래를 들을 때 또 다른 염려를 하고 있는 자신을 발견한다. '저 아이가 나이가 더 들면서 망가지지 않기를', '저 어린 사람이 차차 나이가 들고 몸이 자라면서 허튼 길로 접어들지 않게 되기를' 간절히 바라고 있었다. 또 사람들이 그 소녀에게 지나치게 기대를 가지지 말고 칭찬하지 말아야 할 텐데 한다. 소녀 소년 천재들이 얼마나 엉뚱한 기대 때문에 힘들어하면서 일생을 살아갈까 우려되는 맘 때문이었다.

이런 놀라운 문장이 있다. 옛날 한문을 배우던 사람들이 '천자문'을 떼고 '동몽선습'이나 '계몽편'을 뗀 다음에 배워서 익히는 '소학小學'이란 책이 있다. 그것은 자라나는 아이들이 몸과 맘의 자세를 제대로 하고, 사람살이를 바르게 하도록 어렸을 때부터 익히게 하는 내용이다. 소년들이 읽는 것, 소년 시절에 읽는 책이라고 하지만 내용은 아주 심오하여 일생을 간직하여야 할 것들이다. 그 책의 '가언'이란 장에 '세 가지 불행'이란 대목이 있다. 첫째 불행은 '소년등고과少年登高科'다. 어린 나이에 높은 과거에 합격하는 것이 불행의 첫째에 속한다는 것이다. 둘째 불행은 '석부형지세위미관席父兄之勢爲美官'이라고, 부모나 형제 즉 친인척의 세력을 업어 좋은 자리에 앉게 되는 것이다. 그리고 셋째 불행은 '유고재능문장有高才能文章', 즉 아주 탁월한 재능과 문장력 또는 말솜씨를 자랑하는 것이란다. 사실 우리 사회에서 이 세 가지는 모든 사람들이 가지기를 희망하는 것이지 않던가? 내가 가지지 못하였다면 부모나 조상을 원망하고, 그것을 가져서 그런 길을 가는 사람들은 가끔 자랑하기도 하겠지만, 마치 자기 자신의 힘으로 그렇게 된 것인 양 뻐기는 수도 있는 것을 본다. 그런데 '소학'에서는 그것을 불행이라고 말하고 있다. 왜 그러할까?

대개 이런 것들을 위하여 부모들은 자녀들을 닦달한다. 그래서 조기교육도 하고, 고급 과외 또는 특별 교육도 시킨다. 요사이는 '영재교육'이란 말로 홀리기도 한다. '너희들 때문에 내가 이렇게 희생한다'는 명목으로 어려움 없는 환경을 조성하여 주겠다는 맘을 가지고 사는 부모들도 많다. 그런데 가만히 보면 그것들이 허사, 헛말이면서 헛짓이란 것이다. 그러면 여기서 말하는 불행이란 무엇을 말하는 것일까? 만들어진 것이나 조장된 것, 주어진 것은 자기가 스스로 습득한 것이 아니다. 이 좋은 것들 안에서 빠진 것은 '자기 자신'이라는 아주 귀중한 보배다.

부모의 위세에 기대거나, 타고난 재능에 기댈 것이 아니라, 풍성하고 푹 익을 때를 기다리는 성숙의 기간이 필요함을 말하는 것이지 않을까? 이러할 때 사람은 자기 자신으로 성장하고 자란다. 우리 사회에는 자기 자신을 잃고 방황하는 사람들이 얼마나 많던가? 남이 씌워준 것을 마치 자기가 얻어서 쓴 것처럼 생각하는 일이 얼마나 많던가? 일찍이 고시에 합격하기보다는 익은 다음에 자리에 나가고, 부형의 위세를 과감하게 물리쳐서 자기의 힘으로 나가고, 타고난 재능보다는 갈고닦은 것을 내어놓는 수행의 삶이 얼마나 행복하고 당당한 자기 삶인가를 알려 주는 대목이다. 사실상 사람은 자기가 자기를 사는 것이지 남 때문에 사는 것은 아니다.

2014. 3. 23.

가만있지 말고 꿈틀거려라

지금 우리 사회에는 어떤 것도 권위를 가진 것이 없는 것처럼 보인다. 권위란 원래 속살이 가득할 때 자연스럽게 밖으로 튀어나오는 것처럼, 속 생명이 겉으로 표현된 모습이다. 권위는 아주 자연스러운 건전함을 의미하며, 스스로 나오는 광채 때문에 그 자리에 있다는 그 자체로 의미가 있다. 주변이 밝아지고 따뜻해지며 평화롭고 풍성한 기운을 가지게 한다. 그 앞에서 사람들은 저절로 머리를 숙이고 자신도 본받고 싶은 맘을 가지고 그렇게 살고자 노력한다. 긴 기간 그렇게 살아왔기에 한순간에 반짝 빛나는 것과는 전혀 비교할 수 없을 만큼 은은하다. 눈부시고 천지가 진동할 만하게 휘황찬란한 것은 아니지만, 어느 때는 있는지 없는지도 의식하지 못할 만큼 보이지 않지만, 위급할 때는 언제나 마을 앞 오래된 느티나무처럼 우뚝 서있다. 때로는 연하디연하면서도 파랗게 티 없이 맑은 어린아이의 눈망울처럼 영롱한 모습으로, 아주 약하고 부드러운 신생아의 보드라운 살결로 다가오다가, 때로는 아주 탱탱하고 딴딴한 청장년의 근육으로 힘을 나타내기도 한다. 이리저리 찢긴 검투사의 아문 상처로 나타나다가 흙과 돌에 거칠어진 투박한 손가락 마디로 악수하는 손을 움찔하게 한다. 그러다가 굵게 구릉진 얼굴 주름을 뚫고, 빛바랜 눈빛을 타고 나오는 거스를 수 없는 아우라(기운)로 다가올 때 석양의 처연함으로 오는 것이 권위다. 아니다. 모두가 다 악을 쓰고 다투는 속에 부드러운 말 한마디와 온 존재를 뒤엎은 환하면서도 야하지 않은 웃음으로 평정을 찾게 하는 온유한 모습이 또한 권위다.

어느 마을이 됐든 오래된 곳에는 언제나 이런 권위를 가진 느티나무가 호연하게 서있었다. 그것을 보고 사람들은 그 마을의 삶을 짐작할 수 있었다. 여름에는 그 그늘 아래 쉼이 있었고, 상의할 것이 있으면 그 아래 모여 오래도록 이야기를 나누었고, 개구쟁이들은 오르내리기를 다투면서 다람쥐처럼 놀았으며, 단오 때는 밧줄을 매어 그네를 뛰었다. 가을에 잎 빛깔이 달라지면서 추수를 재촉하다가 겨울이 되어 앙상한 가지만으로 추위를 견디는 지혜를 알려 주더니 봄바람을 맞아 연두빛 부드러움으로 새 삶을 재촉하기도 하였다. 그렇게 그 나무는 오랜 세월 마을을 지키는 권위의 상징으로 지냈다. 나라에나 마을에나 가정에나 그런 권위는 한때 있었고, 있어야 했다. 그런데 지금은 없다.

그래서 만드는 것이 법이요 도덕이요 관습이요 하는 제도요, 그것을 강제하기 위하여 만든 조직이다. 지금으로서는 그것의 꼭지점에 있는 것이 국가다. 국가를 대신하여 현실 사회에서 권위를 나타내는 것이 정부다. 때때로 그것은 절대권을 가지기도 한다. 지금도 가끔 일어나기도 하지만 과거에는 힘있는 이들이 자기들 맘대로 이 권위를 독점하고 행사하였다. 힘없는 사람들은 맘에 없는 겉따름으로 그것을 인정하였다. 그렇게 되어 오랜 세월 동안 그것이 마치 진짜인 것처럼 알고 지냈다. 하늘의 뜻이 그렇다는 말로 슬쩍 감추어 넘어갔다. 그러다가 사람들이 깨어나기 시작하니 점점 더 '민심이 천심'이란 것으로 권위를 삼으려 했다. 이때 고약스러운 일이 가끔 여러 곳에서 일어났다. 천심이라는 민심을 조작하는 행위다. 이 조작된 모습을 처음에는 모르지만, 시간이 가면서 밝혀진다. 그러나 말 없는 중에 밝혀진 진실이 거짓이라고 호도하기도 한다. 그래서 진실과 거짓이 혼란스럽게 회오리바람처럼 날아다닌다. 이런 일들은 스스로 자기 권위를 잃어버리게 하는 짓이다. 조작된 민심으로 얻은 천심은 권위를 가질 수가 없다. 형식으로 나타나는 권위는 매우 버겁게 삐걱거리는 사회를 이끈다. 그러다가 바퀴 축이 어그러지고 살도 부러지며 체도 깨진다. 세월호 침몰 사건으로 우리 사회는 이런 것을 제 모습으로 드러냈다.

'가만히 있으라'. 그런데 가만히 있던 그들에게 구원은 없었다. 그때 그 발랄한 사람들의 맘과 입에서 왜 '야, 튀자!' 하는 엉뚱한 생각과 말이 나오지 않았을까? 그때 누구인가 하나만이라도 '야, 뛰자! 우리 스스로 나가야 한다!' 하는 말을 했다면, 아, 그것은 얼마나 강력한 권위로 삶을 뒤집어 놓았을까?! 이제는 새로운 권위를 찾을 때다. '가만있으라'는 권위는 거짓이라는 것이 드러났다. 그러니 '뛰자! 꿈틀거리자!'는 새로운 생명의 소리를 권위의 자리에 앉혀야 한다. 잊지 않겠다고? 무엇을 어떻게 잊지 않겠다는 것인가? 생명의 소리를 듣자. 그리고 스스로 깨어서 생각하자. 그러면 자연스럽게 꿈틀거림이 있을 것이다. 거기에 생명의 권위가 자리 잡는다.

2014. 6. 15.

쉼과 일과 삶

생명은 끝이 없고, 그 활동 역시 쉼이 없이 계속된다. 생명은 영속하는 것이라고 믿기 때문에 어떤 생명 과정에서 중단이라거나 끝이란 것을 상상할 수가 없다. 우리 육체의 삶이 어느 순간에 중단하는 것은 생명의 한 과정의 끝이지 생명 그 자체가 사라지는 것이라고 볼 수는 없다. 육체와 영혼이나 정신이 분리되는 것은 신비스러움으로 볼 수밖에 없는 것이지만, 생명 과정은 이것들을 통합하여 볼 것을 요청한다. 그렇게 보면 자연스럽게 생명은 영원히 지속되는 것이라고 할 수밖에 없다. 지속되는 현상의 나타남이 마치 바닷가에서 만나는 물결과 같다고 해야 할까? 잔잔한 바다나 거센 파도가 이는 바다나 한결같이 바다에는 파도가 일어난다. 바람이 없는 날에도 파도는 밀려오고 또 밀려와서 바닷가 바위나 모래밭을 때린다. 또 오고 또 오는 것은 생각하고 계획해서가 아니라 그냥 바닷물의 속성이 그런 것처럼 하나가 와서 때리면 저기에서 또 다른 파도가 연이어서 밀려온다. 끝도 시작도 없는 듯한 물결이 이미 준비되어 있고 계속하여 밀려온다. 그것을 막을 것은 아무것도 없다. 생명살이라는 것이 이런 것이지 않을까? 그러니까 생명 과정은 마치 바닷가에서 경험하는 파도, 잔물결이 와서 치고 또 치는 것과 같다고 하여야 할 것이다. 그래서 쉼이 없다는 말이다.

전체로 보면 그러한데, 한 인생의 삶에는 그러한 전체 과정 중 우리가 일이라고 말하는 삶과 쉼이라고 말하는 삶이 있다. 자라나는 어린 생명들에게는 일과 쉼, 즉 일과 놀이가 구분되지 않는다. 그들은 노는 일을 통하여, 때로는 재미로 일하는 놀이를 통하여 삶이 자연스럽게 재생산된다. 열심히 잘 노는 아이들이 건강하게 잘 자란다. 그들 어린이들에게는 노는 일이 곧 생명을 활발하게 하는 생명살이의 한 과정이다. 그런 아이들에게도 쉼이 필요하다. 그것은 잠으로 나타난다. 열심히 놀고 푹 자고 나면 아이들은 아주 생생한 생명력으로 또 열심히 노는 일을 할 수 있다.

어른들은 어떻게 생생한 생명력을 펼칠 수 있을까? 지금은 모든 직장에서 휴가를 하나의 제도로 만들었다. 쉼이 그만큼 중요하다는 것을 알기 때문이리라. 이처럼 일과 쉼을 잘 연결하는 것으로 어른들의 삶에 활기를 불어넣을 수 있다.

지금은 휴가철이다. 방학을 하니 자연스럽게 식구들이 함께 쉴 수 있는 길이 열린다. 이때 쉰다고 하지만, 어느 식구에게는 쉬는 것이 더 큰 일을 하는 것이기도 하다. 하지만, 아무튼 쉼은 삶의 활력소가 되는 것만은 분명하다. 6일 동안, 즉 5일과 반날을 근무하다가, 지금은 5일을 근무하는 것으로 정착되는 경향이지만, 더 나가면 일하는 시간과 쉬는 시간이 비슷하게 될는지도 모른다. 그렇게 될 때 일과 쉼은 날숨과 들숨이면서, 베를 짤 때의 씨줄과 날줄이라고 하여야 할까?

그렇다면 쉰다는 것은 무엇을 의미하는 것일까? 어떻게 하면 쉬는 것이 될까? 사실 일하는 사람은 잠깐 일을 중단하고, 말을 많이 하던 사람은 말을 끊고 남의 말을 듣고, 남의 말만을 듣던 사람은 자기 말을 하고, 땅만 보던 사람은 하늘을 보고, 가까이 보던 사람은 멀리 보며, 겉소리를 듣던 사람은 속 소리를 들어보는 것, 그러니까 이제까지 하던 것과는 전혀 반대되는 일을 해보는 것이 곧 쉼이다. 한마디로 그것은 다른 것이 아니라 우리가 그냥 일상이라고 하던 것을 떠나보는 일이다. 일상에서 떠남은 다시 일상으로 돌아오기 위한 것인데, 돌아온 일상은 떠날 때와는 무엇인가 한 단계 달라진 모습을 보이게 될 것이다. 왜 그런 것일까? 원래는 그것이 하나였던 것인데, 지금은 문명 과정에서 인위적으로 갈라져 버렸기에, 쉼을 통하여 하나로 만들어보자는 일이다.

그러므로 쉼은 그냥 모든 것을 놓고 중단하는 것이 아니라, 궁극을 찾는 길을 다시 살펴보는 일이다. 본질을 따져보는 일이다. 참이라는 것이 도대체 무엇인지, 그것이 나와 어떤 연결 관계 속에 있는 것인지를 곰곰이 생각하여 보는 일이다. 내가 가는 이 길이 어떤 길인지를 다시 물어보는 일이다. 눈을 감거나 뜨거나, 길을 걷거나 자리에 앉거나, 남을 만나거나 혼자서거나 본래의 나와 변질된 나를 다시 살펴보는 일이다. 이렇게 하여 일과 쉼을 하나로 엮는 삶을 꾸려보자는 의미가 곧 쉼이다.

2014. 7. 26

인생은 왜 왔다가 어떻게 가는가?

“오빠가 조금 전 6시에 임종하셨습니다. 아직 영안실로 못 가셨고, 따로 빈소는 안 차릴 겁니다. 친히 지내시던 친구분들께 오빠의 명복을 빌어주시기를 부탁합니다”. 그에 대하여 나는 다음과 같은 메시지를 보냈다. “친구 XX이, 잘 가서 편히 쉬시게. 얼마나 폭폭하고 힘든 삶이었던가? 굳게 살려고 얼마나 몸부림을 쳤던가? 아름다운 곳에서 어머니 뵙고 근심과 걱정 없이 사시게. 그동안 품었던 맺힌 것들은 다 풀고 가볍게 가시게. 부족한 친구 조년 드림”. 이렇게 친구 동생의 전화번호로 위로인지, 작별 인사인지 모를 문자 메시지를 보냈다. 그러다가 시간이 지나 그 동생에게 전화를 걸었다. “오빠는 무연고자로 돼있었어요. 구청과 경찰을 통해 친권자를 찾고, 그분들이 시신 인도를 하면 그렇게 장례를 치르고, 그렇지 않으면 무연고 장례를 한대요. 그때 저희에게 연락이 올 것인데, 그러면 어떻게 하여야 할까 생각하게 될 것이에요. 우선은 장례식장 냉동고에 모시고 내려왔어요”.

이처럼 복잡하게 된 내력은 이렇다. 그 친구의 아버지

는 본부인 이외에 한 여인을 알았고, 그에게서 아들을 얻었다. 시간이 지나 그렇게 얻은 아들이 커서, 학교를 갈 나이가 되었다. 본처 이름 아래 호적에 올려야 했다. 그때 본처는 4남매를 두고 있었다. 가정의 갈등은 표면화하였고, 그 아들을 낳은 여인은 분리되어 자기의 삶을 찾아야 했다. 그 여인은 정식으로 다른 이와 결혼하였다. 이 아이는 아버지 집으로 왔다. 천덕꾸러기가 됐다. 똑똑하고 주관이 분명하며 활달하고 남에게 지지 않으려는 성격 때문에 많이 부딪쳤다. 집에서는 식구들 사이에서 귀염을 받지 못하였다. 학교에서나 밖에 나가서 놀 때는 아이들과 다툼이 많았다. 무엇인가 조금, 아주 조금 방향이 틀어지는 것을 다 느꼈다. 가정에서 따돌림을 당하고, 친구들 사이에서도 아닌 듯 따돌림을 당했다. 어려서부터 그는 독립심이 강했다. 용돈도 혼자 벌었고, 오늘날의 말로 하면 중학교에 다닐 때부터 궁벽한 그 시골구석에서도 아르바이트를 했다.

이럭저럭하면서 군대에도 갔고, 직장도 잡아보았고, 정치계에도 들어가 보려 하였고, 자기의 삶을 스스로 이끌려고 참으로 노력을 많이 하였다. 그렇게 하면서 대학도 자기 힘으로 졸업하였다. 삶이 풀릴 듯 썩 잘 풀리지 않았다. 그러니 아는 것이 친구들이라 그들의 도움을 요청했다. 어느 누구에게는 도움을 받았을 것이다. 그러나 그 뒤로 그 도움에 대한 대가를 제대로 되돌려주지 못하였던 모양이다. 친구들 사이에는 '나쁜 사람'이라는 평이 돌았고, 깊은 맘에서 교류하지를 못하였다. 만남은 그냥 겉도는 듯하였다. 그러나 자기를 이기고, 자기 분위기를 극복하려는 그의 노력은 그런 여러 가지 냉소와 따돌림과 멸시 비슷한 분위기와 눈치를 잘 극복하였다. 그러다가 중국에 드나들면서 보따리 장사를 시작하였다. 남에게 손을 벌리지 않고 살아도 될 만큼 일이 되었다. 돌아올 때마다 작은 선물들을 친구들에게 하기 시작하였다. 교류도 많아졌다. 그러할 때 심장이 좋지 않아 수술을 받아야 했다. 영세민 혜택으로 병원비를 정리하였다. 건강을 매우 조심하였다. 그러다가 다시 병이 났다. 이번에는 간암이라는 진단을 받았다. 그에 대한 수술도 받았다. 어느 정도 잘 된 듯하였다. 그러나 수술을 다시 받아야 한다고 하여 병원을 옮겨서 받았다. 그때부터 어려워졌다. 황달이 아주 심하였다. 먹을 수가 없을 만큼 식욕도 없고, 입맛이 없었다. 그렇다고 그를 위하여 음식을 정갈하게 하여줄 사람도 없었다. 혼자서 끓여 먹는 것, 음식점에 나가서 사먹는 것은 큰 수술을 받은 사람이 감당하기에 너무 큰 시련이었다. 다시 병원에 입원하였다. 간병인을 만났지만 만족스러울 만큼 철저한 도움을 받지 못한다고 불만스러워했다. 그러다가 세상을 떠났다.

그러기 여러 해 전 맘에 걸려 있는 문제를 해결했다. 낳아준 어머니를 찾아보았다. 이미 돌아가신 지 오래되었지만,

그가 사시던 곳에 가서 수소문하여 산소를 찾았다. 자주 찾아 성묘를 하였다. 그러다가 동생들을 찾았다. 무척 반가워하고 자랑스러워하였다. 그러나 너무 늦게 만났다. 형제자매간의 정을 나눌 수 있는 시간도 많지 않았고 여건도 좋지 못했다. 그러나 맘만은 피붙이를 찾았다는 안도감을 얻었다. 그러던 중에 병원에 입원하였고, 위급할 때 동생들에게 병원에서 연락을 하였다. 연고자라고는 그곳밖에 없었기 때문이다. 물론 아버지 집에 있는 형제자매들과는 인연을 끊었다. 한 식구로 인정하지 않으려는 모습이었고, 아버지가 남긴 재산을 분배하여 주지 않으려는 의도에서 완전히 따돌림을 당했기 때문이다. 그렇게 하여 그는 무연고자가 되었다. 친척으로 돼있는 이들은 연고를 끊었고, 피붙이는 법률상 전혀 남으로 돼있기 때문에 연고가 없게 되었다. 이것들이 밝혀질 때까지 그는 병원 냉동고에서 결과를 기다릴 수밖에 없었다.

이때 나는 다시 묻는다. 사람은 왜 태어나며, 왜 살며, 어떻게 떠나며, 떠난 뒤에 무엇이 남는가? 결혼하지 않은 그는 후예를 남기지 않았다. 영세민 등록이 된 그는 재산을 어떻게 관리하였는지 아무도 모른다. 굉장히 이름을 날리고 영예를 얻은 것도 아니다. 남이 본받을 만큼 출중하게 훌륭한 인격으로 삶을 산 것도 아니다. 그런데 그는 누구를 원망하지 않았다. 아버지도, 어머니도, 형제들도 원망하지 않고, 그냥 자기가 자기 삶을 독립하여 꾸리려고 노력하다가 그렇게 갔다. 아무것도 없는 데서 왔다가 다시 그곳으로 가면서 아무것도 남기지 않고 빈손으로 갔다. 훨훨 자유로운 상태가 되어 날아갔다. 어디로 가서 어떻게 지낼 것인가? 또 그것을 묻는 나는?

2015. 1. 18.

삶이란 무엇일까?

아직까지도 이런 질문을 하는 나는 참으로 어리석은 자다. 삶이란 묻고 대답하는 것이라고 한다면 당연히 이렇게 묻는 것은 괜찮을는지 모른다. 그러나 그에 대한 대답을 전혀 할 수 없는 지금 나는 참으로 어리석은 자라 하지 않을 수 없다. 그래서 또 묻고 곱씹으면서 묻는다. 삶이란 무엇일까? 그렇다고 아주 심각하게 먹고 마시는 것을 다 끊고 묻고 또 묻는 치열함을 가지지도 못하는 나는 참으로 어벙벙한 자다.

우리는 낳고 자라고 살고 병들고 고통받고 늙고 죽는다. 삶은 죽음이라는 것으로 끝난다. 그런데도 끊임없이 그런 일이 반복된다. 어느 누구 하나도 이런 틀에서 벗어난 적이 없다. 그러면서 아등바등 그 자리로부터 무엇인가 조금 나은 것이 일어나면 좋겠다는 희망을 가지고 산다. 때로는 싸우고, 때로는 화해하고, 때로는 울고, 웃고, 기뻐하고, 슬퍼한다. 공부도 하고, 직장도 잡아보고, 일도 하고, 시집 · 장가도 가보고, 혼자 살기도 하고, 정치도 해보고, 남을 호령하여 보기도 하고, 그 명령에 저항하거나 따라보기도 한다. 옳고 그름을 아주 힘들여 따지고 살피기도 한다. 그렇게 하다가 삶의 어느 한 고갯마루에서 그것을 되돌아보면 또 허망하다. 겨우 그런 것 때문에 그렇게 허송했는가 하는 자괴감이 들어서 그런 것인지도 모른다.

우리가 너무나 잘 알듯이 '삶은 고난이다' 하는 판단과 인식은 참으로 잔인하다. 그 잔인의 굴레로부터 벗어나기 위하여 얼마나 많은 우리들의 위대한 큰 스승들이 애를 쓰고 그것을 찾아 나섰던가? 그래서 삶은 희망이라거나 영원한 것이라고 기쁜 소식을 전하기도 한다. 해탈과 구원이 바로 여기 이 길에 있다고 하여 거기에 얼마나 큰 기대를 가지고 우르르 몰려갔던가? 그런데도 끝이 보이지 않는 것을 어찌해야 할까? 그냥 낳고 자라고 늙고 병들고 죽는 순환의 고리가 삶이란다면 모두가 다 그렇게 받아들이고 살 수 있을는지 모른다. 그런데 그런 과정에서 또 다른 것이 튀어나오니 참으로 답답하다. 그런 것이야말로 그대로 다 겪는 것이니 그렇게 살면 될 것이지만, 특별히 더 다가가는 삶의 고난이 있다는 것이 문제다.

오늘날 우리가 보도를 통하여 무수히 많이 만나는 슬프고 답답하며 안타까운 소식들. 화려하고 높고 으리으리한 건물 뒤편에, 겨우내 내리고 쌓인 눈이 꽁꽁 언 채로 있는 것 같은 동토 지대의 삶이 뜻밖으로 우리 주변에 많다는 사실들. 누구는 그것은 그들 소수에만 있는 특수 상황이라고 할는지 모르지만, 그렇게 특수 상황이 많다는 것은 우리가 그런 일반 상황 속에 산다는 것을 말하는 것이 아닐까? 장애인 언니를 돌보다가 너무나 힘이 들어 함께 죽고 싶으나 그럴 수 없어서 언니를 사회에 부탁하고 혼자 목숨을 끊는 괴로운 인생도 있고, 누구는 하루 5억 원씩으로 감옥 생활을 대체해서 죄도 돈으로 살 수 있다는 판결이 나올 만큼 어마어마한 돈 바다에 사는가 하면, 어떤 이들은 전기 요금, 수도 요금, 방세를 낼 수 없어서 집단 죽음을 선택한다. 그런 양 갈래의 삶을 대변하는 사건들이 나타나는 것은 그런 극단의 삶이 그 하나 둘에 그치는 것이 아니라, 바다 위로 솟은 빙산 그 깊은 아래에 크고 견고하게 그런 것들이 자리를 잡고 있다는 것을 말하는 것이지 않을까? 물 위에 솟은 얼음 조각이 문제가 아니라, 그것을 떠받치고 있는 물 아래 보이지 않게 있는 그 큰 얼음 덩어리를 어떻게 해야 한단 말인가? 그것은 삶이 아니던가?

이것을 개인의 문제로 본다면 해결점을 찾을 수 없다. 그런 삶은 결코 그 한 개인이 처음부터 만들고 이끌어온 것이 아니기 때문이다. 그렇다고 우리가 몸담고 함께 부대끼면서 살아가는 이 사회의 몫이라고만 하기도 어렵다. 그러나 분명한 것은, 그 일의 피해 당사자는 결코 혼자서 그 일을 해결할 길이 없었다는 점이다. 그렇다면 그 문제 해결은 우리 사회가, 이웃이 나서야 했었다는 데로 돌아간다. 맞다. 우리는 동아리를 짓고 무리를 지어 사는 존재다. 아무리 고독을 즐기는 사람이 있다고 할지라도, 그것은 어느 한계까지

일 뿐, 근본에서는 함께 살아갈 수밖에 없는 존재다. 이웃이 그러하면 나도 책임이 있다는 것을 아주 깊게 느끼면서 사는 존재다. 그것은 예나 지금이나 다르지 않다. 그런데 왜 요사이에 그런 안타깝고 살벌함이 더 크게 나타나는 것일까? 우리가 살아가는 틀이 그래서 그런 것이지 않을까? 물론 복지행정의 사각지대가 아주 작도록 할 필요가 있는 것은 더 말할 나위가 없다. 그러나 그것은 그 이웃이나 함께 어울려 사는 이들이 돕지 않으면 해결되지 않을 문제다. 혼자가 아니라, 함께 사는 것, 같이 사는 길을 함께 찾는 운동이 일어날 수는 없는 것일까? 그가 그렇게 살고 갔다면 나도 그렇게 갈 수 있는 가능성이 있음을 느끼고, 내가 이렇게 살고 있다면 그도 이렇게 살 수 있는 길이 있을 수 있었다는 것을 인식하면서 살 수 있게 하는 그런 길은 없는 것일까? 눈을 들어 밖을 보고, 귀를 열어 창밖의 소리를 듣는 조금의 여유를 가진다면 달라질까? '당신은 혼자가 아니야. 여기 내가 당신 곁에 있어!'라고 말할 수 있고, 느낄 수 있는 그런 사회는 어떻게 가능할까?

2015. 2. 1.

들을 귀 있는 자와 할 말 있는 자

지금은 참으로 아름다운 계절이다. 새싹을 틔워 푸르게 천지를 가득 채우고, 온갖 새들이 아름답게 지저귀고, 꽃들이 피고 지고, 사람들이 환하게 웃고 즐긴다. 나도 그런 봄을 참으로 좋아한다. 그래서 나는 그렇게 모든 사람이 다 봄을 즐기는 줄로 알았다. 그런데 꽃가루 알레르기가 있는 사람들은 봄이 죽도록 싫다. 재채기를 끊임없이 하고, 콧물과 눈물을 시간과 장소를 가리지 않고 흘려야 하는 사람들에게 남이 '이 아름다운 봄'이라고 말하면 얄밉기 짝이 없겠다. 그 사람들은 그렇게 산을 좋아하면서도 봄이 되면 산에 가지 못한다. 새소리를 그렇게 듣기 좋아하면서 그 소리 들으러 산으로 들로 나가지 못한다. 거기 가면 죽을 지경으로 괴롭기 때문이다.

봄이 되면 아이들에게 온갖 말을 다 한다. 칭찬하는 말, 꾸중하는 말, 희망을 주는 말, 절망을 느끼게 하는 말. 말 말 말이 참으로 많다. 착하게 살라, 거짓말을 하지 말라, 남을 돕고 살라, 이웃 친구와 사이좋게 지내라, 공부 열심히 해서 훌륭한 사람이 돼라 따위 온갖 말을 다 한다. 특히 가정의 달이라고 하는 5월이 되면 어린이날을 시작으로 줄줄이 가족들이 모이거나 함께하는 시간이 많다. 이때 어른들은 아이들에게 이런저런 말들을 많이 한다. 그 말을 그렇게 하는 어른들은 그 말의 의미를 어떻게 알거나 받아들이고 하는 것일까? 그때 이 말을 아이들은 어떻게 들을까? 그 말의 효과와 그 말을 하는 어른의 행동, 그러니까 일상생활 중에 어느 것이 더 큰 교육 효과를 가져올까?

말은 말만이 말이 아니다. 하는 말만이 말도 아니다. 듣는 것도 귀로 들리는 소리를 듣는 것으로만 듣는다고 하지 않는다. 귀로 듣지만 눈으로 듣고 코로 듣고 입으로 듣고 온 맘과 몸으로 듣는다. 들을 귀가 있는 자, 들을 맘 준비가 된 자에게는 모든 것이 다 들린다. 온몸으로 듣는다. 언제나 듣는다. 어디서나 듣는다. 말은 말하는 그 말소리에서만 말이 되어 듣는 자에게 가지 않고 언제나 그가 있는 곳에 있기 때문이다. 말은 한다고 말이 아니며, 말을 하지 않는다고 말이 아닌 것이 아니다. 말은 이미 그렇게 거기에 어엿이 있다. 처음부터 있는 말이다. 다만 그 말을 그때 그곳에서 누구를 통하여 그렇게 말하는 것뿐이다. 그때 말하는 이나 듣는 이는 그 말의 의미가 무엇인지 모르고 하거나 들을 때가 많다. 나중에서야 아하 그것이 그런 뜻이었구나 깨달을 때가 많다. 그래서 말은 온몸으로 온 곳에서 언제나 하고 듣는다.

보라. 공부 열심히 해서 훌륭한 사람이 되라는 말의 뜻을 우리는 어떻게 이해하며 어떻게 받아들일까? 좋은 학교에 진학하여 열심히 해서 좋은 직업을 선택하고, 남보다 탁월하게 능력을 발휘하여 승진하고 높은 자리에 앉아서 권력을 누리라는 것으로 받아들이지 않을까? 며칠 전 어린이날 행사에서도 학교에서나 집에서나 온갖 방송이나 신문 따위 어디에서건 그런 소리를 많이 하고 들었을 것이다. 그 말을 들을 때마다 어린이들은 '그렇지 훌륭한 사람이 돼야지' 하고 생각하게 될 것이다. 그러고 집에서 텔레비전 앞에 앉거나 어른들이 넘기는 신문을 흘낏 보았을 때, '훌륭하다'고 여겼던 사람들이, 그 자리에 그렇게 앉아서 무수히 많은 사람들에게 칭송과 축하를 받던 사람들이, 줄줄이 거짓과 부패와 부정과 추악함으로 가득 채워진 모습으로 나타나는 것을 볼 때 '아하 훌륭하다는 것은 저런 것이로구나' 하고 생각하지 않을까? 거짓말하지 말고, 깨끗한 양심으로 남을 도우면서 살고, 나만을 생각하면서 살지 말라고 하였는데, 소위 훌륭하게 됐다는 사람들이 줄줄이 엉뚱하게 살아왔다는 소리를 들을 때 혼란을 느끼지 않을까? 이때 누구인가가 길을 잘 잡아줄 필요가 있다.

거짓말로 남을 속이지 말라는 말을 온몸으로 실천하는 모습, 남의 눈에 있는 티를 보지 말고 내 눈에 있는 들보를 먼저 뽑아내는 아주 훌륭한 일을 하는 모습, 남에게서 잘못을 찾기 전에 나에게 어떤 문제가 있는가를 성찰하는 모습, 문제의 시작을 전해 오는 옛날에서가 아니라 지금 내가 앉아있는 이 자리와 내 자세에서 찾는 모습, 뭐 이런 모습을 보이는 정말 훌륭한 자세는 없을까? 대통령이나 총리나 장관이나 시장이나 지사라는 사람들이 남을 탓하기 전에 자기 자신을 반성하는 자세로 간다면 얼마나 좋을까? 그것은 백 가지 천 가지 거룩한 말보다 어마어마한 강력하고 아름다운 교육 효과를 전 국민에게 주지 않을까? 그런데 똑같이 더러운 몸을 가지고, 똑같이 잘못된 관행 속에서 살았으면서, 대통령이 되거나, 총리나 장관이 되거나 어떤 높은 자리에 앉으면 금방 거룩한 것이 된 것처럼 모든 면에서 남을 가르치는 몸짓과 말버릇을 가지는 것은 정말로 후안무치한 일이다. 낯 두껍고 염치가 없는 어른들, 아주 높은 사람들을 보는 어린이들과 젊은이들은 어떤 것을 바라고 자기 삶의 이상으로 삼으면서 살 수 있을까? 이때 대통령은 솔직한 모습을 보여 주면 참으로 아름답고 좋겠다. 이른바 '성완종 리스트'라는 것에 나온 당신 주변의 사람들을 먼저 철저히 조사한 다음에, 그 근원이 그 전 정권의 사면과 복권에 있었는가를 따져서 우리 사회의 부정과 부패의 고리를 뽑아보자는 열린 맘으로 간다면 온갖 말보다 더 큰 교육 효과가 있을 것이다. 그런 말을 할 자세가 있다면 들을 귀 있는 이들은 자연스럽게 귀를 크게 열고 듣게 되지 않을까? 몸과 맘이 다른 말을 할 때 듣는 사람들도 다르게 듣는다.

2015. 5. 10.

원수를 사랑하라고!?

항상 의미 없는 것을 뻔히 알면서도 또 언제나처럼 쓸데없는 생각에 사로잡힌다. 한 해를 보내는 것이 뭐 별것이며, 또 한 해를 맞이하는 것이 굉장한 것인가? 눈 감으면 지나가는 해요, 눈 뜨면 새해가 아니던가? 그런 기적들이 매일 내 주변에서, 내 삶에서 일어나고 있지 않던가? 그것이 꼭 연말이나 연초에만 일어나는 것도 아니건만, 이렇게 호들갑을 떨고 맘이 부산하거나 넋을 잃은 듯이 망연히 앉아있어야 하는 것일까? 그러면서 이것저것 고전들을 뒤적여 본다. 거기 어떤 계시의 말씀이 있을까 하고. 사실 계시라고 하지만 그것도 태초부터 있었던 것이요, 끊임없이 오고 또 오는 것이지 않던가? 그런 것을 지금 그곳에서 그렇게 막 온 것처럼 화들짝 놀라고 오두방정을 떠는가? 가면 가는 것이고 오면 오는가 보다 하면 되는 것을. 그런데 그렇게 되지가 않는다. 그러면서 한 해 나를 이끌고 가실 한 말씀을 기다린다. 그러다가 신약성경 로마서를 읽었다. 바울로가 로마에 있는 성도들에게 보낸 편지다. 무수히 많이 읽고 생각했던 글귀지만,

그것을 대하는 순간 서늘하게 가슴을 쓸어내리게 하고 옷깃을 여미게 한다.

네 원수를 네 몸같이 사랑하라는 예수의 말씀을 이렇게 풀이하는구나 하는 생각이 들었다. 세상을 따라서 살지 말고 진리를 찾아서 살란다. 가능한 한 다른 사람과 화평하게, 모두와 평화롭게 살라고 한다. 악을 악으로 갚지 말고, 언제나 선을 행하란다. 나를 핍박하고 억압하는 사람을 축복하란다. 기뻐하는 사람과 함께 기뻐하고, 슬퍼하는 사람과 함께 눈물 흘려 슬퍼하란다. 원수가 목말라하면 그에게 물을 떠서 마시게 하고, 원수가 굶주린다면 먹을 것을 풍성히 주란다. 헐!

이게 무슨 말씀인가? 이 세상을 어떻게 살라고 이런 강력한 말씀을 주신단 말인가? 이 험한 세상을 어떻게 헤쳐가며 살라고 이렇게 허망한 말씀을 주시는 것인가? 그렇게 살 수 없는 것을 뻔히 알면서도 왜 그 어려운 것을 우리에게 주문하신 것일까? 그것이 진리를 추구하는 삶의 기초란다. 시작점이 바로 거기에 있단다. 누구 어느 개인이 누구 어느 개인에게 그렇게 살라고 한 것은 결코 아니다. 우리들의 위대한 스승들이 한결같이 모두에게 그렇게 말씀하셨다. 그렇다면 그것은 역사의 말씀이요, 영원한 숙제일 것이다. 이 말을 듣고 참으로 깊게 생각하여 보았다. 나는 그렇게 살 수 있을까?

물론 나에게는 원수라고 할 만큼 강력한 적대감에 빠진 사람도 없다. 다 친구가 되면 될 수 있는 사람들로 가득하다.

그런데 그들까지도 내 몸처럼 그렇게 사랑하면서 살지 못한다. 목이 마르면 내가 먼저 마시고, 배가 고프면 내 배부터 불린 다음에 쬐끔 나누어주는 시늉을 한다. 원수가 아니라 가까이 있는 이에게도 그렇게 쪼잔하게 구는 이 하찮은 존재에게 그렇게 큰 말씀을 주는가?

아니다. 그래서 아니다. 안 된다고 거부하거나 미리 맘을 그렇게 돌리기 전에, 그래 한번 해보자고 맘을 먹는 것이 시작일 것이다. 가끔 원수를 사랑한 개인들이 있었다. 그들을 얼마나 깊고 절절하게 칭송하였던가? 하나가 그랬다면 다른 어느 누구도 그렇게 할 수 있는 가능성을 이미 열어놓은 것이 아닐까? 그 길로 가도록 실험하고 연습하고 학습하고 훈련하는 것이 남았을 뿐이지 않을까? 그것을 내 한 몸의 과제로 삼고 싶다. 이번 한 해를 마무리하고, 새로운 해를 맞이하는 맘으로 정말로 사랑하고 싶다.

아니다. 그것으로 부족하다. 여기서 말하는 원수를 사랑하고, 그가 목마를 때 마실 물을 주고, 배가 고플 때 먹을 것을 주라는 말씀이 바로 내 원수에게 그렇게 하라는 것만으로 그치지는 않을 것이다. 친구에게, 우방에게, 이웃에게 그렇게 하라고 하는 것을 훨씬 뛰어넘는 이 말을 어떻게 훈련할까? 이것은 집단으로 해야 할 일이다. 종교 집단으로, 민족 집단으로, 국가 집단으로, 계급 집단으로 원수를 사랑하는 것을 훈련하지 않으면 안 된다. 개인이 그렇게 하면 거룩하다는 그것을 민족과 민족이 사랑하고, 국가와 국가가 사랑하는, 서로가 물을 나누어 마시고 먹을 것을 나누어 먹는 훈련을 하자. 우선 당장 우리 남북한 간에 그런 일이 먼저 일어나면 좋겠다. 새해에는 우리 남북의 최고 정치 책임자들 사이에서 '사랑하는 조선민주주의 인민공화국 김정은 제일국방위원장님'이라는 말과 '사랑하는 대한민국 박근혜 대통령님'이라는 인사말이 서로 주고받는 일상언어가 되면 좋겠다. 당신이 필요한 것을 보낼 테니 우리가 부족하다고 느끼는 것을 채워주시오 하면서 소통할 수 있으면 좋겠다. 그래서 적대감 없이 한 형제임을 실제로 증명할 수 있으면 좋겠다. 세상에 이런 경우가 어디에 있는가? 보라. 남북으로 갈라진 이들이 2박 3일 동안 몇 시간 만나고 헤어지면서, 영원히 다시는 볼 수도 없고, 만날 기약도 하지 못하며 또 생이별한다. 살아있고 존재하는 것을 뻔히 알면서 서로 편지 한 장 주고받을 수 없는 이런 세상이 또 어디에 있단 말인가? 그럼에도 통일을 말하고 평화를 말하고 한 민족을 말하는 것은 거짓이다. 바로 여기에서 원수를 사랑하고, 원수에게 물을 주고 밥을 주는 실천이 일어나면 좋겠다. 이 말씀은 사실은 원수는 없다는 뜻이다. 그냥 한 생명을 가지고 태어난 사람이, 맨사람이 있을 뿐이다. 사랑하고 사랑받을 사람이 있을 뿐이란 뜻이다. 이것을 실현하는 한 세상을 꿈꿔 본다.

2015. 12. 26.

모든 폭력은 가라

2016년 1월 6일 10시(북한 시간)에 양강도 풍계리 핵실험장에서 수소폭탄 실험을 하였다고 북한 중앙통신이 공식 발표하였다. 그럼으로써 수소폭탄 보유국이 되었다는 것과 "책임 있는 핵보유국으로서 어떤 상황에서도 관련된 기술이전을 하지 않을 것이며, 자주권을 침해하지 않는 한 사용하지 않을 것"이라고 공표하였다. 자주권을 확보하기 위하여, 고립된 상황에서 자신들을 지키기 위하여는 핵을 개발하지 않을 수 없다는 논리다. 1945년 8월 6일 일본의 히로시마에, 그리고 8월 9일에 나가사키에 원자폭탄이 던져진 이래 핵무기를 가지고 있는 나라는 8개국이라고 공식 인정되었다. 영국, 미국, 프랑스, 러시아, 중국은 그중 핵확산금지조약(NPT)에 가입돼 있고, 파키스탄, 이스라엘, 인도는 핵무기를 가지고 있지만 거기에 가입하지 않은 나라들이다. 핵분열을 제일 먼저 연구한 독일의 경우에는 2차대전 이후 자신들은 핵무기를 보유하지 않겠다고 국가 차원에서 결정하였다. 북한은 스스로 핵을 가지고 있다고 주장하지만 국제사회는 공식으로 그것을 인정하지 않으려고 한다. 그러나 북한은 2006년 이후 네 번의 핵실험을 하였고, 스스로 주장하듯이 6번째로 수소 폭탄 제조국이 된다. 핵실험을 하기 전 어느 나라에도 사전에 알린 바가 없단다. 유엔을 비롯하여 많은 나라들이 이 문제를 심각하게 다루고 비난하였고 그에 따른 장단기의 새로운 대북 제재 프로그램을 만들기에 분주하다. 대북 제재가 다각으로 나타나게 될 것이고, 그에 따른 여러 나라들과 세력들 사이에 합종연횡과 세력 형성으로 국제정치가 활발하게 진행될 것이다. 한국 사회도 큰 걱정과 함께 그에 대응하기 위한 대책을 논의한다. 숨통이 조금 트이는가 싶던 남북 관계는 다시 얼어붙을 징조가 크다. 그러나 어떠한 형태가 되든 핵무기를 실제로 사용할 수 있는 전쟁 상황으로는 갈 수가 없을 것이다. 핵무기가 전략무기는 될지언정 전술무기는 될 수 없는 것은 국제 세력 분포가 매우 복잡하기 때문이다. 그러나 핵무기 개발과 핵실험의 확산과 제한에 얽힌 작업은 무수히 많은 강력한 세력 긴장을 유발하게 될 것이다. 왜 이러한 일들이 나타나게 되는 것일까?

핵무기를 개발하거나 가지려는 것은 매우 어리석은 일이지만 복잡한 문제를 해결하겠다는 의지의 표현일 수 있다. 그러나 핵이라는 거대한 폭력 수단을 가짐으로 문제가 해결될 수 있는 것일까? 한 폭력에 더욱 강력한 폭력으로 대응하고, 폭력을 영원히 몰아내기 위하여 결정 폭력을 개발해야 한다는 것이 이제까지 내려오는 인류의 생각이요 핵심 행동이었다. '칼을 쓰는 자는 칼로서 망할 것'이라고 말하지만, 모든 나라, 민족, 단체들은 더욱더 강력한 폭력으로 다른 폭력을 공격하거나 없애버리려고 한다. 인류 문명은 폭력 증강의 역사라고 하여도 틀리지 않을 것이다. 이러한 상황으로 지속된다면 인류는 폭력에 의하여 폭력스럽게 멸망할 수밖에 없을 것이다. 과연 강력한 폭력만이 문제를 해결할 수 있는 것일까? 가장 심각하게 나타나는 핵 문제의 긴박성 앞에서 깊이 성찰해 볼 필요가 있음을 본다. 가장 강력한 힘을 극복할 수 있는 길은 어디에 있는가를 깊이 생각해 볼 필요가 있다.

신동엽은 '껍데기는 가라/ 한라漢拏에서 백두白頭까지/ 향그러운 흙가슴만 남고/ 그 모오든 쇠붙이는 가라'고 읊었다. 껍데기, 쇠붙이는 바로 폭력이다. 원자, 핵은 껍데기일까? 알맹이일까? 그것이 알맹이라면 분명히 모든 문명의 선각자들은 그것을 가지는 것이 좋을 것이라고 주장하였을 것이다. 그러나 뜻있는 이들의 주장은 그것은 사라져야 할 껍데기라는 것이다. 알맹이의 탈을 쓴 껍데기는 우상이다. 함석헌은 이렇게 주장한 바 있다. "이날껏 인간이 안 것이 '힘'이었다. 힘, 힘, 힘. 그러나 힘의 우상이 인류를 끌고 결국 간 곳은 원자력이다. 우상 자체는 자폭의 운명에 이르렀고 따라갔던 인류는 창황망조할 뿐이다. 원자, 자의 힘, 알 하나의 힘을 보고 그럴진대 원자를 낳은 원, 그 자체를 본다면 어찌할까? 원原, 원元, 그것은 하나인 것이다. 거기 힘이 있기에 힘이 나오겠지만, 그 한 알의 힘으로 인류의 낯빛을 흙같이 만들지만, 그 자체는 힘만은 아닐 것이다. 무엇도 아닐 것이다. 힘이 크고 무서워도 무엇이지, 무엇은 내 이성의 그물에 걸린다. 원元 그이, 하나 그이야 내 그물에 걸릴 리 없다. 힘을 두려워하고 숭배함은 사람답지 못한 부끄러움이다. 우리가 힘을 쓰려고 나왔지, 힘에 부림을 당하려고 나온 것은 아니다. 정부와 국회에서 힘의 숭배를 제除하라. 그래야 나의 세계와 그가 하나되게 하시는 평화의 임금이 오신다".

각 나라들의 제재로 북한은 당분간 어려움을 겪을 것이다. 그러나 핵 개발과 관련된 문제는 해결되지 않을 것이다. 세력 구성상 모든 나라가 다 하나가 되어 북한을 제재하지도 못할 것이다. 그렇다면 어떻게 할까? 물론 제재는 하여야 하겠지만 그것의 진정성, 깊은 인격성을 가지는 것이 바람직할 것이다. 그래서 한국 정부나 사회는 북한과 그동안 숨통을 트려고 합의하거나 논의하였던 것을 그대로 유지하고 발전시켜야 할 것이다. 세계는 북한을 핵무기 보유국으로 인정하고 국제사회로 끌어내어 깊게 대화하고 논의하여야 할 것이다. 그것이 전략이지만, 그 전략을 어느 정도 수용하면서 국제사회로 나와 대화할 때 달라질 것이다. 한국 정부 역시 두 길을 택하는 것이 좋다고 본다. 정치 만능주의를 버리고, 핵은 핵 문제로 가되, 그 외의 다른 문제는 평상시처럼 화해의 길로 가는 것이 좋다. 사랑으로까지는 아니라 하더라도 연민의 정으로 진정성으로 나올 수 있게 하는 것이 좋다고 본다. 어떤 형태의 폭력이든 그것은 껍데기로서 사라져야 할 것들이다. 강력한 폭력에 대하여 아주 유연한 방법으로 대응하면 좋겠다.

2016. 1. 8.

"생각하는 씨올이라야 산다"

2월 4일 '함석헌 기념사업회' 회원 몇 분과 함께 대전현충원 애국지사 제3묘역에 있는 함석헌 선생 묘소를 찾았다. 그날은 바로 27년 전, 그러니까 1989년 2월 4일 새벽 5시경에 이 세상과 그의 육체가 하직한 날이다. 아니, 오히려 그의 육체는 더욱더 가까이 흙 속으로 들어간 날이다. 그날을 기념하여 유골만이 묻혀 있는 그곳을 찾았다. 거기에 무엇이 있었는가? 거기에서 무슨 소리를 들었는가? 무엇을 보았는가? 어떤 맘의 결심을 하고 왔는가?

나는 참 막막하였다. 그가 하는 어떤 소리도 듣지 못하였고, 그와 살갑게 어떤 대화를 나누지도 못하였다. 어떤 결심도 서지 않았다. 무엇을 본 것도 아니다. 그냥 멍하니 그 묘소 앞에 한참 고요히 서있을 뿐이었다. 생각 없는 시간이 오래 흘러갔을 뿐이다. 죄송하게도 감기에 걸린 내 몸에 대한 염려가 더 많았다. 그렇게 억지로 서있을 때, '너는 왜 여기에 이렇게 서있느냐? 여기에서 무엇을 찾을 것이냐? 무엇을 얻자고 여기에 왔느냐?' 하는 소리가 가냘프게 들렸다. 거기에는 아무것도 없다. 그냥 그렇게 규격에 맞추어 만든 무덤 하나 있을 뿐, 그 옆에 형식에 따라 세워진 묘비가 있을 뿐, 거기에는 아무것도 없다. 그의 말도, 그의 생각도, 그의 맘과 얼굴도 없다. 그냥 흙일 뿐이요, 흙 위에 덮인 잔디뿐이요, 그 위를 스치고 지나가는 찬바람뿐이다. 그런데도 거기를 왜 찾았을까?

그는 갔어도 그가 남긴 혼은 그를 따르는 사람들 속에 남아있다고 말하는 이들도 참 많다. 그는 갔어도 '고요한 빛'으로 이 땅에 다시 돌아와 있다고 말하기도 한다. 그 빛은 사람 하나하나에 그냥 비친단다. 어떤 사람? 맨사람에게 비친단다. 권력에 미치지 않고, 자본에 매몰되지 않으며, 명예나 지위에 욕심 내지 않는, 가진 것도 없이 온 그 모습 그대로 있는 그냥 맨사람 속에 고요히 와있단다.

맨사람이라니? 그는 어떤 사람인가? 그의 말로 하면 씨울이다. 그는 우주를 숨 쉬고 영원을 마시면서 지금 여기에서 온전히 산다. 그렇다고 아무런 흠 없는 완전무결한 사람이 아니다. 흠투성이요, 결핍이 많고, 실수를 밥 먹듯이 많이 하고, 넘어지고 쓰러지기를 수도 없이 반복하지만, 그래도 한맘 그 님이 주신 것을 놓치지 않고 잡고자 하는 간절한 사람이다. 바닥에 엎드려 살든, 어떤 자리에 앉아있든 그것은 그를 담은 그릇일 뿐, 그것에 연연하지 않는다. 다만 알짬을 찾아 나선다. 부는 바람에 흔들리면서 바위처럼 딱 버티고 중심에 선다. 시대의 흐름을 타지만 그것과 함께 흘러 내려가지 않는다. 이것을 잡을까? 저것을 따를까 염려하지 않는다. 오직 한 가지 그 속에서 말씀하시는 그 말씀을 따라 살고자 한다. 모든 사람은 속에 고요히 앉아서 말씀하시는 스승을 가진다. 바로 그의 말씀을 듣고 찾으려고 할 뿐이다.

그것은 바로 깊은 생각에서 온다. 껍질과 알맹이를 가르는 생각, 흘러갈 것과 남을 것을 분별하는 생각, 허무한 것과 그득함을 알아차리는 생각, 거짓과 진실을 판가름하는 생각. 그러나 그 생각은 허공중에서 따오는 것이 아니다. 낳고 자라고 병을 앓고 희로애락을 다 경험하는 인생살이에서, 역사의 현장과 흐름에서, 아비규환과 같은 아귀다툼 속에서, 온갖 거짓과 사기와 협잡이 가을바람에 흩날리는 낙엽처럼 소란스러운 정치판에서 그런 것들에 휘둘리지 않는 한 가닥 세미한 음성을 듣자는 것이다. 그 소리의 생각, 그것은 집단으로 듣는 것도 아니고, 교리나 정책이나 규정으로 듣는 것도 아니다. 관습이나 전통이나 문화로 듣는 것도 아니다. 홀로 살되 남과 함께 사는 인생을 절실히 느끼면서 살랑 부는 바람의 의미를 따져보고, 흘러가는 구름의 뜻을 살펴보며, 우는 아이의 깊은 속이 무엇인지를 헤아리고, 내가 지금 서고 앉아있는 자리, 입고 벗는 옷, 주고받는 웃음과 말과 몸짓 속에 있는 그 님의 말씀이 무엇인지를 곰곰이 따져보는 것이 곧 생각이다. 그래서 나와 역사와 삶과 사회의 관계를 올바르게 설정하자는 것이 생각이다. 그 생각은 결코 누가 대신할 수 없는 것, 오로지 자기만이 할 수밖에 없는 것이다.

요사이는 선거철이 다가오니 생각한답시고 탈당하고 창당하고 이놈 저놈이 합종연횡하고, 무수히 많은 철새들이 이리저리 날고 앉고, 어느 구석에 있었는지 모를 존재들이 마치 한 시대를 만난 듯이 잘난 척하고 날뛰는 때다. 이때 남이 장에 가니 나도 가야 하겠다고 씨오쟁이 차고 나서는 어리석은 짓은 하지 않아야 한다. 출마가 무슨 출마냐? 적어도 제 갈량이 마지막 출사표를 써서 던질 때와 같은 맘 없으면 출마 소리, 맘도 먹지 말아야 한다. 그런데 하물며 그런 허접스러운 것들에게 부화뇌동하는 경거망동은 더욱 없어야 한다. 생각하는 씨올은 그렇게 하지 않는다. 그들에게 눈빛도 주지 말자. 맘을 주지 말자. 손뼉 쳐서 놀라게 하지 말자. 그냥 고요히 오고 가는 바람결에 이 시대와 역사를 가를 기운이 어디에 있는가를 살펴야 할 뿐이다. 그런 씨올이라야 잘 산다.

2016. 2. 8.

늙은 느티나무는 언제까지 새잎을 피울까?

부활의 계절에 몇 가지를 생각하여 본다.

이미 잘 알려진 바와 같이 대전에는 2002년에 시작한 민들레 의료생활소비자협동조합, 지금은 '민들레 의료복지 사회적 협동조합'으로 이름을 바꾸어 활동하는 좋은 기관이 있다. 개인의 신체 건강과 정신의 건강, 그리고 (지역)사회의 건강을 꿈꾸는 사람들이 만들어 활동해 온 기구다. 그 활동을 새로운 차원으로 펼치기 위하여 10여 년 동안 지내온 모습들을 보여 주는 사진전을 벌였다. 그동안 많은 사람들이 돌아가시기도 하였고, 어린아이들은 청소년이 되었고 청소년들은 중년의 자리에 들었고, 중년들은 장년과 노년의 자리에 든 것을 실감하였다. 그것들을 보면서 모두가 다 한결같이 '그때는 역시 젊었었어' 하는 것이었다. 사라져간 아쉬움과 함께 부질없이 달라진 자신의 모습들에 숙연하던 때다. 그때 내가 "늙은 느티나무는 언제까지 새잎을 피울까?"라고 뜬금없이 툭 던졌단다. 한참 침묵이 흐르다가 "죽을 때까지요"라고 나준식 원장이 대답했더란다. 나 원장은 민들레 의료복지 사회적 협동조합 운동을 발의하고 추진하고 그때부터 지금까지 민들레 의원을 이끌어온 그 지역의 주치의다. 그 말에 이어서 또 내가 이렇게 말했단다. "젊은 느티나무의 새잎이나 수백 년 묵은 느티나무의 새잎이나 같은 새잎입니다. 늙은 느티나무라고 해서 늙은 잎을 피우지 않습니다". 이 이야기는 역시 민들레 의료복지 사회적 협동조합을 처음부터 발의하고 추진하고 지금까지 그 운동의 핵심 중 한 사람으로 활동하는 김성훈 님이 어르신들의 활동을 새롭게 독려하는 일을 벌이면서 기억을 되살린 글에 들어있는 내용이다. 그는 끊임없는 성찰과 관찰을 통해, 마땅히 나아가야 할 방향으로 지역 운동을 추동하는 진화의 달인이다. 그 운동을 시작할 때, 30대의 젊은 나준식, 김성훈, 조병민, 오민우 님들이 나에게 와서 함께하자고 한 인연으로 이런 모임을 시작하게 되었다. 무엇인가를 다시 시작하고 새롭게 하자면서 주고받은 이야기들이다.

내가 오래도록 몸담았던 한남대학교 교정에는 아주 늙은 왕버드나무가 한 그루 있다. 늙었다고는 하지만 아마도 나이는 그렇게 많지 않을 것이다. 그러나 굵은 가지들은 썩어서 잘려 나갔고, 잔가지들은 힘을 잃은 듯이 보인다. 원등치에는 큰 구멍이 많이 나있고, 동남쪽으로 뻗은 가지만 좀 싱싱할 뿐 서북쪽으로 난 가지들은 거의가 다 떨어져 나갔다. 바람이나 눈비에 찢어져 잘려 나갈까 봐 큰 가지 아래에는 받침대를 세워두었다. 온갖 풍상을 다 겪은 그 모습이 언제까지 저렇게 버티고 서있을까 측은한 생각을 하게 할 때가 많았다. 그런데 어느 봄날 다 죽은 것 같은 그 고목에서 아주 여리고 연한 새잎이 부끄러운 듯 겸손하지만 당당하고 찬란하게 솟아 나오는 것을 보았다. 다른 여린 것들이 파릇하게 솟아날 때 그것도 함께 맞추어 나왔다. 그 잎이나 땅에서 이제 막 올라오는 그 잎이나 한결같이 꼭 같은 새잎인 것을 보았다. 아! 생명의 신비로움이여. 저것이 부활이요, 생명의 영속성이다. 저 늙은 버드나무는 분명히 생명을 다할 때까지, 아니, 그 생명의 기운이 다할 때까지 저렇게 처연하게 새잎을 피우면서 서있을 것이다.

요사이 우리 사회도 나이가 많은 사람들이 점점 더 크게 늘어난다고 걱정이다. 새로 태어나는 수는 적고, 이미 태어나 사는 사람들은 나이가 많아지고 일자리에서 떠나가고. 그러니까 소위 경제 생활 인구는 줄고 그냥 먹고 노는 인구는 는다고 걱정이다. 그러다 보니 옛날 같으면 연세가 들어 존경받던 사람들이 지금은 천덕꾸러기가 되면서 나이가 든 것이 오히려 미안하게 됐다. 전 같으면 은퇴하던 때에 지금은 새로 일을 시작하여야 하는 상황이 됐다. 그래서 많은 사람들은 세대 갈등을 말하기도 한다. 어른들이 할 일거리를 찾기도 하지만 또 어른들 때문에 생기는 일자리가 많아진 것도 사실이다. 원망하면서 그리워하고, 미워하면서 그것 때문에 먹고 산다. 그러고 보면 늙은 그 생명도 한때 어리고 젊어서 팔팔하던 때가 있었고, 때가 되면 지금 여리고 팔팔한 것이 낡고 늙어 힘없이 보호를 받을 때가 온다. 사실 따지고 보면 그 생명이나 이 생명이나 다 같은 한 생명이다. 그런데 서로가 때때로 원망하고 질시하고 미워하고 또 그리워하며 사랑한다. 어쩌자는 것인지?!

다시 처음으로 돌아가 생각해 본다. 지금은 기독교에서 지키는 큰 명절인 부활절이다. 봄에 부활절이 있는 것은 매우 큰 상징으로 다가온다. 부활은 절기가 아니다. 그것은 죽고 낡은 것들이 다시 생기를 얻고, 갈라진 것들이 하나로 합하고, 쓰러진 것들이 일어나 활동하는 때다. 잠자던 것들이 깨어나 기지개를 켜고 하품을 하며, 날갯짓을 하고 멀리 날아갈 준비를 한다. 작년에 있었던 그 생명 행위의 반복을 말하는가? 아니다. 그때와 연결된 생명이지만, 새롭게 출발하는 생명이다. 생명과 부활의 계절에, 얼어붙은 남북한 간의 따뜻한 기운이 솟아나고, 서로 독기를 품고 쏟아내는 비난과 비방이 사라지고, 한 형제 한 민족으로 사이좋은 생명의 기운이 돋아나면 참 좋겠다. 그렇게 버텨보아야 헛힘만 쓰고 시간만 낭비하고 아까운 세월만 죽이면서 지나갈 뿐이다. '청와대를 폭파하겠다'느니, '핵심 시설을 조준하여 파괴하는 훈련을 하겠다'느니 하는 헛소리를 이제 그만하고, 서로 귀한 생명의 봄소식을 전하는 부드러운 관계로 돌아서기를 바란다. 이 부활의 계절에.

2016. 3. 27.

온갖 찬사 속에 들어있는 진실을

새싹들이 돋아나고, 꽃들이 다투듯이 피어나며, 새들이 청아하게 지저귀는 봄철에 갑자기 엉뚱한 생각에 사로잡힌다. 그것들을 온갖 찬사와 감탄으로 맞이하면서 동시에 그것을 넘어야 한다는 생각이 들어서이다.

왜 방정환 선생은 새롭게 피어오르는 어린 생명들을 위하여 깊은 정성을 쏟았을까? 그리고 '어린이'라는 새로운 말을 만들고, 『어린이』라는 잡지를 열어 어린이를 예찬하는 글들을 썼을까? 그리고 사회에서는 별로 관심도 보이지 않던 때 '어린이날'을 만들어 어린이를 다시 생각하는 기회를 가져야 한다고 했을까? 그보다 먼저 최남선 선생의 주관으로 잡지 『소년』이 창간되고, 곧이어 『청춘』이 만들어진다. 그 잡지들이 나오는 것을 기회로 하여 어린이와 소년과 청춘을 극진히 찬양하는 글들이 발표된다. 그 글들을 읽을 때, 그들에게서 평화롭고 천진난만한 하느님을 만나고, 야생마같이 넓은 세계를 거침없이 넘나들며, 아득한 우주를 깊은 한숨으로 호흡하는 생명의 약동과 찬란함을 본다. 맘이 아주 거룩하여지고 가슴이 뛰며 주먹이 불끈 쥐어지며 바위같이 가라앉는 안정감을 가진다. 이러한 것들은 나라를 잃고 온갖 기운이 빠진 상태에서, 어른들이 만들어놓은 굴레를 벗어던지고 새로운 세상을 만들어보라는 아주 힘찬 권장의 말씀들이었다. 그것을 읽을 때면 세상이 금방 새로워지는 것을 느낀다.

그 뒤 수없이 많은 날들; 학생의 날, 군인의 날, 경찰의 날, 어머니 날, 아버지 날, 어버이날, 스승의 날, 공무원의 날, 장애인의 날, 무슨무슨 날들이 만들어졌다. 그리고 그에 대한 탁월한 찬사들과 설명들과 칭찬과 권면하는 말들이 폭포수처럼 쏟아졌다. 그것들을 듣고 읽으면 금방 천국이 바로 여기로구나 하는 착각을 일으킬 정도로 현란하다. 그런데 현실은 언제나 그와 아주 극명하게 대치되는 이상한 방향으로 나간다. 진정성을 잃고 장삿속으로 그것들을 이용하고, 정치 망령의 발상으로 만들고, 현상을 감추려는 속임수가 나타난다. 오고 가는 몇 가지 작은 선물들과 위로의 말 몇 마디로 행사를 치른다. 그렇다면 찬양의 현실과 나타난 현실 중 어느 것이 진정한 현실일까? 둘 다 부인할 수 없는 현실이다. 도저히 하나로 통합이 불가능하고 같은 자리에 앉을 수 없는 모순 구조 속에서 이런 것들이 양립한다. 그렇다면 어느 쪽을 바라보고, 어느 것을 따라야 하는 것일까? 창을 만드는 자가 방패를 동시에 만들어 팔며, 창을 든 자는 또 방패를 함께 든다. 그것이 모순이다. 삶 속에는 이 모순이 함께 들어

있지만, 삶을 살아가는 우리는 그것 중에서 한 가지만을 정성스럽게 찾고 바라보는 것이 위로가 되지 않을까? 오늘 아침 한 가지 극단의 예찬으로 새 세계를 꿈꿔 본다. 1923년에 창간된『개벽』지에 실린 방정환 선생의「어린이 예찬」이다.

"어린이가 잠을 잔다. 내 무릎 앞에 편안히 누워서 낮잠을 달게 자고 있다. 볕 좋은 조용한 오후다. 고요하다는 고요한 것을 모두 모아서 그중 고요한 것만을 골라 가진 것이 어린이의 자는 얼굴이다. 평화라는 평화 중에 그중 훌륭한 평화만을 골라 가진 것이 어린이의 자는 얼굴이다. 아니 그래도 나는 이 고요한 자는 얼굴을 잘 말하지 못하였다. 이 세상의 고요하다는 고요한 것은 모두 이 얼굴에서 우러나는 것 같고 이 세상의 평화라는 평화는 모두 이 얼굴에서 우러나는 듯싶게 어린이의 잠자는 얼굴은 고요하고 평화롭다. 고운 나비의 나래, 비단결 같은 꽃잎, 아니 아니 이 세상에 곱고 부드럽다는 아무것으로도 형용할 수 없이 보드랍고 고운 이 자는 얼굴을 들여다보라. 그 서늘한 두 눈을 가볍게 감고 이렇게 귀를 기울여야 들릴 만큼 가늘게 코를 골면서 편안히 잠자는 이 좋은 얼굴을 들여다보라. 우리가 종래에 생각해 오던 하느님의 얼굴을 여기서 발견하게 된다. 어느 구석에 먼지만큼이나 더러운 티가 있느냐. 어느 곳에 우리가 싫어할 한 가지 반 가지나 있느냐. 죄 많은 세상에 나서 죄를 모르고 부처보다도 예수보다도 하늘 뜻 그대로 산 하느님이 아니고 무엇이랴. 아무 꾀도

갖지 않는다. 아무 획책도 모른다. …(중략)… 이 넓은 세상에 오직 이이가 있을 뿐이다. 오오 어린이는 지금 내 무릎 위에서 잠을 잔다. 더할 수 없는 참됨과 더할 수 없는 착함과 더할 수 없는 아름다움을 갖추고 그 위에 또 위대한 창조의 힘까지 갖추어 가진 어린 하느님이 편안하게도 고요한 잠을 잔다".

이런 어린이가 소녀 · 소년이 되고, 청년이 되었다가, 장년을 지나 노년에 접어들면서 온갖 잡다한 것들에 휘말려 정반대의 모습으로 보일 때가 있다. 그러는 과정에서 함께 만들어낸 것들, 인간의 문명 체제들이 어린이를 질식하게 만든다. 가정, 어린이집, 유치원, 학교, 직장, 사회에서, 부모, 친척, 친구, 친지, 선생과 선배와 어른들로 구성된 온갖 억압 체제에 눌리고 깔려서 이지러진 모습으로 더럽게 산다. 그것이 원래 태어나면서부터 그랬던 것처럼 착각하면서 살게 만든다. 그래서 심지어는 죽음의 체제에서 헛돌며 산다. 그것을 극복하고 회생할 길이 어디에 있을까? 인생의 한 현실, 어린이의 현실에서 참길을 찾을 수 있을까? 그 잠자는 얼굴에 잠겨있는 하늘과 영원과 평화와 고요와 하느님을 모시고 공경하고 섬기며 사는 길을 찾아보는 데서 어떤 해결점이 나오지 않을까? 거짓 같은 그 찬사 속에서 우리가 진정으로 찾고 살아갈 길이 열리는 것이지 않을까? 오늘 아침을 열며 이 한마디로 온갖 더러움을 날려 보낸다.

2016. 4. 10.

스승을 찾아서

지난 5월 12일 낮에는 특이하고 감동스러운 '스승의 날' 모임에 참석했었다. 학교에 근무하는 동안 여러 기념하는 날들을 맞이했었지만, 그중 '스승의 날' 행사 때는 아주 난감하고 민망하였다. 스승답지 못한 삶을 사는 것을 스스로 알고 느끼면서 그날 학생들로부터 받는 고마움의 인사는 참으로 난처한 일이요, 한편 뻔뻔스러운 일이었다. 학교를 떠나면서 그런 난감함이 끝난 줄 알았는데, 이렇게 되니 참 민망하고 어떻게 하는 것이 좋은 것인지 막막했다. 그래도 그렇게 주선한 사람들의 깊은 뜻을 생각해서 그 자리에 갔었다. 권술룡, 이정순, 이종희, 박용남 그리고 내가 초청되어 그 자리에 앉았다. 이름 밝히기를 바라지 않는 몇 단체들이 조금씩 참여하여 만든 모임이었다.

왜 스승을 찾을까?

왜 그런 행사를 마련했는가를 주관한 사람에게 물어보았다. 그간 혼자 잘나서 배우고, 깨우치고, 성장한 것처럼 생각했으나, 살다 보니 불현듯 그게 아니라는 깨달음이 들었다는 것이다. 그렇게 되는 데는 다 주변에 어른들이 계시고 스승들이 계셔서 이끌어주었기 때문이라고 깨달았고, 그러고 보니 스승을 그냥 뒷방 마님처럼 방치해 두었다는 죄송함이 있어서 뵙고 싶었단다. NGO 활동에 영향을 준 선생들을 모시고 지금 하고 계시는 활동에 대해 듣고, 함께 활동하는 젊은이들의 고민도 나눠 보면 좋지 않을까 하는 맘에서 이런 자리를 마련하였단다. 마치 부모님을 모시면 흩어져 살던 식구들이 그것을 계기로 한자리에 모여서 이야기를 나누듯이. 지역을 생각하는 사람들이 함께하는 계기도 되겠다 싶어서.

그 맘들이 참 좋았다. 그 생각이 고마웠다. 그리고 나에게도 스승이 계시는데, 많은 경우 멀리 계시거나 돌아가셨거나 하여 만날 수 없는 분들이다. 그렇다면 그냥 넘어가도 좋은 것인가? 아니지. 살다 보면 스승으로 모시던 분들이 떠나셔서 나 혼자 외롭다고 느낄 때가 많다. 그때 참으로 쓸쓸하고 외롭고 슬프다. '선생님이 계셨더라면' 하는 맘이 간절한 그때 들리는 소리가 있다. '그렇다면 네가 스승이 되면 되지 않느냐? 스승을 우상으로 만들지 말고'. 맞다. 스승은 나에게 독립하여 스스로 살라고 하는데, 나는 언제나 스승을 바라보고만 매어서 살아가려는 나약한, 안일한 존재가 됐다는 느낌이 든다. 내 자신이 내 스승이 되어야지. 그래서 대강 이런 이야기를 나누었다.

이 자리를 마련한 사람들, 오죽 스승이 그리우면 이랬을까? 찾아도 스승이 찾아지지 않는 사회는 참으로 불행하고 더러운 사회다. 그 더러움과 불행을 극복하기 위하여는 스승을 꾸어다가라도 놓아야 한다. 그런 뜻에서 찾다 찾다 없으니 여기 다섯 사람 스승이라고 불러다 놓고 기념한다. 그 자리에 꾸어다 놓은 보릿자루같이 앉아있으면서 생각하니, 미안하고 죄송하다는 맘도 들지만, 그보다는 고맙다는 맘과 함께 기쁨이 있었다. 스승을 찾는 그 맘이 곧 스승이지, 어디 스승이 우상처럼 앉아있는 것도 아니지 않던가? 이것저것 찾아다니는 그 맘이 어느 순간 이것이 스승인가 얼핏 비치는 한 빛이 있을 때, 기쁨을 느끼고 스승을 찾았다고 고마워한다. 그리고 또 나비나 벌이 꿀 찾아 다른 꽃에 옮겨 앉듯이 또 다른 스승을 찾아 그렇게 또 헤맨다. 끝없이 꿀을 찾아 이 꽃 저꽃으로 옮겨 다닌다. 그렇게 한입 가득 채우면 그것을 비워두고 또 찾아 나선다. 오늘 스승을 찾는 저 맘이 바로 이것과 같다. 변하는 스승이요 진화하는 스승을 찾는 맘이다.

여기 스승이라고 불려나온 사람들이 스승일까? 스승이 될 수가 없지. 스승이겠거니 하고 세워놓은 목상이거나 석상일 뿐이다. 우리가 십자가에 절하거나 입 맞추고, 부처상이나 관음상 앞에 절하고 먹을 것을 차려놓는 것은 그것 뒤에 계시는 이에게 하는 것이지. 그것들은 그냥 참을 상징하는 거짓상일 뿐이다. 그 우상들 뒤에 참이 있다. 우상을 통하여, 그것을 통과하여 참 존재에 가자는 것이 바로 그 일이다. 그렇다. 이렇게 여기 다섯 사람들을 모아다 놓고 칭찬하고 고마워하고 선물을 주고 편지를 써주는 것, 그 자리에 앉아 그것을 당연한 것으로 낼름 받아먹는다면 그것도 뻔뻔스럽고 우스운 일이지만, 이들이 곧 스승이라고 생각하는 것도 어리석은 일이다. 그것들은 꾸어다 놓은 우상에 불과하니, 그것들을 통과하여 저 깊은 곳에 계시는 이를 만나야 한다. 그가 어디 계실까? 그 우상들 뒤에 있을까? 그것도 아니지. 그렇게라도 하여서 스승을 만나고 싶어 하는 그 간절한 맘에 스승이 계시지. 그 맘이 스승이요, 그 맘에 스승은 살아계시지. 바로 그 맘은 내 속에 있다. 찾는 그 맘속에 그 맘이 있다. 그렇다. 스승은 만져지는 것도 아니고, 보이는 것도 아니다. 큰 소리로 이렇게 저렇게 하라고 하는 것도 아니다. 아무런 말도 없이 그냥 그렇게 내 속에 앉아계신다. 그것을 찾자는 것이 이 간절한 맘이다.

그렇다면 스승을 찾는 그 맘에 아주 기꺼이 나는 우상이 돼주고 싶다. 우상을 찾아 세우고, 우상이 되는 그 맘속에 스승은 살아계시기 때문이다. 그렇게 간절한 맘이고 보면 우리 속에 계시는 그 스승께서, 우리 모두에게 적절한 말씀을 주실 것이다. 내 속에 살아계시는 스승이 지금 여기에서 나에게 무엇이라 말씀하실까? 내 속에 계시는 참 스승을 찾아서 오늘도 헤맨다.

2016. 5. 22.

위험스러운 절망과 극복의 가능성 사이에서

모든 사회와 시대는 그에 걸맞은 얼굴과 이름을 가진다. 많은 철학자들이나 사회학자들은 그 시대 그 사회에 맞는 얼굴을 이름으로 상징화하였다. 농노사회라거나 봉건사회 또는 계급사회, 자본주의사회, 노동사회, 산업사회, 후기산업사회, 포스트모던사회 또는 지식정보사회 등등 아주 다양한 이름들이 그때 그 시절을 한마디로 설명하여 보려고 노력하였다. 그것은 마치 초승달 같은 눈썹이라거나 앵두 같은 입술이라거나 호랑이 눈썹 따위로 어느 사람의 상을 상징하는 이름을 지어 그 한 사람을 규정하려는 것과 같다. 그렇게 하여 그 이름 위에 그 사람이나 그 시대를 나타내는 뜻을 담고자 하였다.

그렇다면 지금 우리가 살고 있는 이 시대, 여기를 우리는 무슨 시대, 또는 무슨 사회라고 이름을 짓는 것이 타당할까? 물론 그 이름을 짓는 것은 짓는 그 사람의 판단과 희망을 함께 넣는 것이라고 할 수 있다. 그렇게 이름을 지으면 상당한 기간 사람들은 그 시대를 그 이름으로 부르려고 노력한다. 어떤 이는 지금을 '피로사회'라고 하기도 하였고 누구는 '위험사회'라고 하기도 하였다. 그 이름이 정당하다는 것을 나타내기 위하여 아주 훌륭한 자료와 논리를 동원한 글을 쓰고 책을 낸다. 그것을 읽은 사람들이 감동하면서 그에 대해 토론하고 반론을 제기하거나 동조하는 글을 쓰기도 한다. 그러면서 그 이름이 상징하는 그 사회를 극복하거나 계속 이어가려고 노력하기도 한다. 그 논의 안에 그 시대의 희망과 절망과 그것을 탈출하려는 노력을 함께 담고 있다.

오늘 나는 여기에서 우리 사회를 '위험사회'라고 규정한 입장에서 잠깐 생각하여 보려고 한다. 위험사회라고 할 때는 위험이 보편화한 상태요, 어느 누구에게나 다 공평하게 그 위험이 당도한다는 것을 의미한다. 그래서 그 상황을 '위험의 민주화'라는 말로 표현하기도 한다. 일자리가 부족하여 대량 실업과 영구 실업이 발생한다는 뜻에서 위험한 것이 아니다. 테러의 위험이 어느 곳에나 있기 때문에 하는 것도 아니다. 피부로 쉽게 느낄 수도 없고, 눈으로 볼 수도 없는, 그러나 인류 전체에 아주 긴 기간 영향을 줄 수 있는 위험에 노출되어 있지만, 그것을 알고도 그냥 당하는 수밖에 없다는 점에서 위험사회다. 그것은 바로 핵으로 인하여 오는 위험이다. 그래서 우리는 지금 우리 시대, 우리 사회를 핵 위험사회라고 불러도 틀리지 않을 것이다.

여기에는 적어도 두 가지의 핵 위험이 있다. 하나는 전쟁에 사용할 목적으로 만든 핵탄두의 위험이요, 다른 하나는 소위 '평화적' 목적으로 사용하겠다는 핵발전소의 문제다. 우리 한반도에 국한하여 본다면 북쪽을 대하여는 핵무기의 문제가, 남쪽을 대하여는 핵발전소의 문제가 우리 앞에 가장 큰 현안으로 대두된다. 북쪽은 스스로 핵을 가졌다고 주장하고, 핵실험을 계속하여 왔다. 미국을 중심으로 하는 다른 나라들은 그 주장을 현실이라고 인정하지 않으려고 한다. 이참에 세계 핵탄두 보유 현황을 살펴보자. 스톡홀름에 있는 국제평화연구소(SIPRI)가 내놓은 연구보고서에 의하면 이렇다. 현재 세계에는 약 15,850여 개의 핵탄두가 있다. 러시아가 7,500기, 미국이 7,200기, 프랑스가 300기, 중국이 250기, 영국이 215기, 파키스탄이 100~120기, 인도가 90~110기, 이스라엘이 80기, 나토NATO 회원국인 벨기에, 독일, 이탈리아, 네덜란드, 터키에 약간 그리고 북한이 6~8기의 핵탄두를 가지고 있을 것이라고 한다. 이것들은 공공연한 위험을 우리에게 그대로 제공하는 것들이다. 그래서 핵확산을 금지하자고 하면서 확산하고, 억제하자고 하면서 확장된다. 이것은 가공할 무기를 가짐으로 상대방의 공격으로부터 오는 공포로부터 자유로울 수 있다는 망상에서 시작되고 진행되는 일이다.

그다음은 핵발전소의 문제다. 이 부분으로 보면 한반도

는 바로 핵발전소 숲의 한가운데에 있다. 일본 열도에는 동쪽과 서쪽, 그러니까 태평양을 향한 쪽과 우리나라 동해안 쪽을 향하여 가설된 54기가 있다. 그중 11기는 폐쇄했고 43기가 가동 중이며, 건설 중에 있는 것이 2기, 계획 중에 있는 것이 7기다. 한국은 동해안과 서해안 남쪽에 핵발전소를 건설하여 현재 25기가 가동 중이며, 3기가 건설 중에 있고, 8기가 계획 중에 있다. 중국은 두만강과 압록강 북쪽에, 그리고 동해안 즉 우리에게는 서해가 되는 해안에 촘촘히 건설하고 있다. 운영 중에 있는 것이 30기, 건설 중에 있는 것이 24기, 계획 중에 있는 것이 42기다. 동북아의 지도를 펴 가만히 살펴보고 그려보라. 우리는 그냥 핵발전소에 포위된 상태다. 아니 핵으로 포위된 고립된 섬에 갇혀있는 느낌이다. 그런데 핵을 먼저 사용한 유럽의 여러 나라들은 탈핵을 선언하였다. 독일, 이탈리아, 스위스, 벨기에, 스웨덴, 스페인이 탈핵을 선언하였고, 프랑스가 축소 정책을 펴겠다고 밝혔다.

최근 경주 지방에서 논의되는 방폐장이나 중준위나 고준위 핵폐기물을 처리할 저장소를 찾는 일이 가장 큰 문제로 대두된다. 이것을 재활용하는 것도 불가능하고, 영구 폐기하는 것도 불가능하다. 그 위험 기간은 한계를 가진 인간의 숫자로 계산하기에는 너무 장구하다. 그러고 보면 우리 시대만이 위험한 것이 아니라, 인류가 존속하는 한 영구히 위험을 안고 가야 하는 부담이다. 그러니 이제 아주 빨리, 그리고 진지하게 탈핵, 핵 위험으로부터 벗어나기 위해서는 실제 정책과 생활로 실천해야 한다. 가장 큰 문제가 대안에너지를 찾는 일인데, 일단 탈핵을 선언하고, 새로운 대체에너지를 찾고 실험하고 연구하고 생활에 사용하도록 홍보하고 교육하여야 한다. 그 길만이 영구 위험으로부터 벗어나려는 최소한의 노력이라고 본다.

2016. 6. 23.

사드라는 이물질에 대하여

대통령이라면 신뢰할 만하고 평안한 맘을 사람들에게 전달해 주어야 한다. 민주주의 시대에 별로 옳은 자세라고는 생각하지 않지만, 굉장히 많은 사람들이 그의 입을 바라보고, 그 입에서 나오는 말이 어떤 것인가를 기대하는데, 오랜 기다림 끝에 나오는 그의 말에 무척 많은 사람들이 실망하고 더 이상 기대할 것이 없다는 기색을 띤다. 법률상 가장 큰 책임을 가지는 자의 입에서, 대부분의 것들을 어떤 개인이나 다른 사람의 책임으로 돌리고 자기 자신에게는 그 문제에 대한 책임이 없다는 식의 발언을 할 때 사람들의 맘은 그를 떠나거나 싫어한다. 민감하고 예민한 문제들에 대하여 침묵하는 동안에, 그 일의 책임을 맡은 부서에 임명된 어느 사람들이 시간과 상황에 따라 다르게 이러저러한 말을 하여 어느 것이 진정한 것인지를 사람들을 헷갈리게 할 때, 그렇게 하여 마치 동화에 나오는 거짓말을 일삼던 '양치기 소년'이 되었을 때, 자신은 직접 그런 말을 하지 않았다는 말로 쏙 빠지려 한다면 그에게 신뢰를 주고 안심할 수가 없다. 그가 임기를 시작한 이래 지금까지 무수히 많은 중대한 일들을 처리하는 모습이 물가에서 노는 어린아이를 보듯이 불안불안하다. 그러한 맘으로 그를 바라보는 사람들이 많을수록 그를 그 자리에 앉도록 한 사회는 행복을 느끼지 못한다. 민주주의사회에서 투표라는 행위를 통하여 상당한 기간, 굉장한 부분의 자신의 권리를 포기하면서까지 믿을 만한 사람을 뽑아 일을 시키는 것인데, 일하라고 보낸 그들을 믿을 수 없게 될 때 걱정하고 회의하는 말과 움직임을 보이는 것은 지극히 자연스러운 일이다. 그런데 그런 것들을 어느 사람들은 잘 따르지 않는 불순분자不順分子들이라고 하고, 어떤 경우는 순수하지 못한 나쁜 의도를 가진 외부에서 슬며시 들어온 불순세력不純勢力이라고 치부하려고 한다. 민주주의사회에서는 대통령이 민중을 따라야(순종하여야) 하지, 민중이 꼭 대통령을 따라야 할 이유는 없다. 지금 폭염처럼 우리 사회를 뜨겁게 달구고 있는 사드(고고도미사일방어체계)를 두고 하는 말이다.

미국(미군)이 세계 패권을 이끌고 유지하기 위하여 주도하는 사드는 우리에게 이물질일까? 순수한 것일까? 그것을 이 땅에 배치하겠다는 세력은 우리 민중의 맘을 알아차리고, 그 소리를 귀담아듣는 세력일까? 강력한 미국의 소리를 듣는 세력일까? 국가와 민족의 차원으로 볼 때 사드 배치는 내부 세력으로 되는 것일까? 어떤 외부 세력의 압력에 의하여 이루어진 것일까? 천만 번 생각하여도 핵무기를 개발하고 실험하는 것은 결코 잘하는 일은 아니다. 그 모든 핵은 이 지구상에서 사라져야 할 불순물이다. 흔히 여러 번 말하였듯이 사드는 중국을 견제하기 위한 것이 아니라, 북한의 핵 공격을 방어하기 위하여 설치하는 것이라고 할 때 그 말을 순수히 믿으라는 것이 진정한 정부의 맘일까? 아니, 그렇게 말하는 그 사람의 양심은 아무런 가책 없이 순수하게 나오는 말일까? 정부에서도 말하듯이 사드 배치가 우리 경제에 얼마나 이득이 되는지 심각하게 계산하여 보고 발표하고 있는가? 아니면 말만 하는가? 이득이 된다면 모든 것을 다 하여도 되는 것인가?

평화의 이름으로, 모든 인류가 한 가족이라는 관점으로 볼 때 사드 배치는 정당한 것이며 부끄럼 없이 하는 일이라고 말할 수 있는 것인가? 사람이 살고, 사람들이 사회를 이루고 사는 것은 단순히 이득을 보고 하는 것은 아니다. 품위 있는 나라나 사회가 되려면 이득을 뛰어넘어 공명정대하고 대의명분에 부끄럼이 없어야 할 것이다. 강력한 나라들은 언제나 자국의 이득을 위하여 맞서 싸우고 있는 나라들 모두에게 자기 무기를 팔지 않던가? 그런 것은 정당한 것인가? 자본의 입장과 이득의 처지에서 보면 옳다고 할 수 있겠지만, 사람이 영원히 평화롭게 살아야 한다는 철학과 입장에서 볼 때는 한심한 사건들이지 않던가? 아니, 이득의 면에서 볼 때만 해도 그렇다. 정말 사드를 배치하면 우리에게 경제 면의 이득이 있단 말인가? 북한의 핵미사일 공격에 대응하기 위한 것이라고 할 때 정말로 실효성이 있는 것일까? 많은 분석가들에 의하면 사드 배치는 경제성도, 실효성도 없다고 말하지 않던가? 그런 말을 하고 주장하는 사람들을 외부 세력이라고 하는 것은 양심에 걸리지 않는 주장인가? 이 땅에 배치되는 사드에 대한 의견을 내거나, 토론하거나, 어떤 행동으로 자기를 나타내는 데 외부 세력은 없다. 성주에 배치한다고 그것이 성주 주민만의 일이라고 정말로 정부와 대통령은 생각하는가? 그렇게 생각한다면 그것이 불순한 것 아닐까? 이 땅에서 지금 살거나 앞으로도 평화롭게 살고자 하는 모든 사람에게 사드 문제는 자기들에게 당면한 현실 문제다. 그러니 대통령과 정부는 사드 문제를 민중의 의견을 들어 전면 다시 검토해야 한다. 그리고 무기만으로서가 아니라 같이 사는 자세로 그 문제를 영원히 풀 수 있는 길을 찾아야 한다. 모든 인류는 한 가족이라는 입장으로 평화의 길이 어디에 있는가를 정말로 찾아야 할 것이다.

2016. 7. 31.

나를 찾기 위한 몸부림 속에서

8주 동안이나 왜 그 많은 사람들은 촛불을 들고 찬 겨울바람을 맞으면서 몸부림을 치는 것일까? 그러면서 놀라운 것은, 그 많은 사람들이 모이는데 불상사 없이 아주 질서정연하게, 희망과 깊은 성찰의 모습으로 성숙된 자신들을 보여주고 있다는 점이다. 시위에 참석하는 군중이나, 안전을 책임지고 대비하는 경찰이나, 시위 군중이 일정한 지역까지 갈 수 있도록 허락하는 법원의 판단 따위는 다 서로가 깊게 신뢰하는 아름다운 모습을 보여 준다. 새로운 문화가 창출되는 과정이다. 시대의 흐름이 그것을 요청하고 이끌기 때문이라고 할 수 있다. 물론 그런 집회는 한쪽으로만 진행되는 것은 아니다. 그것에 대응하는 다른 집회의 모습도 있다.

한편에서는 대통령의 퇴진, 탄핵 인용과 범법 행위나 탈법 사태에 대한 철저한 수사와 처리를 주장하고, 다른 한편에서는 대통령 탄핵 반대를 주장하며 지키기에 나선다. 이것들은 겉으로 나타나는 현상이지만, 속으로는 더욱 깊은 것이 흐른다. 어쩌다 나라가 이 지경이 됐느냐는 자괴감과 그렇게 만든 데 자신들이 어떻게 참여했었는가에 대한 성찰이다. 동시에 이제부터 어떻게 하면 좋겠다는 각오와 희망의 표시이기도 하다. 막무가내로 감정을 표시하거나 성찰하지 못하고 고정된 관념에서 생각하고 말하고 행동하는 사람들도 있겠지만, 거대한 흐름은 깊은 반성 속에서 제대로 된 나라와 사회와 자기 자신을 정립하자는 데 이른다. 촛불집회는 도대체 왜 이렇게 부끄럽고 말하기 힘든 어수선한 상황에 다다랐는가를 찾아보는 불밝힘이다.

부정은 긍정으로 가는 길목이면서 동시에 출발점이다. 무엇인가 미심쩍었던 것들과 흐릿한 것에 대한 불편함은 명확하고 밝음으로 가고자 하는 속의 욕구 표현이다. 촛불이 밝혀질 때 어둡던 얼굴에 홍조를 띠고 우울하던 얼굴에 미소가 번지며 애매하던 말에 맑고 밝은 분명한 목소리가 실린다. 그래서 길은 열린다. 대통령이 탄핵되고 자리에서 떠나는 것이 문제가 아니다. 그 개인의 문제가 아니다. 머리를 올리고 주사를 맞는 것처럼 개인적인 일도 사회 전체에 깊은 영향을 주고 있듯이, 이 긴박한 상황은 어느 한두 사람의 들고 나감이 문제가 아니다. 우리 역사를 바로 세우고, 그 길을 넓게 닦기 위한 아주 힘든 작업이다. 여기에서 우리는 아주 날카로운 자기 세움이 요구된다. 웃고 노래하고 춤추고 걷고 소리치고 분노하는 것 속에서 아주 날카롭고 차가운 판단이 움직이게 해야 한다. 원래 역사의 심판과 요구는 참으로 엄혹하고 냉엄하다. 지금의 역사 상황은 이제까지 우리가 이끌어온 역사에 대한 심판이면서 동시에 새로운 역사를 만들기 위한 꿈틀거림이다. 그래서 되고 안 되고는 우리 자신에게 달렸다.

비난과 욕설과 조롱하고 무시하는 말이나 소통 없이 막힌 권리 주장이나 행사로는 역사가 세워지지 않는다. 모두가 양심에 따라서 속의 말을 시원하게 할 때, 그 말들을 아주 진지하게 귀담아들을 때, 그리고 서로가 맘을 열고 새로운 대안을 찾으려는 노력을 끊임없이 펼칠 때, 바로 그 자리에서 역사는 시작되고 열린다. 그러니까 특히 대통령 권한을 대행하는 사람이나 그것이 못마땅하다고 생각하는 사람들 모두 다 역사 짓기의 한 배에 탄 이들이다. 자기 혼자만이 이 막중한 책임을 진다는 착각에서 벗어나야 한다.

나는 지금 상황을 보면서 내가 경험하지는 못하였지만 역사로 배운 구한말 시대의 만민공동회와 3 · 1 독립운동 때의 민중봉기와 해방의 소식을 듣고 주인 의식을 잠깐 가지면서 기뻐하던 민중(씨올)들의 모습과 그리고 어느 정도 나도 살짝 비껴서 경험한 4 · 19 혁명 때의 민중 봉기와 87 민주화 물결이 겹쳐서 다가온다. 이렇게 중대한 역사의 고비마다 민중(씨올)은 주인 의식을 가지고 일어났었다. 아주 실망스러웠던 때 '나 여기 있소' 하고 삶을 알려 주는 꿈틀거림이 있었다. 그러할 때마다 진전된 민중 의식, 시민 의식을 보게 되었다. 지금 촛불 행렬은 바로 성숙된 역사 짓기의 한 모습을 보여 준다.

거기에는 자기를 찾으려는 주체 의식이 아주 강하게 작용한다. 나라의 주인은 대통령이나 관료나 어떤 대표들이 아니라, 시민 하나하나 자신이라는 의식과 표현이다. 옛날 식의 낡은 대리통치는 더 이상 의미가 없다는 선언이다. 어쩔 수 없이 대표를 뽑아 관리하게 하지만, 그것이 제대로 되지 않을 때는 민중(씨올)이 직접 들고 일어나서 바로잡는 시대가 실제로 되었다는 것을 증명하는 과정이다. 지배자나 통치자 또는 대표라는 이른바 엘리트 집단은 자기들의 이해득실에 따라서 배신하는 것을 식은 죽 먹듯이 하겠지만, 깨어있는 민중(씨올)은 조작되지 않은 한 흐름 속에서 나라와 사회의 운명을 이끈다. 잠깐 묻어두고 잃어버렸던 자기 자신을 찾는다. 자기를 잃은 민족이나 민중이 어떤 역사를 이루어 가는지를 함석헌 선생은 당신의 책 『뜻으로 본 한국 역사』에서 아주 선명하게 보여주고 있다. 위기 상황에서 민중(씨올)이 어떻게 역사를 지어왔는가를 밝히 일러준다. 지금 우리나라의 상황은 자기 자신을 잃어버림으로써 나타난 결과이다. 대통령이나 이른바 '비선실세'라고 불리는 사람들, 관료들, 언론인들 그리고 지성인들이 자기 자신을 잃고 살았던 결과가 오늘에 이르게 했다. 그래서 일어난 것이 지금 깨어나는 민중(씨올)의 촛불이다. 이때 가능하면 우리 모두 함석헌 선생의 책을 읽고 토론하고 생각하고 잃어버린 자신을 찾아 세우는 일에 오로지해 보면 어떨까?

2016. 12. 18.

새날을 밝히기 위하여

'작심삼일'이라지만, 연말이 되고 연초가 되어서 스스로 자기 자신을 되돌아보고 새해에는 이렇게 저렇게 하겠다고 결심하지 않는 사람은 아마 한 사람도 없을 듯하다. 그래서 사람들은 망년회니 송년회를 하고, '다사다난'했던 한 해를 정리하고, 산뜻한 새해맞이로 해돋이를 보거나 시무식을 한다. 낡은 것을 보내고, 새것을 맞이한다고 한다. 조상에게 차례를 지내거나 자기가 믿는 이에게 기도를 하고 예배한다. 그러면서 또 자기 자신을 갈무리한다. 이렇게 한 해를 살아보자고 다짐한다. 비록 그 다짐이 세 날을 가지 못하는 한이 있더라도 그래도 영원히 지속할 것이란 맘으로 아주 굳게 결심한다. 그것이 좋다. 오래 지속하지 못하는 버릇이 있더라도 3일씩만 결심하고 또 결심하는 것을 반복하는 것도 나쁘지는 않을 것 같다. 아무런 결심 없이 사는 것보다는 훨씬 나을 것이기 때문이다.

그런데 나는 언젠가부터 그런 결심을 하지 않기로 하였다. 그대로 잘 되지 않기 때문이기도 하지만, 중간에 다른 무수히 많은 일들이 생겨서 가는 길을 바꾸거나 고쳐야 할 때가 많기 때문이다. 그 대신 오래도록 무엇인가를 생각하고 따져보아서 이렇게 저렇게 하면 좋겠다고 생각이 들면 해본다. 꼭 끝까지 하겠다는 결심으로 하는 것이 아니라 실험으로 해보는 일이다. 그리고 그 일은 가능한 한 오래 지속한다. 그러니까 내가 하는 일들 중에는 한번 시작했다 하면 오래 지속하는 것들이 많다. 그것은 무수히 많은 시행착오를 한 뒤에 오는 내 나름의 삶의 버릇인지도 모른다.

올해뿐만 아니라 일생을 통하여 하고 싶은 간절한 소원이 있다. 그것은 내 자신이 그렇게 살고 싶으면서 동시에 이웃과 함께 그렇게 살고 싶은 일이다. 끊임없는 실험으로 내 삶을 그것에 집중하고 싶다. 내 자신 폭력을 모르고 살고 싶다. 동시에 내가 살고 있는 이 세상이 폭력 없는 사회가 되면 좋겠다. 어제의 원수 같은 관계라도 새로운 화평한 관계로 바뀌어 살 수 있으면 좋겠다. 온갖 곳에 폭력이 너무 가득하고 많다. 말로, 맘으로, 제도로, 심리 관계로, 권력으로, 돈으로, 명예로, 지위로, 일로 폭력을 행사한다. 그렇게 되지 않았으면 좋겠다. 폭력이 그렇게 난무하는 데는 상당히 많은 이유들이 있겠지만, 그 원인되는 것들을 하나하나 찾아서 소멸시키는 일이 일어나면 좋겠다.

그렇게 되기 위하여 일단 나는 내 맘속에 화평한 맘을 먹고 살고 싶다. 어떤 상황이 되든 내 자신이 평화로워지면 좋겠다. 매일 매순간 화평한 맘이 내 맘속에 가득히 퍼지기를 바란다. 그러려면 일단 내 속에 들어있는 온갖 불만과 불평을 부드럽게 할 필요가 있다. 그것은 바로 맘속 숨통을 틔우는 일로부터 시작될 것이다. 지나친 욕심을 부리지 않고, 가능한 한 주어진 것에 만족할 수 있도록 맘을 수련할 필요가 있겠다. 노래를 많이 하고, 나를 위하여나 이웃을 위하여 화평한 맘으로 기도할 수 있으면 좋겠다. 상황을 서로 바꾸어보면서 측은한 맘이 가득하도록 하면 좋겠다. 어제의 친구가 오늘 원수처럼 되고, 어제의 원수가 오늘 친구처럼 되는 경우가 참으로 많다는 것은 결국 본질상 사람은 좋고 나쁜 것이 아님을 나타내는 것이지 않던가? 그래서 관계를 아름답게 만들기 위하여 일단 어떤 편견 없이 평안한 마음으로 사람을 만나게 되면 좋겠다. 나는 참으로 기도한다. 내가 교만하거나 잘났다고 빼기는 일이 없도록 해달라고 기도한다. 그 말은 곧 다른 사람을 나처럼 귀한 사람으로 보자는 의미이기도 하다. 또 내 속이나 그의 속에는 똑같은 신의 형상, 또는 부처, 아니면 내면의 빛이 들어있다는 것을 확신하는 일이다. 그래서 나를 보고, 그를 볼 때 내 맘 깊은 곳에서 내가 믿는 하나님이나 부처를 보고 맞이하는 간절한 맘이 솟아나기를 바란다.

어린아이를 보고 나를 보면 얼굴 모양뿐만 아니라 분위기가 너무 다른 것을 확인한다. 어린아이들은 화내고 우는 얼굴도 예쁘고 혐오스럽지가 않다. 그런데 내 얼굴은 일부러 웃지 않으면 너무 굳어있고 딱딱하여 무섭게 보인다. 그래서 얼굴에 화기가 돌도록 하기 위하여 끊임없이 부드럽게 웃음을 띠는 훈련을 해야겠다고 생각한다. 날이 갈수록 내 얼굴에서 웃음기가 돌도록 힘들여 연습하고 또 연습하는 것을 잊지 말아야 하겠다는 생각을 한다. 그러려면 내 맘의 양식이 좀 더 풍성하고 알차야 되지 않을까?

그 일을 위하여 고전을 읽고 공부하고 생각하고 그것으로 나를 수련하는 일을 일상으로 하면 좋겠다. 적어도 나는 인류 역사를 통틀어서 우리들의 스승이라고 하는 분들을 좀 더 깊이 공부하고 싶다. 그러니까 소크라테스, 석가, 공자, 예수를 좀 더 가까이 하고 싶다. 아무리 바쁘고 어렵더라도 그분들의 말씀을 매일 읽고 묵상하고 내 삶에 끌어들여 내 정신의 양식으로 삼고 싶다. 이번 새해에는 위의 스승들뿐만 아니라, 우리나라 사상과 그분들의 삶을 좀 더 살피고 싶다. 그중 원효 스님, 화담 선생, 함석헌 선생의 글을 깊이 읽고 또 생각하고 따져보는 일을 하고 싶다. 특히 귀한 분으로부터 얻은, 함석헌 선생이 1970년대와 1980년대에 걸쳐 오래도록 강의하신 〈노자 강좌와 장자 강좌〉 녹음 파일을 친구들과 함께 듣고 공부하고 싶다. 그러면서 그런 고전들과 생각들을 우리의 지금 삶과 연결시켜 되새김질하고 싶다. 이 모든 것은 나 혼자서 하기도 하겠지만 꼭 친구들과 함께 하고 싶다.

그러려면 광고도 해야 하겠지?! 몇 분이 함께할 수 있을까?!
그렇게 하여 평화의 기운이 온 누리에 쫙 퍼지면 좋겠다.

2017. 1. 2.

"어느 사건이나 그 속에는 명령사가 들어있다"

지금 우리가 사는 이 시대, 이 사회를 많은 사람들은 불확정한 시대라고 한다. 어느 방향으로 바람이 불고, 물이 흐르며, 어떤 원인이나 과정에 따라서 어떤 결과가 올 것인가를 알 수 없는 상황이란 말이다. 우리가 매일 피부로 경험하는 국내 상황도 그러하고, 좀 멀리 느껴지는 국제 상황도 그러하다. 이렇게 짙은 안개 속보다도 더 암담하고 깜깜한 상황 속이지만 우리는 누구라고 물을 것 없이 다 움직이지 않을 수 없다. 설령 앞에 놓인 것이 벼랑길이고 뒤에서 나를 쫓는 것이 있는 급박한 상황일지라도 발을 앞으로 내디디든 뒤로 빼든 움직이지 않을 수가 없다. 살아있는 한 사람을 포함한 모든 생명체는 움직여야 하기 때문이다. 지금 상황이 아주 어두운, 앞을 가늠할 수 없는 불확실한 상황일지라도 고민하면서 말하고 생각하는 것도 역시 움직여야 하기 때문이다. 그래서 도대체 어디로 어떻게 발을 내디뎌야 할까를 생각한다. 그런데 어떤 비빌 언덕이 없어서, 생각이나 행동의 실마리를 잡을 수 없다는 것이 지금의 고민스러운 상황이다.

유명한 시인 휘트먼은 모든 것은 '하나님의 손수건'이라고 읊었다는데, 사건이나 상황 하나하나가 다 그의 뜻을 알려 주는 암시요 상징이라는 뜻이리라. 그것을 읽으면 해답을 찾을 수 있다는 뜻이겠다. 그에 비견할 만한 말을 함석헌 선생은 이렇게 했다. "어느 사건이나 그 속에는 명령사가 들어있다". 사건은 말로 표현할 수 없이 많다. 크든 작든, 많든 적든, 강하든 약하든 상관할 것 없이 사건은 차고 넘친다. 그러나 우리가 그것을 볼 때 '사건'으로 느끼거나 인식하는가 아니면 아무런 의미가 없는 것으로 치부하고 지나쳐가는가 하는 것으로 갈라질 뿐이다. 누구는 길가에서 구걸하는 어떤 어린아이나 어른을 보는 순간, 작은 점포를 열고 추운 날 생미역 꾸리나 귤 망태를 팔고 있는 것을 보는 순간 그것을 하나의 거대한 사건이요 계시로 받아들이기도 하겠지만, 어떤 사람은 바로 내 발 앞에서 땅이 꺼지거나 건물이 붕괴되는 것을 보고도 그냥 아무런 느낌 없이 '강 건너 불' 보듯이 지나쳐가는 수도 있을 것이다. 그러나 그 사건이 '명령사'라고 느끼고 아는 이에게는 어떤 것이 되었든 바로 거기에서 생각과 행동의 계기를 마련한다. 바로 이 사건에서 역사는 움직이면서 작동하기 시작한다. 자기는 도저히 어떻게 할 수 없는 밀어올리는 힘과 감동에 의하여 내가 움직이기 때문이다. 거부할 수 없는 어떤 힘에 의하여 나는 밀려가게 되기 때문이다. 개인의 행동이나 사회의 움직임도 바로 이 사건 인식, 사건 의식에서 시작된다.

누구든지 명령을 받았을 때, 이미 잘 준비되고 훈련이 되어있다면 즉각 수행하겠지만, 그렇지 못하다면 그것이 진짜 명령인지 농담으로 던진 우스갯소리인지 알 수가 없다. 지금 우리 사회에는 진짜와 가짜들이, 진짜 뉴스와 가짜 뉴스들이, 진짜 참말과 진짜 거짓말들이 마구 뒤섞여 있어서 그것을 바르게 분별하기가 어려운 상태다. 진지한 그 표정이 믿을 만한 것인지, 코믹한 그 얼굴이 그냥 웃기는 것인지 아니면 진실을 말하는 것인지 분별하기가 어려운 시절이 됐다. 그러니까 거짓말을 감쪽같이 잘하여 참말 이상으로 참말답게 믿게 만드는 수도 참으로 많다. 어느 것이 참이요 거짓인지 알 수가 없다. 그렇다고 할지라도 명령사는 매 순간 우리 앞에 떨어진다. 움직임을 촉구하는, 결단을 부르는 명령사가 폭포수처럼 쏟아진다.

그런데 문제는 우리 속에 두 가지의 명령자가 있다고 하는 점이다. 대개 내가 움직이는 것은 이 속의 명령에 따라서 한다. 정신이 있고 영혼이 있는 사람이라면 속의 명령을 따른다. 그런데 어느 명령자가 발령하는 명령을 따르는가가 참으로 문제다. 속에서 나오는 것이라고 다 한가지로 옳고 바르고 좋은 것은 아니기 때문이다. 우리 속에는 두 명령자, 즉 기독교식 용어를 쓰면 하나님과 사탄이 있다. 이들은 끊임없이 우리에게 명령한다. 우리 속에 있는 하나님이나 사탄은 둘 다 우리 자신의 본질인 것처럼 돼있고 그렇게 보이기에 거의 구별하기가 힘들다. 사탄이라고 하는 것도 잉태하면서부터 그 생명과 함께 지낸다. 그것은 밖에서 들어간 것이란다. 하나님의 명령을 받으려면 사탄의 명령 기제를 떠나보내야 한다. 그러니까 사가 끼지 않고 순수하고 공공한 명령을 받으려면 아주 날카롭고 예민한 촉각을 가질 수밖에 없다. 잉태하면서부터 끼어든, 그래서 본질인 것처럼 살아가는 사탄을 떼어내기 위하여는 참으로 엄청난 노력이 필요하다는 것이다. 그것이 종교용어로 하면 수양이요 수련이요 수도다. 그것이 해방이요 구원이다. 그런 경험이 있는 것을 우리는 혁명이라고 한다. 그러니까 자기 혁명이든 사회 혁명이든 그 혁명 경험은 사사로움을 떠난 순수하고 공공한 명령사를 받아들이는 것을 의미한다. 지금 우리 사회는 혁명으로 갈 것인가? 아니면 낡고 썩은 상태를 고이 간직할 것인가의 기로에 서있다. 촛불을 밝힘도 그래서 하는 것이요 태극기를 드는 것도 그것 때문이라고 하지만, 스스로 속에 끼어있는 온갖 삿된 것을 불태워버리지 않는 한 속사람을 경험하는 혁명 상황은 오지 않을 것이다. 그러려면 겉치레를 믿지 말아야 할 것이다. 매일 속사람을 찾고, 순수한 자의 명령을 정성스럽게 찾아보아야 할 것이다. 부화뇌동하지 말자. 속에서 시대가, 사회가, 하늘이 명령하는 것을 따라 자기를 혁명하고 그리고 밖으로 나가자.

2017. 2. 13.

사드와 독립과 평화

지금 우리 사회에서 국가의 독립이란 주제는 좀 생뚱맞다. 그러나 사드 배치와 관련하여 이 문제는 매우 심각하고 중요한 것이라고 생각한다. 이제까지 논의되는 과정에서 국가 안보는 마치 미국 중심의 무력 강화로 해결하려는 것에 집중되는 듯한 인상이 강하다. 또한 모든 다른 국가 생활의 문제들이 안보 논리에 묻혀서 더 이상 진정한 방향으로 논의되지 않는 것도 슬픈 일이다. 선거 때마다 등장하여 이득을 본 것이 바로 안보 문제다. 매우 낡고 시대에 뒤떨어진 것이라고 하면서도 선거 장사에서 재미를 보는 측들은 항상 그 문제를 가지고 나온다. 이번 선거에서도 다른 때와 별로 큰 차이가 없다.

안보는 결코 강력한 무력이나 외세로는 보장되지 않는다는 것이 내 확신이다. 제 나라를 지키는 것은 외국의 군대나 지원으로 되는 것이 아니다. 물론 협력과 동맹 관계가 절대로 필요한 것이지만, 그것은 언제나 출렁이는 바닷물처럼 요동치는 변화 가능성을 가진다. 혈맹이란 말은 다만 서로 이득이 보장될 때만 효과가 있을 뿐이다. 한편, 국가 안보는 자기 주체성이 확립된 상태에서 추구하는 평화 안보여야 한다. 그러려면 국가는 자신의 정체성을 분명히 자각하고 있어야 한다. 국민 전체의 굳은 주체 의식 속에서 안보는 확립된다.

우리 한반도를 놓고 볼 때, 거기에는 몇 가지 생각할 것들이 있다.

첫째, 여기에서는 어떤 전쟁도 일어나지 않는다는 확신이다. 이것은 동시에 어떤 전쟁도 우리들의 뜻이 반영되지 않고는 이 땅에서 일어날 수 없다는 확고한 의지를 가지고 생각하며 행동하는 것을 의미한다. 체제가 다른 지역, 지금은 우선 대립 관계에 서있는 지역에 대한 무력행사 역시 이루어질 수 없다는 것을 확고히 해야 한다. 더욱이 대통령이나 모든 정치가들은 이 점에서 더욱 굳건해야 한다. 지금 한반도의 문제를 놓고 미국, 중국, 러시아, 일본 세력이 이러쿵저러쿵 이야기하게 된 상황 자체가 부끄럽고 슬픈 일이다. 자아가 상실된 상태의 허약한 모습이다.

그다음, 강력한 무력으로는 결코 다른 강력한 무력을 방어하거나 억제할 수도 없고, 사용 불가능하게 할 수도 없다는 점이다. 그것은 어떤 창조하는 삶을 가져오는 것도 아니면서, 부정의 파괴만을 가져올 뿐이다. 상대방의 강력한 공격 무기를 무력화하기 위한 방어 무기를 개발하고 배치해야 한다는 논리는 완벽한 거짓이다. 더욱 강력한 무기를 만들고 가지고 사용하겠다는 논리밖에는 없다. 그러나 모든 세계가 강력한 무기를 가지고 있는 지금은 결코 강력한 무기를 도구로 하는 전쟁을 일으킬 수 없다. 그런 전쟁은 비록 어느 한 지역에서 터진다 할지라도 전 세계를 움직이는 거대한 전쟁이 되기 때문이다. 그런데도 무력 안보에 참여하는 것은 앞서가는 나라들의 무기 산업과 무기 장사에 편승하는 어리석은 일일 뿐이다.

셋째는, 모든 갈등은 대화를 통한 상생과 평화의 기운으로 풀어야 한다는 점이다. 분열주의나 자기중심의 고립주의에서 벗어나서 서로가 한 인류로 살 수 있는 길은 오로지 소통과 대화와 신뢰를 쌓는 것 이외에 다른 방법은 없다. 지금은 적대 세력을 없애야만 내가 잘 살게 될 것이라는 철학 자체가 사라지는 때다. 어떤 적대 세력과도 상생관계요 협력관계일 수밖에 없는 것이 지금의 세계다. 그렇지 않다고 누가 혹시 주장한다면, 그것은 거짓이든지, 시대 상황을 제대로 파악하지 못한 것에 지나지 않는다.

이런 전제를 놓고 볼 때 도둑질하는 것처럼 한밤중에 사드를 배치한 상황은 국가의 자존심을 완전히 짓뭉개 버린 짓이다. 이것은 탄핵으로 대통령이 없는 상황에서 안보실장이라는 자와 그 주변 세력, 그것을 그대로 방조한 대통령 권한대행이라는 자가 벌인 아주 무책임한 일이다. 게다가 참으로 난감한 일을 다음 정권과 국민에게 안겨 준 파렴치한 사건이다. 책임을 분명히 물어야 할 문제다. 고삐 풀린 망아지처럼 미국을 드나들면서 난장판을 만들어놓은 그것을 어떻게 수습할 것인가?

여기에 새로 당선되는 대통령과 정권에게 참으로 큰 시련과 함께 기회가 주어졌다고 본다. 이번 사드 배치 문제는 우리 역사의 길고 긴 고질병이라고 할 수 있는 주체성 확립의 문제로 직결된다. 조선시대에도 그랬고, 해방된 이후에도 우리는 우리의 문제를 강대국의 뜻을 받아 결정하였다. 이것은 독립된 나라가 하는 일이 아니다. 그러니 이번 사드 배치의 문제를, 국가의 주체성을 확립하고 당당한 외교와 안보를 해낼 수 있는 기회로 삼아야 한다. 이미 들어와 있는 사드 장비들은 국민의 동의 없이 추진된 것이라 하여 당장 회수해 가라고 할 수는 없을 것이다. 그러나 그 고급 장비를 고철화할 필요는 있다. 작동을 시작하지 않게 하면 된다. 구걸하다시피 하여 배치된 장비이기에 그것을 운영하는 비용을 요청받고 있는 형편이지만, 이제는 절차를 무시하고 국민의 허락 없이 된 것이니 그것을 지렛대 삼아 정확한 우리의 위치를 설정할 때라고 본다. 강대국들 사이에서 눈치 보는 외교, 줄타기 외교가 아니라, 이미 들어와 있는 그 무기를 볼모로 주체 외교를 펼 수 있다는 점이다. 이미 냉전도 사라진 지금, 모두가 다 실리를 추구하는 지금, 우리에게도 강력한 중립 외교가 필요한 때가 됐다. 우리 남북은 함께 살 존재요, 우리 한반도는 어디 한편에 속하는 것이 아니라 중립의 자리에 서야 할 것이다. 그것이 바로 새로 당선된 대통령과 우리 전체가 해야 할 일이라고 본다. 이제야말로 평화로운 독립국가를 수립할 기회를 실현할 때란 말이다.

2017. 5. 8.

우리 땅에 평화로운 세상은 올 것인가?

지금은 세상이 미쳐서 돌아가는 것 같은 느낌이다. 자유와 평화가 가득한, 서로 돕고 귀한 이웃으로 살아가는 유토피아를 이야기하고 바라던 때는 아주 고전 같은 시대로 돌아간 느낌이다. 그 대신 파괴된 유토피아를 살아가는 느낌이다. 사람들은 매우 소박하게, 경제가 발전하고 과학기술이 발전하며, 높은 교육 수준을 이룩하면 안락하고 행복한 삶을 살 것이란 꿈을 꾸었다. 그런데 현실은 그것과는 아주 거리가 먼 것을 느낀다. 지금 세계의 정황이 그러하다.

외국을 여행하거나 외국에 있는 아는 분들과 이야기를 나누다 보면 꼭 나오는 질문이 있다. '지금 한국에서 사는 것이 안전한가? 전쟁의 위험은 없는가? 만약 어려운 상황이 벌어지면 우리가 사는 이곳으로 속히 피신하여 나올 수 있는 준비는 하고 있는가?' 그런 질문을 받고 생각해 본다. 나는 한 번도 우리 한반도에서 다시 전쟁이 일어날 것이라고 생각하거나 느껴보지 못하였다. 북한에서 몇 차례 걸쳐 핵실험을 하고, 대륙간탄도탄 시험 발사를 하고, 미국의 대통령이 몇 번 북한에 대한 초토화 논란을 일으켰고, 성주에 사드를 배치하는 데도 외국에 있는 이들이 느끼는 전쟁이 일어날 것이란 위기를 느끼지 않는다. 그것은 현실 파악이 둔해서일까? 전쟁이 일어나서는 안 된다는 내 바람이 크기 때문일까? 현실과 바람 사이에는 언제나 큰 차이가 있는 것은 사실이다.

이러한 것이 지금 현실이다. 남한의 문재인 정부는 평화의 분위기로 이끌어가려고 무척 노력한다. 그렇게 할 능력이 있는가 하는 질문은 여기에서 별로 중요한 것이 아니다. 북한의 김정은 정권은 핵무기를 개발하여 미국으로부터 오는 위협을 방어하려고 한다. 그런 북한에 대하여 미국의 트럼프 정부는 강력한 무력 응징을 하겠다고 소리치면서 때때로 다른 의견을 내기도 한다. 이렇게 보면 한반도의 북쪽과 멀리 미국에는 정신 상태가 정상을 유지하지 못하는 두 사람이 정권의 정점에 앉아서 위험한 전쟁 놀이와 불놀이를 하려는 듯이 보인다. 이러한 양측의 극단 관점을 보는 세계의 언론들과 시민들의 맘은 불안하다. 그것으로 보면 분명히 한반도에 전쟁이 일어날 가능성이 전혀 없다고 단언하는 것은 매우 어렵다. 전쟁은 합리적 판단에 의하여 일어나기보다는 어떤 불미스러운 불상사가 나타나서 일어나는 수가 참으로 많기 때문이다. 그 두 사람이 하는 언행을 보아서 충분히 불상사가 일어날 가능성이 크다고 보는 이들이 많다.

이것도 사실이다. 한반도를 둘러싼 강대국이라는 미국,

중국, 러시아, 일본의 세력들은 한반도가 평화로운 상태나 통일된 나라가 되는 것을 바라지 않을 것이다. 여기에 어떤 긴장과 갈등이 있을 때, 그들에게는 언제나 국가 이득이 있었기 때문이다. 이들의 조종에 의하여 한반도의 정세가 풍랑이 이는 바다 위의 조각배처럼 요동치는 것이 오랜 역사의 현실이었다. 그것은 지금도 마찬가지다. 미국을 비롯한 이웃 나라들이 우방이라고 하지만, 이 문제에서만은 국가 이기주의에 빠진 쪽에 가깝다.

이렇게 보면 결국 한반도의 평화 체제를 구축하는 것은 한반도의 남북한 정권과 민중밖에는 없다. 그 외의 다른 세력들은 보조 수단일 뿐이다. 지금 소위 한국의 보수층이라는 사람들 중 많은 이들은 미국을 아주 철저한 우방이요 친구로 보려고 하고 그렇게 믿는 듯이 보이지만, 그것이야말로 큰 착각이다. 자기들 나라에 이득이 있는 한해서만 우방이요 친구일 뿐이다. 그러므로 한반도에 평화 체제를 만들고 유지하는 것은 한반도에 자리를 잡은 이들과 그 정권 이외에 다른 어떤 세력도 없다. 여기에서 독립된 나라와 민중이 어떠해야 한다는 것을 생각하게 한다.

스스로 평화를 이루고 통일된 사회를 만들어나가려는 의지가 없는 나라나 정부나 민중은, 외부의 도움이 있다고 할지라도 결코 그런 사회를 만들어낼 수 없다. 어떠한 강력한 외세라고 할지라도 그 나라 정부와 민중이 스스로 자신의 뜻을 지키려는 강력한 의지를 가지고 실천한다면 그것을 무시하고 맘대로 할 수는 없다. 그런 의미에서 미국이 아무리 북한을 공격할 능력이 있고 의지가 있다고 할지라도, 한반도를 공격할 때는 우리의 허락이나 인정을 받지 않고는 불가능하다는 것을 끊임없이 주장하고 강조하는 것은 절대로 지나치거나 부당한 것이 아니다. 지극히 정상스러운 행위다. 그러므로 한반도 문제는 우리 남북한이 주도해 나가는 것이지, 어느 다른 세력의 정책에 업혀 갈 일이 아니다. 또한 사드나 핵무기 같은 무력으로서가 아니라 평화의 정신으로라야 한다.

이런 것들은 어떤 경우에도 정부 또는 대통령의 의지나 힘만으로는 되지 않는다. 모든 시민들과, 민중에게 그와 같은 평화 의지와 실천 생활이 있어야 가능하다. 특히 민중의 맘이 더욱더 그에 앞서야 한다. 그러므로 민중은 평화를 위하여 스스로 평화가 되어야 한다. 그리고 주장해야 한다. 우리에게 나쁜 말을 하는 이들에게도 평화의 기운을 보내야 한다. 특히 북쪽이 어떤 말과 행동을 한다고 할지라도 이 평화 의지와 정신과 활동을 지속해야 한다. 네가 잘하면 나도 잘해 주겠다는 주고받는 식의 장삿속으로는 되지 않는다. 그냥 주고 기다리는 것이다. 할 수만 있다면 남북한의 주민들이나 마을들 사이에 자매결연, 부문별 교류 협력, 자유 왕래를 할 수 있는 길을 트도록 노력하는 것이 좋다. 정부 차원이 아니라 민간 차원에서 그 길을 찾아보는 것이 무엇보다 바람직하다. 그렇게 되면 정부도, 외부 세력도 그에 따라 나서게 될 것이다.

2017. 8. 24.

안녕하십니까? 안녕!

이러한 인사를 우리는 얼마나 많이 하고 살까? 내가 그렇게 누구에겐가 묻는 것은 얼마나 되며, 내가 누구인가로부터 그렇게 질문을 받는 때는 또 얼마나 많은가? 그렇게 묻는 나는 진정으로 그의 안녕이 궁금해서였을까? 그냥 우리의 인사법이 그렇게 하는 것이니 그냥 따랐을까? 그렇게 누구인가가 물으면 '예, 잘 지내요'라고 건성으로 받아넘길 때는 또 얼마나 많았던가? 그러할 때 그렇게 물은 그는 그 대답에 만족하였을까? 다시는 그렇게 묻지 않겠다고 야무지게 맘을 먹을 만큼 실망감을 넘어 어떤 배신감 같은 것을 가지지는 않았을까?

그런 질문과 대답과는 달리, 나는 누구에겐가 또는 어떤 것에다가 헤어지는 의미로, 그러니까 완전히 작별하고 떠나는 의미로 '안녕!'이라고 아주 진지하게 말해 본 적이 있는가? 모든 것을 포기하거나, 모든 것을 아무런 아쉬움 없이 보내는 의미로 쓰는 '안녕!' 진정으로 '잘 가시오' '잘 있으오' 하는 의미로 '안녕!'이라고 말해 보았는가? 그렇게 했었다고 말하기가 어렵다.

나는 요사이 작가 한강 씨가 시를 짓고 노래로 부른 '안녕이라 말했다 해도'를 몇 번 반복하여 듣다가 갑자기 안녕에 대해 깊이 생각해 보아야겠다고 느꼈다. 그런데 정말 지금 우리 시대 이 사회는 '안녕하십니까?'라는 만나는 인사와 '안녕!'이라는 작별 인사가 아주 절실하게 필요한 때가 아닌가 생각이 든다.

원자력발전소 근방에 사는 사람들에게 '안녕하십니까' 하고 물으면 무엇이라고 대답할까? 물론 그 주민들은 원자력발전의 전문가들이 아니라, 그냥 평범한 생활인이라고 할 때 그런 질문에 대하여 무엇이라고 대답할까? 신고리 5호기와 6호기 건설을 계속할 것인가 아니면 중단할 것인가에 대한 논의를 깊이 하여 원자력발전소를 계속 지어나가야 한다는 권고안을 만든 시민공론위원들은 '안녕하십니까?'라는 질문에 무엇이라고 답할까? 정말로 안녕하였기에 건설을 계속하자는 쪽 편을 들었을까? 자기가 살고 있는 곳과 아주 멀리 있기 때문에 자기에게는 안전하다고 느껴서 그렇게 한 것일까? 들어간 돈이 상당히 많고, 그것 때문에 먹고 사는 사람들이 아주 많기 때문에 현실을 따져서 어쩔 수 없이 안녕하다고 맘먹기로 작정하여 그렇게 결정한 것일까? 그러면서 또 원전은 차차 축소해 언젠가는 '안녕!' 해야 한다고 많은 사람들이 의견을 낸 것은 정말로 원자력발전소가 불안을 넘어 안녕하기를 바라서 한 것일까?

핵무기 문제로 미국과 북한 사이에 맹렬한 말 폭탄이 오가고, 이러한 위기 상황에서 외국의 친구들이 '안녕하십니까?' 하고 물어오면, 우리는 뭐라고 대답할 수 있을까? 아침에 아무런 일 없이 일어나고, 저녁에 다시 아무런 일 없었던 듯이 잠자리에 들기 때문에 안녕하다고 느끼는 것일까? 안녕하든 불안하든 본인이 어떠한 길을 걷는 것과는 전혀 상관없이 펼쳐지고 있는 상황에 아무런 손을 쓸 수 없기 때문에 안녕하다고 여기려는 맘일까?

정권이 바뀌기 전부터 정치권에서 많이 오고 간 말은 '적폐'라는 것이었다. 내가 풀어내야 할 문제를 보거나 그 문제에 스스로 직면하였을 때, 그것은 내가 어떻게 하여 된 것이 아니라 오래전부터, 아니 전 정권부터 관행처럼, 우리 사회의 문화처럼 내려와 쌓이고 쌓인 폐해라는 뜻으로 쓰는 말이었다. 다른 사람에게 화살을 돌리기 위한 것이었든, 자기 자신이 한 일에 대한 어떤 정당성을 확보하기 위한 것이었든 그 적폐라는 것에 자신은 '안녕하다'고 느낄 사람은 얼마나 될까? 지금 적폐를 청산하겠다고 서로 주장하는 상황에서 진정으로 안녕하다고 느끼는 사람은 얼마나 될까? 그런 사람이 별로 없을 것이라고 하여 안녕할 것도 아니고, 나는 그 적폐라는 것을 밝혀내는 시기나 부문에서 멀다고 안녕하다고 느끼고 있는 것일까? 우리가 경험하고 있는 적폐라는 것들은 긴 역사를 지나오면서 만들어진 것이 사실이다. 그렇기 때문에 괜찮다고 말함으로 안녕한 것도 아니다. 그것들을 진정으로 '안녕!'이라고 미련 없이 떠나보내야 안녕할 것이다. 이것은 자기 혁명으로부터 나와야 한다.

안녕의 문제는 결국 이상과 현실, 참과 거짓, 가질 것과 버릴 것 사이에 우리가 느끼고 결정하는 문제들과 직접 연결되어 있는 것이 아닐까? 진정으로 우리가 안녕하게 살 수 있는 사회를 만들기 위하여 '안녕!' 해야 할 것들은 무엇일까? 끝없는 욕망 체계로부터 '안녕!' 해야 하는 것이 아닐까? 아주 탁월한 가공할 무기로 탄탄한 방위체계를 가지면 안녕할 것이라는 착각으로부터 '안녕!' 해야 할 것이 아닐까? 그래서 전 세계의 시민들 속에 깃든 평화의 맘을 감쌀 때 안녕하다는 것을 경험해야 하지 않을까? 평생 걱정인, 무엇을 먹고 입고 어디에서 잘 것인가로부터 '안녕!' 할 길은 어디에 있을까? 우리의 위대한 스승들은 그런 걱정들을 버리고 기뻐하고 감사하고 기도하란다. 그것이 안녕할 기초란다. 그렇다. 그래서 핵무기 대신에 한 송이 향기로운 꽃으로 안녕할 세상을 찾자. 저놈은 죽어야 마땅할 놈이라고 저주하는 대신 그도 존경할 만한 생명을 그 속에 가졌다고 놀라워하고 감사하는 향기로운 말 한마디를 내놓자. 핏발 선 분노의 눈빛이 아니라 모든 것을 안타깝게 여기는 서기로운, 서로 불쌍히 여기는 눈빛으로 가만히 바라보자. 그래서 거기에 평안이 있구나 하는 안녕을 찾아보자. 겉이 아니라 속으로부터 나오는 안녕을 위하여 '안녕!' 할 것이 무엇인지를 진지하게 찾아보자. 모든 무기는 '안녕!'으로 보내고, 모든 씨울에게 깃든 '화평한 맘'은 '안녕?'으로 맞이하자. 안녕? 안녕. 안녕!

2017. 10. 22.

평화 만들기와 AVP 훈련

몇 번 말하고 희망한 것이지만, 평생을 하고 해도 후회하지 않을 삶이 무엇일까를 생각하는 중에, '화평한 맘을 먹고 살아가는 것'과 '내 자신이 평화가 되는 것'이 나로서는 매우 중요한 평화 활동이라고 확신하였다. 나 자신의 평화로운 삶과 내가 몸을 담고 있는 사회의 평화로운 분위기와 삶의 창조는 결코 떨어질 수 없다. 평화로운 사회를 만들자고 외치는 일과, 내 자신이 평화 자체가 되기 위해 수련하는 일은 떨어질 수 없으며 동시에 일어나야 한다. 그렇게 하기 위한 일 중 하나가 AVP(Alternatives to Violence Project) 운동에 참여하는 일이다. 이것은 우리 속에 있거나 밖에 있는 온갖 폭력성을 비폭력 평화의 기운으로 바꾸어 살아가자는 운동이요 훈련이다.

1971년 9월 9일에 미국의 뉴욕 에티카 감옥에서 굉장한 사건이 일어났다. 70달러를 훔쳤다는 죄명으로 무기징역형을 받고 캘리포니아주 살러대드 교도소에서 10년간 수감 생활을 하던 흑인 조지 잭슨George Jackson이 여러 차례에 걸쳐 감옥 내 민권운동을 하던 중, 탈옥을 시도하다가 간수가 쏜 총에 맞아 사망한 것을 계기로 수감자들이 봉기한 것이다. 이 감옥의 수감자 54%가 흑인이었고, 간수는 100% 백인이었다. 물론 다른 인종의 수감자들도 있었다. 이날 그들은 점심과 저녁 식사를 거부하였고, 허술한 문을 부수고 간수 40명을 인질로 하여 교도소 운동장에서 모였다. 여기에서 5일간 인종차별이 없는 공동체를 스스로 꾸려나갔다. 이 광경을 현장에서 취재한 뉴욕타임스 칼럼니스트 Tom Wicker는 『죽음의 시간』이란 책을 썼다. 모든 사람이 하나가 된 이 날들을 증언하는 책이다. 그러나 당시 뉴욕시장 넬슨 록펠러는 군사공격을 명령하였고 기관총 사격으로 31명이 사살됐다. 물론 이때 인질로 잡혔던 간수 9명도 함께 사살됐다. 이 사건을 계기로 감옥 안에서는 수감자들 스스로 항의 방법을 바꾸고, 성찰하며, 바깥에서 감옥 안의 인권을 위하여 일하는 사람들과 연대하게 되었다. 또한 이 사건으로 에티카 감옥은 폐쇄되었고 많은 사람들이 그린 헤이븐 감옥으로 이감되었다.

그린 헤이븐 감옥에서는 끊임없이 출소한 수감자들이 재범자가 되어 다시 수감되는 문제에 대해 깊은 생각을 하게 되었다. 그래서 그린 헤이븐 감옥 당국자는, 자녀가 폭력을 사용하지 않도록 교육하는 퀘이커교도들에게 이 문제의 해결을 위해 동참해 달라고 요청하였다. 이렇게 하여 1975년 그들은 민권운동가들과 함께 어떻게 하면 폭력성을, 근본부터 비폭력 평화의 상황으로 바꿀 것인가를 실험하였다. 퀘이커교도들은 자신의 자녀를 양육했던 방식으로 수감자들을 교육했고 그 결과는 매우 탁월했다. 수감자들은 눈에 띄게 달라졌다. 그로부터 미국에 있는 여러 교도소에서 그 훈련 방법을 도입하였고, 지금은 다른 나라로도 전달되어 세계에서 약 60여 개국에서 이 운동이 전개되고 있다. 여기에 참여하는 사람들은 처음에는 퀘이커교도들이 많았지만, 지금은 모든 종교와 인종에 속하는 많은 사람들이 이 운동에 참여한다. 우리나라에는 2007년에 도입되어 올해로 10년이 되었다. 나는 바로 이 운동에 몇몇 친구들과 함께 처음부터 지금까지 참여하고 있다.

금년 11월 5일부터 10일까지 네팔의 카트만두에서 전세계 AVP 활동가들 160여 명이 모여서 큰 워크숍과 회의를 하였다. 우리나라 활동가들 11명도 참여하였다. 나도 참여하였다. 각자 자기 나라와 사회에서 어떻게 그 운동을 전개했는가를 보고하는 시간이 많았다. 감옥에서 시작된 훈련 과정이지만, 폭력을 원천부터 바꾸어야 한다는 운동으로, 학교, 지역 사회, 군대, 난민 지역, 유치원, 가족공동체, 갈등 지역 등에서 이 운동이 아주 다양하게 펼쳐지고 있다는 것을 배웠다. 이것은 가르치는 것도 아니고, 이론을 펼치는 것도 아닌, 스스로 속과 겉에 있는 폭력성을 비폭력 평화의 기운으로 바꾸는 운동이다. 그 훈련 또는 수련 모임에 참석한 사람들은 자신들이 얼마나 깊은 데서부터 폭력의 문화 속에 둘러싸여 살아왔으며, 스스로 폭력 행사의 가능성 속에 있는가를 성찰한다. 그리고 어떻게 자신이 그러한 폭력성의 노예 상태로부터 벗어나게 되는가를 경험한다. 그것을 일상생활에서 실험하고 실천한다. 이것은 개인과 사회 전체를 향한 도전이다.

왜 폭력성을 우리가 가지게 되었는가를 알 수는 없다. 그러나 그것들이 어떻게 폭발하는가는 일상생활에서 많이 본다. 이 운동과 훈련을 통하여 폭력성을 극복하는 방법을 이렇게 단순하게 정리하여 본다. 일단 우리는 모두 자신을 존중할 필요가 있다. 동시에 다른 사람을(사물을) 존중하고 배려한다. 최선에 대한 기대를 가진다. 반응하거나 행동하기 전에 생각한다. 그리고 모든 것에서 비폭력 방법으로 해결하는 길을 찾는다. 즉 평화로운 방법으로 해결의 길을 찾는단 말이다. 이것을 기초로 활동하는 동안 자신도 모르게 스스로가 평화로운 기운으로 변화되는 것을 경험한다. 일단 이 운동은 모든 사람 속에는 폭력성을 비폭력으로 바꾸는 힘(Transforming Power)을 가지고 있다고 믿는다. 이 운동은 적대 관계에 있거나 서로 통하지 않는 그룹이나 집단 또는 사람들과도 함께 펼칠 필요가 있다. 이것은 어떤 종교의 교리도 아니고, 깊은 철학의 이론도 아니다. 우리 일상에서 만나는 삶이다. 이 길이 개인이나 집단이나 민족이나 국가들 사이에서도 찾아진다면 분명히 평화로운 사회를 만드는 길은 잘 닦여질 것이라 믿는다. 다시 말하면 평화는 어떤 제도로 확립되는 것도 아니고, 어떤 선언으로 이루어지는 것도 아니다. 주장도 아니고 막연한 희망도 아니다. 그것은 아주 단순한 실제 삶이다. 그 삶은 어느 순간으로 끝나는 것이 아니라, 사는 동안 끊임없이 자신을 갈고닦는 수련 과정이다. 평화는 그런 수련 과정이면서 동시에 그 결과로 올 것이다.

2017. 11. 19.

바람 2018

언제까지 섣달그믐과 정월 초하루를 구별하여 생각하고 말하면서 살게 될까? 그날이나 이날이나 살아가는 데서 차이가 있는 것도 아닌데, 왜 하루가 지나면서 마치 어마어마한 세월이 지난 것처럼 생각하면서 살아야 할까? 마치 하루가 지나면 한 많은 그날들이 영원한 과거로 가버리고, 하루가 지나면 희망찬 새날이 산뜻하게 다가올 것이라고 생각하고 말할까? 어딘가에서 떠오르는 해를 바라보면서 소원을 간절히 바라지만, 그 태양이나 저 태양이나 언제나 같은 것이지 않던가? 다만 맘을 조금 다잡아보자는 결정만이 있지 않았던가? 그렇게 말하고 바랐지만 항상 그날이 다시 오면 또 낡은 것을 보내고 새것을 맞이한다고 말해 왔다. 그런데 또 한 해가 가면 똑같은 말을 반복하였던 것이 아닐까? 그날이 그날인 것처럼 그렇게 살아온 날들이 또 얼마나 많았던가? 그렇게 하여 그토록 열심히 살았던 날들을 마치 저주받고 버려야 할 날들로 낮추어 생각하며 일상을 살아오던 것이 아닐까? 그런데 가만히 생각하면 그러한 날들을 지나면서 아주 탁월하게 달라진 자기 자신을 느낀다. 먼 옛날에 비해 탁월하게 진화한 지금을 보게 된다는 말이다. 그러니 살아가는 그 자체가 곧 진보요 진전이지, 살아가는 것 그것을 제외하고는 또다시 다른 가치 있는 것을 발견할 수가 없다. 그런데도 오늘 나는 또다시 고요히 앉아 새날에 어떻게 살면 좋을까를 생각한다. 아주 간절한 맘으로 바라본다.

이렇게 살면 좋겠어/ 그윽한 눈으로 바라보고/ 은근한 미소를 띠고/ 포근히 안아주고/ 가만히 귀담아듣고/ 활짝 맘문을 열고/ 함박같이 껄껄 웃고/ 깊게 사정을 알아주고/ 다정하게 한마디뿐/ 평안한 모습으로/ 욕심 없이 살자는 욕심말고/ 큰 욕심/ 텅 빈 맘이면 좋겠어/ 가득한 사랑이라야지/ 파릇한 생명 속에/ 은은한 빛 속에/ 있는 그대로/ 아프고 괴롭고 외롭고 쓸쓸한 이들이/ 친구야 하고 화평한 맘으로 만나자면 좋겠다.

요사이 내가 조심하는 것이 있다. 안 그래야지 하면서도 말을 시작하면 그칠 줄 모르고 길게 하려는 경향이 있다. 남의 말을 듣는다고 하면서 건성으로 받아넘기면서 자기 이야기를 하는 경향이 있다. 삶의 깊이가 없어지고 겉살이를 하는 것처럼 느껴진다. 무엇인가 새로운 사회가 되면 좋겠다는 생각을 하면서 정작 몸과 맘을 던져 그 일에 정성을 바치려고 하지 않는 경향이 나에게 있다. 바꾸고 새롭게 하려는 것에 겁을 내고 게으르거나 버릇으로 해오던 것을 쉽게 지속하려는 맘이 많아진다. 초조하거나 불안한 맘이 커진다는 것은 제한된 시간 안에 무언가 이루어야 한다는 압박감에 사로잡혀 있기 때문이지 않을까? 그렇지 않고 아주 자연스럽게 흘러가는 자연스러운 삶을 살면 좋겠다. 절대 긍정의 자세에서 사물과 사건을 멀리 그리고 근본에서부터 보는 자세라면 좋겠다.

이번 한 해도 얼마나 많은 일들이 일어날 것인가? 거기다가 지방자치단체를 구성하기 위한 선거, 교육 행정을 맡을 교육감 선거, 그리고 몇몇 곳의 국회의원 보궐선거가 있다. 아주 꼴 보기 싫은 행태들이, 어설픈 정치가들의 되지 못한 시건방진 행태들이 얼마나 많이 보일 것인가? 지금도 아주 심하게 막말을 하는 놈들이 마치 굉장한 혁명 과업을 완수한다는 듯이 까불고 거만을 부리는 일들이 얼마나 많은가? 그것들이 쉽게 달라지리라고 믿지는 않지만, 깨어있는 시민들에 의하여 그러한 것들이 씻겨 내려가면 좋겠다. 흙탕물이나 일으키면서 마치 큰 고기나 되는 것처럼 행세하는 족속들이 얼마나 많은가? 그런 인물들이 무대에서 사라졌으면 좋겠다.

정치가들이 조금만이라도 신용할 수 있는 사람들이면 좋겠다. 경제인들이 속이지 않고 공공한 사회를 위하여 사리사욕을 채우려 하지 않았으면 좋겠다. 노동자나 농민이나 사용자나 교육자나 성직자나 학생이나 모두가 다 자기중심의 욕심에서 조금씩 벗어날 수 있으면 참 좋겠다. 아, 어린이 유괴나 살인 사건이 왜 그렇게 많은가? 새해에는 그런 소식은 없고, 아주 밝은 새 사람들의 아름다운 소식을 많이 들을 수 있으면 좋겠다. 아픔과 괴로움의 소리가 사라지고 따뜻한 말을 서로 주고받으면서 위로하고 위로받는 나날들이면 좋겠다.

나 개인으로는 이런 바람이 있다. 어머니께서 건강하고 정신 맑게 지내시면 좋겠다. 내 식구들과 친척들과 이웃과 친구들이 건강하고 평안한 가운데서 자기들이 할 일을 성실히 할 수 있는 분위기가 만들어지면 좋겠다. 내 자신 많이 웃고 얼굴과 맘속에서 화평한 미소가 끊이지 않으면 좋겠다. 그 일을 위해서는 정성스럽게 노력해야 할 것 같다. 남북한간에 서로 소통하며 따듯한 말들이 오고가고 봄풀이 돋아나듯 온기가 가득하기를 바란다. 물론 일본이나 중국 미국 러시아 등 우리 주변에 있으면서 우리 일에 영향을 크게 미치는 세력들과도 부드러운 관계가 이루어지면 좋겠다. 우리 대통령과 정치가들 사이에도 부드러운 대화가 오고 가 시민을 공동으로 생각하는 분위기가 잡히면 좋겠다. 무엇보다도 내 자신이 깊은 정성으로 사람들에게 위로와 격려가 되는 축복과 기분 돋우는 말들을 전할 수 있는 용기를 가질 수 있으면 좋겠다. 올 한 해 평화의 순례를 하게 될 은빛순례단에게 새로운 기운이 퍼지고 그 발걸음마다 평화가 가득하기를 바란다. 특히 모든 생명들에게 아름답고 평화로운 인사를 할 용기가 생기면 좋겠다.

2018. 1. 1.

다시 평화를 생각하며

최근에 나는 '평화'라는 말을 많이 생각한다. 통일이라는 말보다도 그것이 더 근본이라고 본다. 통일이란 말 속에는 일종의 뜨거운 감정이 들어있지만, 평화는 일상의 냉정하지만 따뜻한 삶의 자세다. 요사이 평창 동계올림픽을 계기로 남과 북이 소통하고, 공동 선수 팀을 꾸리고, 함께 입장하고, 남북의 중요한 정치가들이 만나서 이야기하고 식사하고 함께 관람하고, 조금 전까지만 해도 전혀 상상도 하지 못하던 이런 일들이 벌어졌다. 물론 흥분되고 크게 환영하고 기뻐할 일임에는 틀림없다. 올림픽경기가 끝나고 상황이 달라지는 일이 있더라도 일단은 의미가 깊은 일이라고 본다. 그런 상황이 지속되든지, 다른 무엇 때문에 중단되든지 그것은 크게 의미가 없다. 언제나 그런 일들은 바닷가에 잔파도가 출렁이듯이 지속되고 반복되었기 때문이다. 그러니 환영하고 기뻐할 일이지만, 금방 무엇이 일어날 것 같은 고조된 감정을 가질 필요는 없다. 그것들은 스포츠 행사를 통한 정치 행위이기 때문이다. 그렇다고 그 행위가 의미가 없다는 것은 아니다. 그러한 정치 상징 행위 속에는 실제가 항상 함께 따른다. 거짓 행위 속에 진실이 들어있고, 진정이 자라듯이.

개인들 사이나 집단이나 나라들 사이에서도 평화롭게 살기 위해서는 몇 가지 전제들이 깊은 철학으로 몸과 생활에 배어있어야 할 것이다. 나는 선한데 너는 악하다고 생각하고 행동한다면 결코 평화는 이루어지지 않을 것이다. 어느 강력한 힘에 의하여 눌려서 조용히 있을 때 우리는 그것을 평화상태라고 보지 않는다. 평화는 매우 역동적이면서 각자 자기 생명력을 제대로 발휘하되 조화로운 삶의 상태를 말한다. 서로 관여하지만 간섭하지 않고, 교섭하지만 종속되지 않으며, 앞뒤가 있고 높고 낮음이 있지만 비교 대상은 아니다. 자기를 최대한으로 발동하되 남을 방해하거나 무시하지 않는다. 그런데 최근 국제 정치 무대를 보면 참으로 한심하리만큼 수준이 낮은 갈등과 전쟁 상황을 가져오는 언행이 너무 많다. 자기가 힘이 세고 잘났다고 뻐겨대는 못난이들의 힘자랑 무대처럼 보인다. 나는 이 자리에서 함석헌 선생의 두 말을 인용하고 싶다.

전두환 군부독재에 의하여 강제로 폐간되는 마지막 호 『씨올의 소리』에 씨올에게 보내는 이런 말이 있다. “여러분을 향해 하고 싶은 말이야 한이 없지만, 그것을 다 한다면 재미도 있겠지만, 이제 우리는 재미 같은 것을 바랄 수가 없고, 사는 데 하나의 역사적인 민족으로 살아가는 데 없어서는 아니 될 참말은 뭐냐 하는 것을 찾아야 합니다. 그것이 어려운 일입니다. 그것을 하려면 욕심이 없어지지 않고는 안 됩니다. 내 나라만을 위해서가 아니라, 대적이라는 저 나라를 위해서도 싸웁니다. 의는 내 나라에만 있는 것이 아니고, 저 나라에도 있습니다". 대개 의로움이나 선함은 내 속에는 있는데 저들 속에는 없다는 착각 속에서 살 때가 많다. 개인은 그것을 극복하는 수가 참으로 많지만, 국가나 민족 또는 어떤 특정 종교 집단에 들어가면 무조건 나만의 것이 옳고 다른 것은 그르다는 독단에 빠지는 수가 많다. 이것이 평화를 깨는 가장 큰 장애물이라고 생각한다. 원래 나는 남이 없어서는 안 되는 공존하는 존재다. 그래서 다시 함석헌은 '너 · 나'라는 시에서 이렇게 읊었다.

> 너 아니곤 나 없으니 나란 네 속 들었는 듯
> 나 아니곤 너 없으니 너란 내 속 들었는 듯
> 둘인가 또 하나인가 한도 둘도 없다네

인류라는 것, 생명이라는 것에는 언제나 너, 나가 엄밀한 의미에서 구별되지 않는다. 한 생명이요 한 인류라는 전체만이 근본을 이룬다. 밥 딜런이 노래하고, 존 레논이 노래한 것처럼 국경이나 이념이나 종교나 정파라는 것은 인간의 역사 과정에서 만들어진 임시 조직에 불과하다. 인류가 언젠가 성숙된 단계에 가면 그것들은 전혀 다른 삶의 모습으로 변화할 것이다. 현실을 모르는 소리라고 하겠지만, 조금 멀리 넓게 보면 금방 알 수 있는 또 다른 현실이 그것이다.

물론 북한이 가진 핵을 없애는 것이 중요하다. 그러면서 동시에 세계의 다른 모든 핵을 가진 나라들에서도 핵을 없애는 운동을 진지하게 벌여야 정당하다. 그것들은 매우 장기간에 걸친 인류의 대형 프로젝트라야 할 것이다. 핵무기를 개발하고 가지는 것은 재앙을 스스로 만드는 일이지만, 그것을 축복으로 바꾸는 것도 인류가 해야 한다. 모두를 인정하고 존중하고 믿어주는 새로운 철학과 종교와 정치 행위가 나와야 할 것이다. 그러기 위하여는 어느 것을 하면 이것을 한다는 지나친 조건을 내걸 것이 아니라, '그러하더라도' 정당한 이것은 해야 한다는 유연성을 가지는 것이 중요하다.

며칠 전 어느 모임에서 내가 만일 하나의 선물이라면 누구에게 무슨 선물이면 좋을까 하는 말을 나눌 때가 있었다. 나는 러시아의 인형 마트료시카가 되어 미국 대통령 트럼프에게 주어지면 좋겠다고 했다. 그것은 좀 변형된, 활동하는 인형이다. 인형에는 트럼프의 얼굴이 그려져 있다. 겉의 것을 열면 또 그의 얼굴이 나왔다가 살짝 '까꿍' 하면서 김정은의 얼굴로 바뀌었다가 다시 그의 얼굴로 돌아간다. 또 하나 속의 것을 열면 또 그의 얼굴이 나왔다가 '까꿍' 하면서 푸틴이 되었다가, 또 다른 것을 열면 시진핑이 되었다가, 또 다른 것을 열면 문재인이 되었다가 다시 그의 얼굴로 돌아간다. 그러니까 나라는 얼굴 속에 적대 관계나 상대하는 다른 이의 얼굴이 들어있다는 것을 상징하는 선물이다. 모두가 하나라는 말이다. 실패하고 속더라도 '사람 속에 숨어있는 선한 힘을 발동시킬 수 있는 넓은 도량과 믿어주는 마음'을 서로 가진다면 평화세계는 이루어지지 않을까? 망상이라고? 좋은 꿈이지.

2018. 2. 12.

복잡한 문제를 풀 때는

아주 복잡한 꿈을 꾸다가 아침에 깨어났다. 내가 어디에선가 공부하던 때였다. 시험 시간이 되었다. 학생들이 자리에 앉았고, 시험관이 얇은 책 정도 되는 매우 두꺼운 시험 문제지를 나누어주었다. 문제가 굉장히 많고, 문장이 길었다. 그중에는 내가 수강 신청은 했지만, 어렵고 흥미가 없어서 전혀 신경을 쓰지 않은 과목의 문제도 들어있었다. 그러니까 종합 시험 문제였던 모양이다. 중간에 누가 무엇이라고 질문하니 그것에 대답하느라 시간이 많이 지났고, 사람들은 오고 가고, 책상도 다른 교실로 빼 가서 앉아서 쓸 자리가 없었다. 그래도 누구 하나 다른 곳에서 가지고 와서 차분히 앉아서 시험을 보도록 돕지 않았다. 다시 시험이 시작되었다. 시험관이 무엇이라고 설명하지만 별로 이해가 되지 않았다. 언제까지 마치라는 말도 없었고, 답안을 내면 곧바로 성적을 내어 준다고 하였다. 문제는 굉장히 빽빽하게 많은데, 답을 쓸 자리는 없어 보였다. 문제는 다른 나라 말인데, 나는 어떤 언어로 답을 써야 할지도 막연하였다. 어떻게 하라는 것인지 참 막막해하면서 잠에서 깼다. 우리가 항상 맞닥뜨리는 것들이 이런 것이 아닌가?

어제는 좀 번잡한 시간을 보냈다. 항상 일요일 오전에 하듯이 퀘이커고요예배를 잘 마치고, 그에 대한 공부도 하였다. 그러고는 아산에 사시는 장회익 선생 댁에 몇 명이 찾아갔다. 80세를 넘기셨지만, 젊은 때처럼 왕성하게 연구 활동과 학문 토론을 하시면서 연구 논문도 쓰고 강의까지 하시는 모습이 참으로 놀라웠다. 공부할 때 잘했다고 지도교수에게 칭찬도 받고, 좋은 점수로 졸업하고, 학위도 그것으로 받았지만, 그래도 양자역학을 제대로 이해할 수가 없었다는 것이다. 항상 무엇인가 납득이 안 되는 것을 가지고 평생을 산 셈이다. 그런데 최근에 양자역학에 대한 새로운 해석을 국제 과학 세계가 인정하는 학술지에 발표하여 큰 반향을 불러 있으켰단다. 상수 하나를 찾았기 때문이다. 예를 들면, 음과 양의 문제, 길과 흉의 문제를 역공간으로 설명할 때 양자역학의 새로운 길이 열린다는, 시간과 공간과 속도와 빛 따위로 조성되는 복잡한 차원의 이론을, 나로서는 아무것도 이해할 수 없는 것을, 젊은이처럼 신이 나서 설명하신다. 실제 생활에서는 부딪침 없이 실천하고 활용하는 것이지만, 논리로는 설명하기 어려운 복잡한 문제를 풀어내기 위해, 새로운 해석을 모색하는 작업으로 활기를 찾고 있다는 것이다. 알 수 없지만 어렴풋이 그냥 그런가 보다 하는 감만 잡았다.

그러고는 저녁에 옥천에서 열리는 은빛순례 대화 모임에 갔다. 옥천 보은 지역에서 오신 분들과 도법 스님, 이부영 선생 등이 참여하여 한반도의 평화를 어떻게 만들면 좋을까에 대한 이야기들을 나누고 있었다. 나도 한반도의 평화뿐만 아니라, 우리가 살고 지켜야 하고, 또 평생 동안 실천해야 할 것이 평화로운 삶이라고 생각하기 때문에 이 운동에 함께 한다. 그런데 바위는 가만히 있으려 하나 찰싹거리는 물결이 시작도 없고 끝도 없이 바위를 치는 것처럼 우리의 일생과 역사 과정에서 반평화의 물결은 몰려오고 또 와서 평화로움을 깬다. 남북의 문제가 그냥 남북으로 풀어지는 것도 아니고, 북중의 문제나 북미의 문제도 단순히 그것 하나로 끝나는 것이 아니다. 남북 협상이 잘 되고, 북미 대화가 잘 되어, 한반도에 영구 평화의 실마리가 잡힌다고 할지라도, 전쟁 상황이 끝나고 완전히 종전을 선언하고 평화협정이 이루어진다고 할지라도, 남북한 간의 불간섭과 불가침이 합의된다고 할지라도 평화롭게 사는 사회가 당장 오는 것이 아니다. 그것을 만드는 노력은 영원히 끊임없이 지속되어야 한다. 억겁을 출렁이는 바다 물결과 같이, 억겁으로 오는 갈등 문제들을 어떻게 풀어나갈 것인가? 여기의 상수는 무엇일까?

지금 우리 사회는 매우 복잡한 문제 앞에 놓여 있다. 물론 모든 분야에서 열심히 일하는 사람들이 잘하고 있지만, 그들만으로 해결되는 것도 아니다. 또 평소에 잘하던 사람들이 변하여 하던 일과 방향을 어렵게 할 때 실망하기도 한다. 그러나 사회 변화와 역사의 진전은 매우 냉정하다. 사람은 타락하고 변질될 수 있어도, 그가 진정으로 하던 그 한순간의 일로 한 발짝 앞으로 나간다. 타락하였건, 실족하였건, 달라졌건, 그렇게 된 것에 관심을 두지 않고 그냥 역사는 제가 갈 방향으로 간다. 그런 개개인들의 성공과 실패를 뒤섞어 종국에는 모든 역사가 치유되는 과정을 거칠 것이다. 이런 변화무쌍한 사회에서 잘 살려면 어떻게 해야 할까? 여기에도 상수는 있겠지.

자신이 없지만 자신 있게, 막연하지만 분명한 자세로, 주변의 영향이 크고 반향이 중요하지만 나 혼자만이 이 문제를 풀어야 한다는 맘으로 진정성을 가지고 지극정성으로 나가다 보면 일은 풀리지 않을까? 남북 관계, 북미 관계, 북중관계, 동북아시아의 관계를 평화로운 분위기로 만들기 위하여 문재인 대통령은 끊임없이 진정성을 가지고 달래고 어르면서 굳게 나가기를 바란다. 한반도뿐 아니라 동북아시아, 전 세계의 핵을 없애기 위하여 일단 북은 핵을 포기하겠다 선언하고, 남북한의 체제를 서로 인정하고, 전혀 위험을 느끼지 않게 살 수 있는 길을 트면 좋겠다. 남북미중이 한반도 평화협정을 맺자고 제안하고, 남북한은 불가침조약과 함께 남북한의 대표부를 상대 지역에 두고, 북미 간에도 대사급을 교환할 수 있는 분위기를 만들어 나가도록 먼저 제안하면 좋겠다. 고도의 줄타기식 해법이 아니라, 우직한 진정성으로 일관하면 좋겠다. 사실 지금 얽힌 남북한의 문제는 매우 복잡하지만, 정상 상황이라면 서로 인정하고 존중하고 말하고 오고 가고 돕고 도움을 받는 것은 매우 자연스러운 것 아닌가? 비상 상황이 아니라 지극한 정상 상황이라고 인정하고 우직하게 그 길로 가는 상수는 어떨까?

2018. 4. 9.

긴 여행에서

우리 인생이 긴 여행이라는 걸 진정으로 알아차린다면 우리의 삶은 훨씬 더 평화롭고 자유롭고 부드러우며 더 깊이 생각하고 많이 배우려 하고 친절하며 행복할 것이라고 느낀다. 나는 7월 4일부터 31일까지 호주와 미국을 다녀왔다. 남의 나라라는 곳을 갈 때마다 느끼는 것이지만, 국경이라는 아주 쓸데없는, 국적이라는 아주 쓸모없는 제한에 걸려서 사람의 존엄이 무시당하고 더럽혀지는 일을 경험하게 된다. 안전 검색대를 통과하고, 여권 검사를 받으면서 신발을 벗고, 허리띠를 풀며, 손을 올려 온몸을 수색당하고, 온갖 짐을 다 풀어 보여야 하고, 손가락 지문을 비추고, 얼굴 사진을 찍어야 하는 참으로 인격이라고는 조금도 존중받지 못하는 수모를 겪어도 어쩔 수 없이 따르면서 투덜거리게 만드는 제도들이 점점 더 강화되는 것을 느낀다. 이번에 호주와 미국에 들어가면서도 그것을 경험하였다. 그런 더러운 제도들은 언젠가는 없어져야 할 것들인데, 이른바 테러라는 것들이 사라지는 때가 바로 왔으면 좋겠다.

나는 8일 동안 진행된 호주 퀘이커 연회에서 '일상생활에서 퀘이커 신비(주의)와 도가의 신비(주의)의 만남'이라는 주제로 특강을 하였다. 모든 종교는 언제나 끊임없이 성장하고 진화한다는 것, 다른 문화나 역사권에 들어가면 언제나 그 지역에 적응한다는 것, 그러면서 새로운 흐름을 받아들여 풍성해지고 깊어진다는 것을 말하였다. 그리고 궁극으로 모든 종교는 생명과 진리라는 것에서 만날 수밖에 없다는 것을 강조하였다. 그러니까 어느 종교 하나만이 유일하고 가장 탁월한 것이라고 주장할 수 있는 것은 아니라는 것과, 오래전부터 전해 오는 탁월한 종교 전통을 폭넓게 받아들여 자기 종교를 풍성하고 깊게 하여야 한다는 것을 말했다. 그렇게 하여 믿음이라는 것은 점점 더 풍성하고 깊어지며 본질에 가깝게 가게 된다는 것을 생각하였다. 완성된 교리가 있는 것도 아니고, 그것이 완벽한 것도 아니며, 끊임없이 진화하고, 궁극까지 존재를 성장·성숙시키는 것이 종교라는 것을 말했다. 이렇게 이해하고 받아들이면 종교 간의 평화가 이루어지고, 각 종교를 믿는 사람들 사이에서 깊은 이해와 원활한 소통이 이루어질 것이라고 말했다. 그리고 모임마다에서 서로가 이해하려고 노력하는 모습을 경험하였다. 특히 각자 자기들이 가지고 온 악기나 재능으로 소통하는 마감 친교 시간에, 나는 단소를 연주하여 우리 악기를 소개하였다.

그러고 난 뒤에 나는 미국으로 가야 했다. 그곳에는 내가 존경하고 나에게 많은 영향을 주신 서의필(John Somrville) 선생이 계신다. 그 선생은 90세인데, 건강이 썩 좋지 않으시다. 그분은 1954년부터 1994년까지 한국에서 선교사로 활동하셨던 분으로 대학에서 탁월한 배움을 주셨다. 사물이나 사건을 볼 때는 다양한 시각으로 보아야 한다는 것을 그분에게서 배웠다. 미국에 사는 선생의 제자들이 함께 모여서 축하하기로 모임을 주선하였다는 소식을 듣고, 고민하다가 가기로 결정하였다. 선생은 기억력이 많이 약해지셨다. 다른 친구들과 함께 선생을 뵙고 기쁘게 인사를 나눈 나는, 두 가지 노래(〈아리랑〉 〈놀라운 은혜〉)를 정성을 담아 단소로 연주해 드렸다. 만나 뵙기 전에는 무거운 맘이었으나 헤어질 때는 참으로 맘이 많이 가벼워졌다. 스승이나 제자나 모두가 다 함께 평화와 건강과 기쁨을 빌었다. 이번 여행 중에서 나에게 아주 가볍고 신선함을 준 시간이었다.

그리고는 필라델피아에 있는 미국 퀘이커 교육과 피정센터인 펜들힐Pendle Hill에 갔다. 많은 퀘이커들은 이곳에서 교육을 받고 어떤 영감을 받는 시간을 가지기를 희망한다. 1930년대에 세워진 곳으로 평화와 영성을 따르는 삶을 훈련하고 경험하며 전파하는 곳이다. 함석헌 선생은 이곳에서 예수와 유다를 체험하는 유명한『펜들힐의 명상』을 쓰시기도 하였다. 내가 잔 방 바로 옆 벽에는 선생의 사진이 걸려 있었다. 거대한 나무들과 잘 정돈된 정원과 원시림처럼 우거진

숲 사이로 난 작은 길을 거닐면서 내 나름의 깊은 생각에 잠기기도 한 평안한 시간이었다.

그리고 시카고에 가서 우리 한국인들의 독서 모임을 만났다. 이분들은 한 학기에 12번 정도 만나서 책을 읽고 토론을 한단다. 이곳에서 함석헌 선생의 책을 읽었다는 말을 듣고 그분들이 만나고 싶었다. 그래서 이른바 번개 모임이 이루어졌다. 여러분이 오셨다. 나는 그분들과 함석헌 선생의 '참에 사로잡혀서 산 삶'을 함께 생각하였다. 내가 이해하기에 함석헌 선생이 말하는 참은 하나님이요, 부다요, 도(길)요, 생명이요, 내면의 빛이요, 내 속에 계신 스승이었다. 선생의 삶은 그의 명령에 따라서 일생을 사시고, 진리와 평화를 일구기 위한 것이었음을 확인하였다.

이러한 내 여행에는 무수히 많은 친구들이 함께했다. 호주의 연회에서 강연하도록 추천하고 결정한 위원들이 있었고, 그 글을 영어로 번역하고 교정하고 읽어준 친구들이 있었다. 미국에서 스승을 만나는 기획을 하고 안내하고 재워주고 먹여 준 친구들이 있었다. 만나는 곳마다 하나라도 더 많이 경험하고 느끼게 하려고 애를 쓴 친구들이 있었다. 우리 한국의 뜨거운 여름과 호주의 겨울, 그리고 미국에서 만난 초가을 같은 여름 날씨, 그 사이에서 만난 한결같이 친절한 친구들. 그것들을 거치면서 내 맘에는 더욱 깊은 사랑과 평화가 흐르는 것을 느꼈다. 그러나 그사이에 노회찬 의원과 박정기 선생이 돌아가시는 가슴 아픈 일도 있었다. 그분들의 고뇌와 슬픔과 희망이 우리 사회의 깊은 현실로 승화될 수 있기를 빈다.

2018. 7. 29.

용서와 화해

우리 삶에서 이 문제처럼 어려운 것은 없는 것처럼 보인다. 가끔 일상생활에서 약하거나 어린 사람이 강하거나 큰 사람 앞에 무릎을 꿇고 손을 비비면서 '용서해 주세요'라고 애원하는 장면을 본다. 나는 그 장면을 볼 때마다 내 속 깊은 곳으로부터 끝 모를 슬픔과 함께 인권과 인격의 몰락에 대한 좌절감을 가지게 된다. 무엇이 그렇게 그 사람에게 무릎을 꿇고 자기 온 존재로 비굴함을 보여 주는 행동을 하게 했을까? 과연 그는 그렇게 빌 만큼 크고 큰 잘못을 저지른 것일까? 그리고 그런 사람들 앞에서 당당한 모습으로 내려다보며 마치 온 우주의 풍만한 기운을 가진 것처럼 보이는 강대한 세력은 실제로 존재하는 것인가? 그런 모습을 그려볼 때 맘은 참으로 슬프고 갈가리 찢어지는 아픔을 느낀다. 용서와 화해의 문제가 걸려 있기 때문이다.

나는 며칠 동안 '삶을 변혁시키는 평화훈련(AVP; Alternatives to Violence Project)'이란 이름으로 진행하는 아주 좋은 평화 훈련 프로그램에 다른 친구들과 함께 참여하였다. 개인이 되었든 집단이나 민족이나 국가가 되었든 평화를 방해하는 요소들이 곳곳에 있는 것을 경험한다. 그것을 극복하기 위하여는 겉에 드러나는 사건들이나 상황들보다 훨씬 더 깊은 곳에 무엇인가가 웅크리거나 도사리고 있는 것을 발견해야 한다. 그것을 찾고 느끼지 않고는 결코 밝고 맑은 삶으로 상징되는 자유로우면서 평화로운 삶을 살기가 참으로 어렵다. 나는 이번에 이 훈련 과정을 진행하면서 평화의 길로 가는 아주 훌륭한 것이 용서와 화해라는 것을 다시 확인하였다. 그러나 그것이 얼마나 어려운 것인가도 다시 확인하게 되었다. 다른 사람의 일이나 다른 나라나 지역의 일이라면 쉽게 용서와 화해란 말을 할 수가 있을 것이다. 그러나 그 문제가 자신의 일이라고 할 때는 참으로 어렵다.

우리의 삶이라는 좁은 것에 국한하여 본다고 할지라도 그렇다. 가만히 나 자신을 살펴보아도 다른 사람을 용서하지 못하거나 나 자신을 용서하지 못하는 일이 얼마나 많던가? 또 어려서부터 어른이 되기까지, 어른이 된 뒤에도 굉장히 많은 시간을 보내면서 주고받은(을) 용서거리들이 얼마나 많던가? 확연히 겉으로 들어나지는 않았지만, 어딘가 속 깊은 곳에 응어리로 남아있던 풀리지 않는 것이 있어서 삶의 발목을 잡고 늘어지던 것들이 얼마나 많던가? 비우고 허허롭게 살고자 하여도, 하늘을 향해 놀랍게 부끄럼 없이 살고 싶어도 웅크린 분노와 좌절과 원망들이 쌓여서 갈 길을 막던 일들이 얼마나 많던가? 그런데도 사회생활을 하는 동안에 수도 없이, 끊임없이 용서하고 화해하라는 요구를 받는다. 용서할 수 없는 일과 사람을 용서하라고 할 때 얼마나 부자유한 삶을 강요받는 것인가? 용서할 수 없다고 느끼고 생각하는 것을 용서하라고 하는 것도 힘드는 일이지만, 결코 용서할 수 없는 일을 용서하지 못하여 답답한 그 맘에 또 다른 부자유함을 주는 그 요구는 정당한 것인가를 묻는 그 맘은 또 얼마나 깜깜한 밤길을 걷는 것처럼 어두운 일인가? 맘으로는 용서해야지 하면서도 실제로 절대 용서하지 못하고 있는 자신이 또 용서할 수 없이 부끄럽게 다가오는 때는 얼마나 많던가?

분위기가 조성이 되고 맘이 열려서 서로 깊은 이야기를 하다 보면, 아무 일 없이 잘 살고 있는 듯한 모습에서 분노와 좌절과 실망과 무기력감이 끝없이 솟아오르기도 한다. 그것 때문에 삶이 해방감을 가지지 못하고 웅크리고 있었던 것을 발견한다. 때로는 아버지나 어머니에게, 때로는 아들과 딸에게, 때로는 친구들이나 선생들에게, 때로는 남편과 아내, 또는 애인들 사이에서 겪었던 일들이 삶을 이끌어왔으면서 한편으로는 또 다른 걸림돌이었던 경우가 얼마나 많던가? 누구에게도 말할 수 없이 답답했던 일들. 그것을 확 털어내 버릴 때, 사람들은 얼마나 많이 속 시원함을 느끼던가?

그러니까 신뢰할 수 있는 사람이나 어떤 분위기와 집단을 찾거나 만드는 것은 얼마나 중요하고 아름다운 것인가?

이러할 때 자기를 열고 속을 다 헤쳐본다. 맘을 열고 속을 헤쳐본다는 것은 맑은 듯이 보이던 고인 물동이 속에 막대기 하나 넣고 휘저어 보는 일이다. 그렇게 되면 일생을 살아오면서 침전된 것들이 물 위로 솟아오른다. 그중에서도 어떤 아주 핵심되는 침전물이 있는 것을 발견한다. 이때 그것을 어찌해야 할까? 소리 높이 외쳐야 한다. 강제로 추행을 당했던 것, 누구로부터 인격의 핵심되는 부분을 손상당했던 것, 한없이 억울했던 것들, 반대로 그러한 일을 가했던 것도 겉으로 드러나게 해야 한다. 그러나 시간은 지났고, 사람도 사건도 다 사라져버려서 더 이상 미안하다고 말하거나 들을 수 없는 상태가 되었을 때도 많다. 이러할 때는 어떻게 해야 할까? 그래도 맑고 밝게 살기 위해서는, 자기 삶을 위하여 외쳐야 한다. 호소해야 한다. 용서하지 못할 일은 결코 용서할 수 없다고 외치고, 용서받을 일은 용서해 달라고 외치고, 용서할 일은 시간이 늦었더라도 용서한다고 공개해서 외쳐야 한다. 용서하거나 받는 것은 결국 자기 자신이 하는 일이며, 자기 자신과 화해하는 일이다. 내가 나를 용서하고, 내가 나와 화해할 때 자유로워지고 밝아지고 맑아진다. 그때 용서 못 할 일을 찾아서 용서할 수 있는 용기가 생기고 용서하지 못하는 옹졸한 듯이 보이던 자신이 용서된다. 그 방법과 시간과 장소는 각각 다르겠지만, 개인이나 사회는 그런 용서를 받고 주는 경험들이 있을 때 해방되는 것이라고 본다. 나는 자유롭고 해방된 모습으로 살기 위하여 내가 용서 못 하던 것, 내가 용서를 받아야 한다고 느꼈던 것들을 곰곰이 생각하고 찾아본다. 그것이 내 삶을 당당하게 살 수 있는 길로 이끄는 첫 걸음이라고 보기 때문이다.

2018. 10. 10.

시대를 넘을 한 삶을 기다리면서

어느 누구나 다 참 삶을 추구하려고 할 것이다. 상황이 지나고, 시대가 넘어간 뒤, 역할과 위치가 바뀌고, 처지가 달라진 때에도 '그래, 그것이 옳아' 하고 끄덕일 수 있는 그런 삶을 살고 싶어 하는 것이 사람들의 간절한 바람일 것이다. 그러면서 누구나 다 지금 내가 살고 있는 이 삶의 자리가 진리와 일치하면 좋겠다는 맘도 역시 가진다. 그런데 사람은 상황에 산다. 상황에 약하다. 그 상황을 벗어나서, 초월하여 살 수 있는 길이 매우 적다. 미안하고 안타깝게도 그 상황은 진리와 거리가 멀다. 상황은 상황일 뿐 진리는 아니다. 다만 그 상황에 따라 사는 삶이 진리와 일치하기를 바라지만 그렇게 될 때가 너무나 적다는 것은 안타까운 일이다.

상황은 법으로, 제도로, 관습으로, 전통으로, 문화로, 이론으로, 철학으로, 종교로, 학문으로, 민족으로, 나라로, 계급으로, 정당으로, 여야 관계로 우리에게 다가오면서 아주 강력하게 그것이 진리라는 것을 강요할 때가 많다. 그러니까 우리 일반 사람은 이런 상황으로부터 멀리 떨어져서,

상황과는 전혀 상관없이 살 수가 없다. 때때로 상황이 주는 흐름과 다르게 살아가는 사람들도 있지만, 그들은 언제나 힘든 고난의 삶을 살 때가 참으로 많다. 그런데 우리들의 위대한 스승들, 그러니까 진리의 삶을 살기를 우리에게 가르치고 권장하는 스승들은 바로 그 상황으로부터 벗어나서 진리, 참에 맞추어 살라고 한다. 우리들의 고민은 여기에 있다. 어느 것을 따라야 하는 것인가? 상황을 따를 것인가? 진리를 따를 것인가? 이 둘이 하나로 겹치기를 바라서 아무것도 하지 말아야 하는 것인가?

나는 지난 며칠간, '한반도 평화 만들기 은빛순례'에 함께했다. 3월 1일부터 시작하여 전국을 돌고 마지막 단계에 올랐을 때였다. 내가 해야 할 다른 일들과 겹쳐서 많은 곳을 함께하고 싶은 맘은 이루지 못하고, 결국 마지막 순례길만 함께하였다. 더 많은 곳을 순례했다면 매우 풍성한 어떤 감성을 가지게 되었을 것인데 그러하지 못한 것이 못내 아쉽다. 이번에는 문산, 파주, 강화도, 백령도를 함께했다. 그곳에서 나는 무수히 많은 아픔들이 있는 것을 보았다. 그 아픔들을 고스란히 평생의 삶으로 살아온 사람들의 이야기를 들었다. 거기에는 분단과 전쟁과 갈등과 좌절과 상처와 아픔이 그대로 남아 살아있는 곳이었다. 죽은 이를 기념하는 것도, 산 이를 맞이하는 것도 다 큰 아픔과 분노와 원한을 그대로 나타내고 있었다. 물론 그것들 속에 희망이 감추어져 있는 것을 볼 수도 있다. 분단과 전쟁의 결과로 영웅이 생기고 반역자가 생기면서, 그들을 찬양하고 비판하는 용어들이 슬프면서도 무섭고 살벌하게 새겨져 있는 것을 본다. 어떤 죽음도 찬양될 것은 없다. 어떤 죽음도 폄하될 것은 없다. 그러나 이러한 갈등이 심했던 지역에 새겨진 문구들에는 그러한 것들이 무수히 살아서 숨 쉰다. 그것들은 상황에서 태어났다는 것을 매우 뚜렷하게 보여 주고 있다. 상황은 언제나 변하고 달라지고 생겼다가 사라지고 또 다른 것이 생기곤 한다. 그러니까 상황은 영속하지 않는 흘러가는 것이면서 어떤 그림자들이다. 그 그림자가 너무 강력해서 우리는 그것이 마치 진리라고 믿게 돼있다.

나는 비석이나 집이나 어떤 그림이나 조각들에 새겨진 문구들을 가만히 살펴보았다. 평화공원도 보았고, 전쟁 기념비도 보았고, 일반인들이 '적군묘'라고 흔히 말하는 중국군과 북한군의 묘역도 보았고, 고향을 못내 그리워하는 망향탑도 보았다. 그 모양과 거기에 새겨진 것들을 보면서, 앞으로 남북이 평화롭고 자유롭게 오고 갈 수 있게 됐을 때, 남쪽의 사람이 북으로 가보고, 북쪽의 사람이 남으로 와 보았을 때도 유효한 문구는 도대체 어떤 것들일까를 생각하여 보았다. 아마도 남북 간의 갈등이 고조되는 때였다면, 그 지역을 해설하는 사람들의 말투와 내용이 달랐을 것이다. 그러나 지금은 상생과 평화의 분위기가 조금 살아나서 퍼지는 때이기 때문에 해설자들의 말도 내용과 자세가 상당히 많이 달라진 것을 느낄 수 있었다. 이것이 현실이다.

그러니 우리가 살아야 하는 자세는, 상황과는 거리가 먼, 진리의 입장에서 살 수 있는 길이 어디에 있는가 하는 것을 찾는 자세이다. 요사이는 정치계에서나 사회에서 좌파, 우파, 진보, 보수, 자본주의, 공산주의 따위의 말들이 논의된다. 그런데 우파를 재건한다거나 보수의 통합을 이루어야 한다거나, 자본주의를 잘 살려야 한다는 말들은 공공연하게 나타나 주장되지만, 좌파를 강화하고 진보들이 총단결해야 하며, 공산주의가 의미가 있는 것이니 열심히 공부해 보자는 말들은 크게 하지 않는 분위기다. 이것도 지금 우리의 상황이다. 그만큼 진리의 입장에서 말을 하고 살아가기는 쉽지 않다는 것을 증명한다.

나는 그러한 것을 극복하여 참삶을 위하여 어떤 것이 바람직한 것인가를 솔직히 말할 수 있는 상황이 전개되기를 바란다. 그러니까 좌파 상황, 우파 상황 따위의 부분 상황이 아니라, 좌와 우가 함께 살고, 자유와 공산이 함께 살며, 진보와 보수가 서로 양심을 두고 상생하는 상황이 펼쳐지면 좋겠다. 시대가 지나고, 지역이 달라진 다음에도 옳다고 할 수 있는 생각을 하면서 살 수 있으면 좋겠다. 그 말은 상황을 넘는 참의 세계에 가까이 가서 살게 되기를 바라는 맘이다. 그러려면 내가 진리만을 바라보고 가야 할 것이다. 그만큼 내가 시류에 편승하지 않고, 권력과 제도와 시대의 흐름에 아첨하지 않는 삶을 살 수 있어야 하겠다는 말이다. 글을 쓰든 말을 하든 상황이 두려워서 숨기거나 돌리지 않고 곧바로 할 수 있기를 바라며 다짐해 본다.

2018. 12. 3.

양심과 내면의 소리를 따라 산다면

한 해를 마무리하는 때에, 또다시 지난 한 해를 어떻게 살았는가를 돌아본다. 이 순간 내 맘에 와 꽂히는 말은 '양심'과 '내면의 소리'다. 나는 이 둘은 곧 진리의 말씀이라고 믿고 살고 싶다. 그런데 과연 나는 아무런 장애물 없이 이 소리를 듣고, 그것에 따라서 살았는가? 대답할 수가 없다.

나는 요사이 아주 훌륭한 미국의 퀘이커 존 울맨(John Woolman, 1720-1772)의 일기와 해리어트 비이처-스토우(Harriet Beecher-Stowe, 1811-1896)가 쓴 소설『톰 아저씨의 오두막』을 읽고 있다. 하나는 소설이고 다른 하나는 일생 동안 자신의 과제를 수행하는 일을 쓴 삶의 보고서다. 둘 다 당시에 심각했던 흑인 노예제에 대한 저항의 내용들을 담고 있으며, 노예들의 인간 선언에 대한 이야기들이라고 할 수 있다. 그중 울맨의 이야기를 약간 소개하고자 한다.

그는 어려서부터 흑인 노예에 대해 관심이 많았으며. 글을 읽고 쓰는 것을 배웠다. 그리고 옷을 재단하고 꿰매는 일을 하였다. 젊었던 어느 날 자기 주인이 소유하고 있는 흑인 노예 판매 증명서를 쓰라고 지시하였다. 그의 속 양심 또는 마음속의 소리는 그 흑인 노예 판매 증명서를 쓰고 싶지 않았다. 그것을 쓰려니 너무 맘이 아팠다. 그래도 자기를 고용하고 있는 주인의 명령이기 때문에 거부하지 못하고 썼다. 그것이 그의 양심을 너무 강하게 때리고 눌렀다. 옳지 않다는 것을 알면서 주인의 명령이라는 것 때문에 거절하지 못하고 노예 증명서를 써준 것을 몹시 뉘우쳤다. 그 뒤 어느 날 한 사람이 찾아왔다. 유언장을 써달라는 것이었다. 그 당시만 해도 글을 읽고 쓰는 사람들이 많지 않았다. 그 내용은 자신이 소유하고 있는 흑인 노예들을 자기 자녀들에게 유산으로 남긴다는 것이었다. 울맨은 고요히 깊이 생각했다. 그리고 조용히 그에게 말했다. '저는 이 유언장을 대신 써드릴 수 없습니다. 제 속의 양심이 기뻐하지 않기 때문입니다'. 그 사람은 다른 사람에게 가서 유언장을 쓰게 했다. 몇 년 뒤 그는 다시 울맨에게 왔다. 몇 년 전과 똑같은 내용의 유언장을 써달라는 것이었다. 그러나 울맨은 똑같은 말로 거절하였다. 그 뒤 얼마가 지나서 다시 그이가 울맨에게 왔다. 새로운 유언의 내용은 흑인 노예에 대한 것이 빠져있었다. 그러니까 노예를 유산으로 남기려던 생각이 달라진 것이다. 이때 울맨은 '제 양심과 속의 소리가 매우 기뻐하는 것을 느낍니다'라면서 기꺼이 유언장을 대신 써주었다는 것이다. 그 뒤 그는 일생을 흑인 노예 해방을 위하여 자신의 온 존재를 바친다. 그의 끈질긴 노력과 지극한 정성으로 1758년 말 필라델피아 퀘이커 연회에서 그 회에 속한 퀘이커들은 공식적으로 노예를 소유하지 않으며, 모든 사회도 그렇게 되기를 바란다는 결의를 하였다. 물론 그 한 사람의 노력만은 아니었지만, 마르지 않고 중단하지 않는 그의 노예 해방에 대한 노력은 그렇게 결실을 맺기 시작한다. 그가 해방운동을 벌인 방법은 아주 특이하다. 진리를 따르려 하면서도 흑인 노예를 소유하거나 사고파는 퀘이커들을 찾아가고, 퀘이커들의 모임을 찾아가서 깊은 명상과 침묵 뒤에 자신에게 들려오는 소리를 전한다. 그것이 사람들의 양심을 때리고 깨워서 링컨이 이끈 남북전쟁보다도 100여 년 전에 놀라운 해방운동을 이룩한 것이다. 그는 언제나 아프고 허약한 것처럼 보였다. 그렇지만 부드러우면서도 조용히 그러나 그칠 줄 모르는 불같은 열정으로 흑인 노예 해방운동을 펼쳐나갔다. 그것은 바로 그가 듣는 양심의 소리요 내면의 소리를 따르는 삶을 사는 것이 진리에 사로잡힌 삶이라고 확신하였기 때문이다. 그는 흑인 노예를 해방하기 위하여 진리와 사랑에 사로잡혀 산 사람이라고 많은 사람들에 의해 평가받는다.

진리와 사랑의 노예. 그것에 사로잡힌 사람. 오늘날에는 매우 낯선 말이다. 그러나 어느 때보다도, 물질과 권력과 영예와 성공을 좋은 삶의 덕목으로 삼는 오늘날, 진리와 사랑에 사로잡혀 사는 삶이 얼마나 귀하고 아름다운 것인가?

나도 그렇게 살고 싶다. 내면의 소리, 양심의 소리를 민감하게 듣고 실천할 수 있는 능력과 용기를 가지고 살고 싶다.

대통령을 비롯하여 국회의원들이나 장관들 또는 온갖 공직에 있는 사람들이 권력이나 승진이나 영예를 위해서라면 양심을 다 팔고 덮어버리고도 산다. 그러면서도 뻔뻔할 수 있는 찢어지고 굳어진 양심이 아니라 날카롭고 예민한 양심을 따르기 위하여 잠시라도 깊게 명상하고 생각하는 시간을 하루에 한 번씩 가졌으면 좋겠다. 큰 기업을 이끌거나 중소기업을 가졌거나 자영업을 하는 사람들도 이득만을 찾는 것이 아니라, 양심에 따라서 하는 사업이 어떤 것인가를 찾는 깊은 시간을 가지면 좋겠다. 물론 고용살이, 즉 직장에 취업이 되어 사는 노동자나 사무원들도 모두 다 물질의 풍요와 승진의 안락을 넘어 속에서 나오는 양심의 소리에 맞추어 사는 길이 어디에 있는지를 따지는 시간을 가질 수 있으면 좋겠다. 특히 젊고 어린 학생들이 오로지 출세와 상급학교 진학만을 위한 공부에 열중하는 대신 양심과 속의 소리를 들을 수 있는 어떤 경건하고 거룩한 시간을 잠시라도 가질 수 있는 여유와 지혜를 만나면 참 좋겠다. 한 사회를 공동으로 이루고 살아가는 우리 모두가 다 다른 사람을 향하여 손가락질하고 욕하던 것을 접고 잠시 내 자신으로 돌아와 자신을 따져보는 양심의 소리를 기다리는 시간을 가질 수 있으면 좋겠다. 나는 우리 사회에 양심의 소리, 내면의 소리를 따라 살아가는 문화가 형성되기를 간절히 바란다. 특히 이번 연말에 그런 시간을 아주 간절히 가질 수 있다면 얼마나 좋을까?

2018. 12. 17.